光文社文庫

ミステリー・オーバードーズ

白井智之

光 文 社

contents

グルメ探偵が消えた

1

「アレックス・ワトキンス氏の消息をご存じですか?」

ロンドン警視庁のエドガー警部は、十六年ぶりの再会に頬を緩めることもなく、人形のように光のない瞳でこちらを見据えた。

「知りません。彼の身に何か?」

わたしは耳を疑った。アレックスはともにイートンのパブリックスクールに通い、ケンブリッジ大学のセント・ジョンズ・カレッジで学んだ友人だ。彼の探偵事務所で助手として働いていたこともある。

「同居していた母親とともに、四月十五日から行方が分からなくなっています」

「アレックス氏がトラブルに見舞われていたという話は聞いていませんか?」

「久しく没交渉だったもので」

「最後に連絡を取ったのはいつでしょう」

「十六年前です。小説家の仕事が忙しくなって、わたしから助手を辞めたいと申し出たんです」

「それきり一度も連絡を取っていないのですか? 以前のあなたたちは代えがたい親友の

ように見えましたが」

ごまかそうとしたところを的確に突いてくる。エドガー警部はロンドン警視庁が誇る敏腕刑事で、かつてはアレックスのライバルと囃し立てられたこともあった。わたしも探偵の助手だった頃、殺人現場で何度か顔を合わせている。

「わたしたちが疎遠になったのは寿司職人のせいなんです」

少し迷ってから、正直に事情を明かした。

「寿司」警部の目玉が明後日を向く。「ロールですか」

「握りです。一九九四年にブライトンで料理人が殺された事件を覚えていますか？　あの事件の犯人はわたしの恋人でした。アレックスはわたしたちの関係を知りながら真実を暴いていたんです。この事件がきっかけになって、わたしとアレックスの間には見えない壁ができてしまいました」

エドガー警部は頷いた。初耳だったようにも、すべて知っていたようにも見えた。

「思い出したことがあれば、ロンドン警視庁までご連絡ください」

警部は帽子を取り、芝居がかった仕草で頭を下げた。後にわたしは、この事件によって胃が千切れるほどの苦しみを味わうことになるのだが、当時はそんなことを知る由もなく、しばし古い友人に思いを馳せただけだった。

アレックス・ワトキンスはグルメ探偵と呼ばれている。

かのシャーロック・ホームズとジョン・H・ワトスン博士がそうだったように、かつてのアレックスとわたしは友情という絆で結ばれていた。彼がケンブリッジ大学在学中にその才能を開花させて以来、わたしは友人の活躍を見守り、手助けし、記録してきた。

だが現実の友情はフィクションのそれよりも遥かに壊れやすい。十六年前の寿司職人丸焼き事件が、わたしたちの輝かしい関係を過去に変えてしまったのだ。

一九九四年の冬、厚い雲が垂れ込めた金曜日の夜更け。ブライトンのロンドン・ロード駅から北へ半マイル、線路にほど近いスプリングフィールド通りで、バンガローが全焼する火事が起きた。暖炉が使われた形跡はなく、リビングに置かれた祭壇の焼損がもっとも激しかったことから、出火原因は祭壇の火の不始末と見られた。

バンガローにはイツツバシ・ジローという日本人が一人で住んでいた。ジロー氏は寿司職人で、ブランズウィック街の寿司店〈タナバタ〉で寿司を握っていた。和食は健康に良いと言う日本好きを黙らせるビヤ樽のような巨漢で、職人らしい偏屈な性格で知られていた。といっても寡黙なわけではなく、むしろ女性差別的な言動が目立っていたらしい。地元誌の取材に「女に寿司は握れない」と答えて抗議されたこともある。ジロー氏は二人の従業員を雇っており、トニー・トッドとは金曜日の夜に店で酒を飲んだり自宅へ招いて日

本料理を振る舞ったりしていたが、ベバリー・サンとは店で口を利くこともまれだった。

焼け跡では念入りな捜索が行われたが、ジロー氏の遺体は見つからなかった。手荷物や靴も見当たらなかったため、ジロー氏は燃え盛るバンガローから逃走し、どこかへ身を隠したものと思われた。サセックス警察は現場周辺で聞き込みを行い、防犯カメラの映像を解析したが、ジロー氏の足取りは摑めなかった。

火災から四日後、警察はバンガローを設計したウィリアム・C・ウィリアムソン氏を訪ね、バンガローに秘密の地下室があることを知った。消防当局は焼損物に埋もれた隠し扉を発見し、焼け崩れた地下室からジロー氏の遺体を引き摺り出した。全身に火傷を負っていたが損傷は浅く、死因は一酸化炭素中毒と判明した。

若干の不手際はあったものの、捜査は一区切りとなった。ブライトン市民は火災の全貌が判明したことに安堵し、不注意な日本人の死を悼んだ。ただ一人、グルメ探偵を除いては。

遺体発見の二日後、アレックスはわたしをウェストミンスターの事務所へ呼び出した。

当時のわたしは『サンドウィッチ卿の死』『スコーンはどこへ消えた』『魚のフライと人間のから揚げ』の三つの連載を抱えていた。目の回るような忙しさで、まれに都合がついたときにだけ気晴らしも兼ねてアレックスの仕事に手を貸していた。その日も朝までに書き上げなければならない原稿があったのだが、電話越しに聞いたアレックスの言葉に妙な

ものものしさを感じ、編集者に「お腹を壊した」と嘘を吐いてアレックスの事務所へ足を運んだ。

応接室に入ると、空になった皿がテーブルを埋め尽くしていた。

人は誰しも、己の才能を引き出すささやかな習慣を持っている。コーヒーを淹れたり、チョコレートを食べたり、ストレッチをしたり、レコードをかけたりといったものだ。アレックスの場合、それは大きな胃袋に食事を詰め込むことだった。

「ティム。ぼくはとても苦しい」

その日の事務所は、まるで豪華な食事会が終わった後のようだった。

「大食漢のきみがそんなことを言うなんて珍しいね。よほど難事件だったのか」

「きみに寿司職人が殺された事件の真相を語らなければならないからだ」

こんもりと膨れた太鼓腹と同じくらい重々しい口調で言った。

「ブライトンの火災のことかい？　あれは殺人事件だったのか？」

「ジロー氏が自らの不注意で命を落としたとすると、どうしても説明のつかないことがある。

「遺体は靴を履いていなかったんだ」

「死んだのは日本人だろう。日本人はいつも家で靴を脱いでるじゃないか」

わたしは能天気に反論した。

「確かにそうだ。でも地上の焼け跡からも靴は見つかっていない。靴が煙のように消えた

のでないとすれば、ジロー氏を殺害した犯人が遺体の靴を脱がせ、現場から持ち去ったこ
とになる」

「なぜそんなことを?」

「火災が鎮まり、捜査が一段落したところで、犯人は遺体を焼け跡の地下室へ運び込んだ。
そこで日本人のジロー氏が屋内で靴を履いていてはおかしいことに気づいたんだ。地下室
以外は消防当局の調査が済んでいるから、こっそりと靴を忍ばせておくわけにもいかない。
犯人はやむをえず靴を持ち帰った」

「バンガローが炎上したとき、ジロー氏は地下室にいなかった」

「そうだ。ジロー氏は金曜日の営業終了後、店でよく酒を飲んでいた。事件当夜も同じだ。
犯人はスプリングフィールド通りでバンガローが燃えているのを見て、ブランズウィック
街の店で泥酔しているジロー氏を火事で死んだように見せかけて殺そうと考えたんだ」

「ジロー氏が帰宅していなかったのなら、なぜバンガローのリビングから火が出たん
だ?」

「仏教の祭壇では、線香と呼ばれる細く長いお香が焚かれる。通常は三十分ほどで燃え尽
きるが、状態が悪いと火がくすぶり続けることもある。日本から取り寄せた新聞によると、
線香が四十時間燃え続けた例もあるそうだ。ジロー氏は火災当日の朝、線香に火を点け、
祭壇に祈りを捧げた。この線香が夜更けまでくすぶり続けた後、何らかの振動──おそら

くロンドン・ロード駅を通る列車の揺れによって倒れ、クッションに火が燃え移ったんだ。犯人はこの火事を利用した。〈タナバタ〉に忍び込んだ犯人は泥酔したジロー氏を厨房へ運び、そこをビニール袋で密閉した。そしてガスコンロの火を最大にして不完全燃焼を起こし、ジロー氏を一酸化炭素中毒で死亡させた」

「被害者は全身に火傷を負っていたはずだ。店を丸ごと燃やさないとそんな遺体はできないぞ」

「遺体は厨房にあるんだ。焼けばいい」

「きみは寿司屋で豚の丸焼きを食べたことがあるのか？ まともな寿司屋に回転式丸焼き機はない。ただのガスコンロでジロー氏の大きな身体をまんべんなく焼くのは無理だよ」

「きみは炙り寿司が嫌いだったかな？」

その瞬間、わたしは息がうまくできなくなった。

「寿司職人が手持ちのガスバーナーでネタを炙るのを見たことがあるだろう。火事と比べれば玩具みたいな火だが、温度は最大で一六〇〇度に達する。これは小規模な火災の炎を上回る威力だ。犯人は手持ちのバーナーでジロー氏の全身を隈なく焼いた。そして数日後、消防当局の調査が一段落したところで、焼け跡に忍び込み、地下室に遺体を置いて行ったんだ」

信じたくないのに、煤にまみれて地下へ潜り込む犯人の姿が脳裏に浮かんだ。

「犯人はジロー氏が金曜日の夜に店に酒を飲むことを知っていて、かつ錠を壊さずに店に忍び込むことができた人物だ。〈タナバタ〉の二人の従業員のどちらかだろう。加えて、犯人はジロー氏のバンガローに地下室があることを知っていた。ジロー氏には女性蔑視の傾向があり、自宅へ招いたのはトニーだけだった。ジロー氏を殺したのは彼で間違いない」

わたしは十年間の経験から、自分にアレックスの推理に反論できるほどの才能がないことを知っていた。

「警察は殺人事件とは思っていないんだろう？　わたしたちの友情に免じて、真相は伏せてくれないか」

「ぼくはこれ以上、秘密を抱えることはできない。明日の朝、エドガー警部に連絡するつもりだ」

アレックスは苦い顔で言った。

わたしの恋人が逮捕されたのは翌日のことだった。トニーは警察の取り調べで、ジロー氏の殺害を認めた。トニーはロンドンの寿司店でジロー氏と出会い、寿司職人になれると信じて〈タナバタ〉で働き始めた。だがいくら働いても買い出しや洗い物をさせられるばかりで、ジロー氏は寿司の握り方を教えようとしない。トニーはジロー氏に騙されたと思い、憎しみを募らせた。そんな折り、スプリングフィールド通りのバンガローが炎上して

いるのを見かけ、ジロー氏の殺害を思い立ったという。

たった一つの事件で、わたしは友人と恋人を同時に失ったのだった。

2

　その日はチャリング・クロスのレストラン〈パラディゾ・ゴローゾ〉で編集者と会食をした。新作について意見を交わし、店の前で別れたのが午後九時。編集者が調子の良い空世辞ばかり口にするせいで食事が楽しめず、一人でコヴェントガーデンのパブ〈壁の穴〉に入った。

　オン・ザ・ロックでウィスキーを注文し、カウンターに腰を下ろす。顔を上げると、アレックス・ワトキンスの見慣れた丸顔があった。

More eat, More smart. もっと食べて、賢くなろう。

　若者の過度なダイエットを戒める、保健省のキャンペーンポスターだ。アレックスがたくさん食べて賢く育ったことに異論はないが、見るからに脳卒中予備軍の男をキャンペーンに起用したのは役所なりのジョークだろうか。

　アレックスが消えて三カ月が経つという。彼はどこにいるのか。これまで数え切れないほどの事件に首を突っ込んできたことを考えれば、彼を良く思わない人間に命を狙われた

としても不思議はない。母親が一緒に姿を消したことも不穏な想像を煽る。グラスを片手に考えあぐねていると、店の奥から尖った声が飛んできた。

「お前、ラスティじゃないか?」

フロアに充満していた話し声がやんだ。陽気なフィドルの音色だけがスピーカーから響いている。

壁に掛かった鏡ごしに店の奥を見ると、四十過ぎの男が老人に声を荒らげていた。男は精悍な顔立ちで、盛り上がった肩は巨大な瓜のよう。それでいて左の脚だけが異様に細かった。義足だ。

「そのタトゥーを忘れるわけがねえ。おれだよ。C&K開発のクラウスだよ」

詰め寄られた老人は、星条旗柄のベースボールキャップを目深にかぶって、ダブリン型のパイプをふかしていた。テーブルにはビールジョッキとポテトフライ。向かいに腰掛けた二人の若者は子分だろうか。

「二年前、ダーバン港からボツワナへ食糧を輸送しようとして、お前に警護を頼んだ。それなのにお前はおれの貨物と義足を奪って、おれを夜道に捨てた。おれはホテルにたどりつくまでに、車に三回撥ねられ、ギャングに五回襲われ、変質者に二回レイプされた」

男は胴間声を張り上げ、老人のキャップを叩き落とした。

「表に出ろ。殺してやる。一度しか殺せないのが残念だ」

「愉快な話は好きだ。でもその話には興味がない」

老人は顔も上げずに答える。男が首を摑もうとした瞬間、若い二人組が男を乱暴に押し倒した。一人が馬乗りになり、もう一人が義足でない方の膝を踏んで、足首を手前に引く。板の割れるような音。甲高い悲鳴。泣きながら「やめて」と繰り返す男を、二人は店の外へ放り出した。

客たちは息を呑んで、道路に転がった男を眺めていた。車が一台、クラクションを鳴らして通り過ぎる。

老人はその隙に、床に落ちたキャップを拾った。顔にベイクドビーンズのようなタトゥーが無数に彫り込まれている。

わたしはその顔に見覚えがあった。

なぜこの老人がロンドンにいるのか。もしや彼がアレックスを攫ったのか。そうだとすれば、次に狙われるのはわたしか、友人のサイーフだ。

老人はキャップをかぶり直し、何もなかったようにパイプをふかしている。

子分たちが席に戻るのを待って、わたしはそそくさと店を後にした。

翌日、わたしは友人と急な約束を取り付け、ケンブリッジ大学のセント・ジョンズ・カレッジを訪ねた。

サイーフ・ティワーリーは大学の同級生だ。インドの貴族階級の出身で、入学時に英国へ移住した。十七世紀インド文化の研究で博士号を取得し、現在は母校の教壇に立っている。アレックスと疎遠になってからも、サイーフとは細々と交友が続いていた。

「ぼくのところにも警察が来たよ。まるで足取りが摑めていないみたいだね」サイーフは声、表情、身振り、すべてを使ってアレックスへの深憂を表現した。「スムージーを作ろう」

「アレックスと最後に会ったのはいつだ?」

「半年前かな。二人でボウズ・パークにできたインド料理屋へ行ったよ」

「アレックスは何かに怯えていなかったか?」

「ほうれん草とにんじん、どっちが好き?」

「ほうれん草」

「いつも通りだったよ」戸棚を開ける。「アレックスと縁を切ったのを後悔してるの?」

「そうじゃない。コヴェントガーデンのパブでホルへを見かけたんだ」

グラスを選ぶ手が止まった。

「……汚れたホルへ?」

それがわたしたちの知る老人の名前だった。義足の男はラスティと呼んでいたが、どちらが本名かは分からない。

　わたしたちがザンビアでホルヘと出会ったのは、今から二十七年前、一九八三年の夏のことだった。

　ことの始まりは、ロンドンに拠点を置く国際協力団体、ハンガー・リリーフ・アクション（HRA）でインターンを始めたことだ。HRAはアフリカや南アジアの食糧難を改善するため、政府系機関への提言や現地での収入創出支援に取り組んでいた。わたしとアレックスとサイーフの三人は、長期休暇のたびにアフリカへ足を運び、食糧増産のための技能を広めるプログラムに参加した。

　わたしたちは情熱的にHRAの活動に取り組んだが、一年が過ぎた頃からプログラムに物足りなさを感じるようになった。食糧が投機の対象となった現代の国際市場では、経済力のない国が安定的に食糧を確保するのは難しい。旱魃や内戦が起きれば、たちまち数百万人が飢餓に苦しむことになる。痩せ細った子どもたちを目にするたび、わたしたちは無力感に打ちひしがれ、終わりの見えない活動に苛立ちを募らせた。

　そんなとき、サイーフが二人に持ちかけたのが、MP供給所の設立だった。

　メチル化プラリドキシム（MP）は「飢餓の特効薬」と呼ばれる薬剤だ。六十年代半ばにタリウム中毒の解毒剤として開発されたが、その後の臨床試験により、レプチンの放出機序を逆転させる効果が見つかった。

　レプチンは満腹中枢を刺激し食欲を抑制するホルモンだ。通常は血糖値が上がった際に

放出される。だがMPを摂取すると、脂肪細胞が変異をきたし、血糖値が上がった際に

レプチンが抑制され、下がった際にレプチンが放出されるようになる。その結果、空腹時

に満腹感を、満腹時に空腹感を感じるようになるのだ。

七十年代の欧米では大量のMPが市場に出回り、多くの若い女性がMP中毒に陥った。

栄養失調から死に至るケースが相次ぎ、八十年代初頭には各国で使用が禁止された。だが

エジプトと南アフリカ共和国を除くアフリカ諸国は、未だにMPを禁止していない。乾

燥地帯を中心に高額で取り引きされ、マフィアや過激派組織の資金源になっているという。

「飢餓の特効薬」という俗称により誤解されがちだが、MPに栄養失調を改善する効果は

ない。飢餓感を掻き消し、満腹感を感じさせる、ある種の幻覚剤のようなものだ。投与す

るとすぐに効果が現れるが、十時間から十五時間ほどで元に戻ってしまう。それでも食糧

を得る当てのない人々にとって、MPが夢の薬であることに変わりはなかった。

「インドの化学工場で廃棄されるMPを個人輸入すれば、MPを無料で供給できる。たと

え束の間のまやかしだとしても、子どもたちを苦しみから救えるんだ」

そう訴えるサイーフの目は、大麻でも吸ったように赤く輝いていた。

実際のところ、アフリカ諸国がMPを禁止していない以上、その気になれば誰でもMP

を輸入できる。ではなぜ国連や各種団体はMPを推奨しないのか。彼らがそれをすれば、

食糧難民を救えない事実を認めることになってしまうからだ。善人面をした者たちのつま

らない意地が、現地の子どもたちから癒しを奪っているのは紛れもない事実だった。

わたしたちはケンブリッジ大学を一年間休学し、MP供給所の設立に奔走した。サイーフはチェンナイの化学メーカーに自腹で保証金を支払い、毎月、五千注射分のMPを譲り受ける契約を結んだ。わたしとアレックスは運輸会社を探し、ザンビア南部州の診療所だった建物を改修して、供給所を立ち上げる準備を整えた。

現地の人々の反応はさまざまだった。大半の人たちはMPが手に入ることを喜んでいたが、「話がうますぎると思ったのか、疑いの目を向ける者もいた。宿泊先には「嘘だったらただではおかない」という脅迫の手紙も届いた。

開所日が近づくと、わたしたちの腕には穴が増えていった。三人とも医学生ではなかったため、注射針を刺す練習が必要だったのだ。MPは通常の注射器でも投与できるが、効果を持続させるには三十分ほどかけて点滴注射を行い、血中濃度を高める必要がある。ルサカから十台の点滴装置が届くと、わたしたちは独学で操作方法を学んだ。

だが努力が実を結ぶことはなかった。

そのときのことは断片的にしか覚えていない。顔にベイクドビーンズのようなタトゥーを彫った男が、何かを叫びながら供給所に乗り込んできたのだ。わたしは部屋の隅で腰を抜かしていた。次々と上がる悲鳴のせいで男の声が聞き取れない。彼の仲間らしい男たち

がこちらに武器を向ける。わたしは必死に腰を上げ、供給所から逃げ出そうとしたのだが

——。

　次に覚えているのはロンドン大学病院の薄暗い病室だ。わたしは極度のストレスによる記憶障害と診断されていた。

　アレックスとサイーフから彼らの正体を知らされたのは、退院後のことだった。

　MPの提供を始めて六日目の朝、武装したギャングが供給所を襲撃したという。ギャングは供給所を占拠し、わたしたちを拘束した。MPが強奪されたのは言うまでもない。雇っていたボディガードは手も足も出なかった。

　ギャングはわたしたちをアジトへ運んだ。ギャングを率いた男——汚れたホルヘは、わたしたちが別のギャングに雇われ、MPを輸入したと思い込んでいた。縄張りを荒らした不届き者の名前を聞き出そうと、ホルヘはわたしたちを吊るし、尋問し、暴行した。食事はなく、わずかな水が与えられただけだった。アレックスもサイーフも死を覚悟したという。

　拘束から五日目の夜、部屋に若い男が現れ、わたしたちの顔を覚えていたのだ。わたしたちの拘束を解いた。男はかつてHRAの技能プログラムに参加し、わたしの顔を覚えていた。わたしたちは夜闇に紛れてアジトから逃亡すると、二日かけてルサカへ移動し、這々の体で大使館に駆け込んだのだった。

「ホルへはロンドンにいる」

「はちみつを持ってこよう」

わたしが《壁の穴》での出来事を説明すると、サイーフは必ず話を逸そうとする。ギャングに暴行されたときのことを話題にすると、恐怖もひとしおなのだろう。

「アレックスはホルへに攫われたのかもしれない」

「甘味は果実で十分という考えは捨てたんだ」

「次に襲われるのはわたしたちかもしれないよ」

サイーフは戸棚から手を離し、大きく息を吐いた。

「今さらホルへがぼくたちを懲らしめに来たっていうのか？ ぼくたちはギャングを攻撃したんじゃない。薬を配ろうとしただけだ。ロンドンへ来たのは他に用事があったんだろう」

懸命に自分を納得させようとしているようだった。

「わたしもそう思う。だが警戒するに越したことはない」

「分かった。気を付けるよ」

サイーフは窓から広場を見下ろし、すぐに目を逸らした。学生たちの中に、招かれざる

客が隠れているのではないか——そんな不安に駆られた自分を恥じているようだった。

「遅かったね」

最終列車で自宅へ帰ると、トニーがソファでテレビドラマを観ていた。しかめっ面のモーリー・チェイキンが召使を罵倒している。『グルメ探偵　ネロ・ウルフ』だ。リビングにはケチャップとニンニクの臭いが充満していた。

「取材が長引いてね」

わたしはとっさに嘘を吐いた。この家で寿司とアレックスの話題は禁物だ。トニーは無期拘禁刑の判決を受け、二年前に出所したばかりだった。

「先に休むよ。おやすみ」

トニーはわざとらしく目を擦りながら寝室へ向かった。何か隠し事でもあるのだろうか。ふと嫌な想像が頭をよぎった。

アレックスの手柄で刑務所へ送られた犯罪者たちは、当然、彼を憎んでいるだろう。トニーも決して例外ではない。

十六年前、わたしは恋人が寿司職人を殺したことに気づかなかった。もしも今、トニーがアレックスと母親をどこかに監禁していたとしたら、自分はそれに気づけるだろうか？

キッチンへ向かい、冷えた炭酸水を胃袋へ流し込んだ。ビタミン過多のスムージーを飲

まされたせいか、くだらない考えばかり湧き出てくる。

トニーは変わった。過去を悔い、生涯を通じて罪を償おうとしている。それに万一、心のどこかにアレックスへの憎しみが潜んでいたとしても、刑務所に入るのはもううんざりだろう。次に人を殺せば、トニーは二度と外へ出られなくなってしまうのだ。

ケチャップの付いた平皿を眺めていると、忌々しい記憶がもう一つ、脳の底から浮かんできた。

「————」

——ぼくはこれ以上、秘密を抱えることはできない。

十六年前、寿司職人丸焼き事件の真相を語り終えた後、アレックスが口にした台詞だ。これ以上抱えられないというからには、彼はあのとき、すでに重要な秘密をいくつか抱えていたことになる。アレックスは何らかの事件の真相を隠していた。犯人がそれを闇に葬るために、アレックスを襲ったとも考えられる。

グルメ探偵の華々しい経歴には、じめじめとした暗い影があったのかもしれない。

薄暗い蛍光灯の下で、わたしは赤く汚れた皿を見つめた。

アレックス・ワトキンスが見つかったのは、その夜のことだった。

3

七月七日のロンドン警視庁の発表は、その日の英国市民の話題を独占した。

アレックスはテムズ川の河口近くの工業団地でトラックに撥ねられ、三十分後に死亡が確認された。四月十五日に消息を絶ってから八十三日目の出来事だった。

「太った男が道に飛び出したんだ」

運転手はそう証言し、事件への関与を否定した。遺体は十四カ所の骨が折れ、肺が挫傷(しょう)し、直腸がごろんと飛び出ていた。現場は文字通り血の海だった。

捜査員を驚かせたのは、遺体の異様な大きさだった。聖バーソロミュー病院の記録によると、アレックスの失踪当時の体重は二四〇ポンド(一〇九キログラム)。それが三カ月で推定四〇〇ポンド(一八一キログラム)にまで膨れ上がっていた。

明くる七月八日には、さらに英国市民の興味を掻き立てる事実が報じられた。アレックスとともに行方不明になっていた母親のオリーブ・ワトキンスが保護されたのだ。健康状態は良好で、現在はロンドン大学病院に検査入院しているという。

後に報道されたところによると、オリーブが失踪した経緯はこのようなものだった。四月十五日の夜、メリルボーンの自宅でパイを焼いていると、見知らぬ女性が訪ねてき

た。女性は英国情報局秘密情報部（MI6）のレティ・ワイズと名乗り、アレックスが重大な事件に巻き込まれていること、家族にも危険が及ぶ可能性があることを明かし、すぐに自宅を離れるよう促した。

オリーブは慌てて荷物をまとめ、レティの車でセーフティハウスへ向かった。運転中は目隠しをされていたが、メリルボーンから二時間ほどの距離だったという。

オリーブが案内されたのは、シティホテルの一室のような小ぎれいな部屋だった。家具も上等なものが揃っていたが、窓は厳重に塞がれ、天井にはドーム型の防犯カメラが設置されていた。

三日目の朝、アレックスからの手紙がこの施設で過ごした。そこでは朝昼晩の十分な食事に加え、いつでもティータイムを嗜むことができた。DVDで映画を観たり、本を読んだりすることもできたが、テレビ番組を観たり、手紙を書いたりすることは認められなかった。

オリーブはそれからの約三カ月をこの施設で過ごした。そこでは朝昼晩の十分な食事に加え、いつでもティータイムを嗜むことができた。DVDで映画を観たり、本を読んだりすることもできたが、テレビ番組を観たり、手紙を書いたりすることは認められなかった。

三日目の朝、アレックスからの手紙が届けられた。アレックスはレティと同じ説明を繰り返した後、事態が収束するまでセーフティハウスに留まるようにと綴っていた。筆跡はアレックスのもので間違いなかったという。

七月七日、レティから、アレックスが命を落としたこと、手続きが済み次第メリルボーンの自宅へ送還することが伝えられた。七月八日、オリーブはふたたび目隠しをされ、車で自宅へ送られた。自宅から半マイルほどの路地でレティと別れた後、巡回中の警察官に

保護されたという。

わたしはすっかり仕事に身が入らなくなっていた。仮にホルへがアレックスを監禁した

とすれば、次に狙われるのはわたしたちだ。

二十七年前、ギャングが供給所に乗り込んできたときの記憶が何度もよみがえった。自

分たちに向けられたいくつもの銃口。渦巻くような悲鳴。ホルへは繰り返し何かを叫んで

いた。肌に刻まれたタトゥーの一筋まで鮮明に覚えているのに、彼が何を言ったのか分か

らないのがもどかしかった。

七月八日の午後、大学の授業が終わる時間を見計らって、サイーフに電話をかけた。

「健康のためにスムージーを飲むという学生がいて呆(あき)れたよ。スムージーは旨(うま)いから飲む

んだ。違うか?」

言葉とは裏腹に、サイーフの声はひどくくたびれていた。

「事件のことで頭が一杯のようだね」

「ホルへは事件とは無関係だと思う」

「なぜそう言い切れる?」

「MI6がザンビアの片田舎のちんぴらを相手にするとは思えない」

「きみはオリーブさんを保護したのが MI6 だと信じてるのか?」

大半の英国市民と同様、わたしはそれを疑っていた。MI6が家にやってきて、秘密の

施設に匿われるなどという出来事は幼稚な妄想としか思えない。本当にスパイが関与していたのなら、こうして事件の情報が洩れている時点でやり方がお粗末過ぎる。

「MI6かどうかは重要じゃない。どんな組織であれ、アレックスはその組織と協働していたんだ。あれしきの小悪党から身を守るのに、何某かの組織が動くとは思えない」

サイーフの言うことも一理あった。おまけにオリーブは、三カ月もセーフティハウスに匿われていたのだ。

「じゃあ誰がアレックスを攫ったんだ。KGBの残党か?」

「ないとは言い切れないな」

「それならホルへは何のためにロンドンへやってきたんだ」

「それなんだけど」サイーフはそこで声を低くした。「ロンドン芸術大学の先生から気になる話を聞いたんだ。やつの渡英目的が分かるかもしれない。詳しい情報が手に入ったらまた連絡するよ」

サイーフは気を持たせるように曖昧なことを言った。

遺体発見から七日後、メイフェアのセント・ジョージ教会でアレックスの葬儀が行われた。サイーフは予定があると言うので、わたしは一人で参列することにした。

教会に着くと、テレビクルーが敷地の外から堂内にカメラを向けていた。参列者は四十

人ほど。セント・ジョンズ・カレッジの古い友人や、かつてライバルと呼ばれたエドガー警部の姿もあったが、大半は知らない顔だった。棺桶は幅の広い特注品で、遺族の男たちが運ぶのに苦労していた。

焼き場で火葬を済ませると、わたしたちはメイフェアのパブ〈蜂の家〉へ移動した。グルメ探偵の葬儀にふさわしく、テーブルには豪勢な食事が並んでいる。壁には"More eat. More smart."のポスターが貼ってあった。

わたしはナッツスムージーを飲んで時間を潰すと、お悔みの挨拶が途切れたところを見計らって、オリーブ・ワトキンスに声を掛けた。

「小説家のティム・ファインズです。アレックスが事務所を開いてから八年ほど、助手をしていました」

オリーブは車椅子に腰掛けたまま、わたしの手を握った。療養のため現在も入院しているが、来週には退院の予定だという。失踪前の写真よりも白髪が薄くなっていたが、血色は悪くなかった。

「大変な目に遭われましたね」

「ありがとう。でもわたしは何不自由なく暮らしていただけなんです」

オリーブはぎこちなく笑った。誰よりも彼女が一連の出来事に戸惑っているようだった。

「新聞で読みましたよ。セーフティハウスでは好きな本を注文できたんだとか」

「ええ。アンティーク趣味の雑誌をたくさん買ってもらいましたし、『名探偵ポワロ』のDVDも揃えてもらいましたよ」

オリーブが白い歯を見せる。自身を匿った自称MI6に好感を持っているようだ。そこでふとわたしの手のコップに目を留めると、眉間に皺を寄せ、車椅子のタイヤを軋ませた。

「どうかしましたか」

「不思議なことを思い出したんです。わたしもそれ——ナッツスムージーが大好きなんです。でもレティにそれを言ったことはありません。それなのに五月の半ばくらいから、朝食にナッツスムージーが添えられるようになったんです。しかも六月に入った頃から、量が少し増えたんですよ」

何かと思えば益体もない話だった。

組織が予めオリーブの好物を把握していて、彼女を喜ばせようとメニューに加えた可能性も否定はできない。とはいえ、たまたま用意したスムージーが彼女の好物だったというのが実際のところだろう。

「刑事さんに教えてあげてください。何が役立つか分かりませんから」

わたしの投げやりな助言に、オリーブは「そうするわ」と微笑んだ。

葬儀の翌日、「謎が解けた」とのたまうサイーフに呼び出され、セント・ジョンズ・カ

レッジを訪ねた。

「昨年の十二月。若い女性がサウス・イーリング駅近くの線路に飛び込んで自殺した」

サイーフはマンゴーとパッションフルーツのスムージーを一口啜ると、レザーケースから四枚の紙を取り出した。

一枚目は新聞の切り抜きだった。その事故は十二月七日の午後九時過ぎに起きたという。橋から飛び降りた女性は車輪に擦り潰され、細切れになってレールや列車の底面にこびり付いていた。身元を突き止める手掛かりはなく、行方不明者の情報もないことから、ロンドン警視庁の報道官は心当たりがあれば連絡してほしいと呼びかけていた。

「事故の後、現場にはこんなものが貼られていた」

二枚目は縮刷されたポスターだった。死者の服装がイラストで再現されている。垢抜け(あかぬ)けないセーターとデニムパンツに、丈の長いトレンチコート。靴はショートブーツ。首にマフラーを巻き、頭にはニット帽をかぶっている。

「個性のないファッションだな。安物の手袋を足せば二十歳(はたち)の頃のわたしになりそうだ」

「ロンドン警視庁に連絡したくなったか？ その必要はない。事件の四日後、コートのポケットに入っていた学生カードから身元が判明した。布地が焼き付いて袋綴(と)じされていたのを捜査員が見つけたらしい。遺体はロンドン芸術大学の学生、アミナ・K・ムタリカ。

彼女のプロフィールがこれだ」

三枚目は大学の入学書類だった。顔写真の下に個人情報が並んでいる。ロンドン芸術大

学の職員から拝借したのだろう。

「アミナは南アフリカ出身の留学生で、セントラル・セント・マーチンズの基礎コースに

在籍していた。　身元保証人はラスティ・キバキ。ホルヘが南アフリカで使っていた名前

だ」

　わたしは思わず膝を乗り出した。

「彼女はホルヘとつながっていたのか」

「よく見ろ」　顔写真を指して、「アミナはホルヘの娘だ」

　言われてみると、腫れぼったい一重瞼や厚い唇がホルヘとよく似ていた。

「アミナは下宿に直筆の遺書を残していた。十月末にバーミンガムを旅行した際、彼女は

クラブでドラッグを盛られ、不良たちにレイプされた。彼らはそのときの様子を撮影して

いて、ネットに映像をアップすると言って金銭を要求した。彼女の銀行口座には晩飯代も

残っていなかったそうだ」

　サイーフが最後の紙を捲る。　ミロのヴィーナス像のデッサンだった。

「きみの落書きかい？」

「アミナが自殺した日に描いたものだ。　午前中にデッサンの試験があったらしい。　構図は

未熟だけど質感の描き込みに力がある。　基礎コースは難なく卒業できただろう。

ホルへがロンドンへやってきたのは、娘を死に追いやった犯人を突き止め、仇を討った

めだ。ザンビアのギャングには同害報復の思想がある。目には目を、レイプにはレイプを。

ホルへは不良たちの尻を掘って列車の下敷きにするつもりだろう」

サイーフは満足げにテーブルを叩いた。

「彼らには気の毒だが、これはぼくらと何の関係もない話だ」

本当にそうだろうか？

わたしの頭に浮かんだのは、サイーフのものとは異なる推理だった。

アレックスはなぜ、一六〇ポンドも体重が増えていたのか。わたしの推理はこの疑問に

説明を付けることができる。アミナの自殺と、アレックスの監禁。二つの事件は密接に関

わっていたのだ。

「ぼくたちにできるのは、アミナの死を悼むことくらいだ」

サイーフが書類をレザーケースに仕舞う。視線の先には、バッキンガム宮殿を背にした

若い女の写真があった。

これ以上、彼を巻き込むことはできない。

「アボカドを凍らせてあるんだけど、どうかな」

わたしは頷いた。

「一杯もらうよ」

深夜一時、タクシーで自宅へ帰った。

トニーはソファで膝を組み、『ネロ・ウルフ』を観ていた。

「ティム。ぼくに内緒でどこへ行ってるんだ」

振り返らずに言う。心臓が波打った。

「取材だよ」

「今朝のニュースで、きみがアレックスの葬儀に参列してるのを見た」

トニーはテレビを消した。暗い画面に、泣き腫らした顔が映っていた。

「アレックスが死んだ事件を調べてるんだろ？　確かにぼくは人を殺した。アレックスに

刑務所へ入れられたのも事実だ。でもぼくはもう昔のぼくじゃない。罪は償ったし、心か

ら過去を悔やんでもいる。それなのにどうして隠し事をするんだ」

トニーの声が震えた。ほんの少しとはいえ、彼を疑った自分が恥ずかしくなった。

「ぼくは怖いんだ。ぼくには、きみしかいない。きみがいなくなったら──」

「すまなかった」

わたしはトニーの肩を抱き寄せた。

4

ロンドンは夕方から雨が降っていた。

コヴェントガーデンのパブ〈壁の穴〉でドライフルーツをつまみにウィスキーをちびち

び飲んでいると、目当ての三人が現れ、奥のテーブル席に腰を下ろした。わたしは一息に

グラスを空にして、彼らのもとへ向かった。

「ラスティ・キバキさんですね」

老人は黙り込んだまま、パイプに刻み煙草（たばこ）を詰めている。

「汚れたホルへと呼んだ方がいいですか」

ベースボールキャップが傾き、濃褐色の瞳がこちらを向いた。

「きみは誰だ」

「小説家のティム・ファインズです」

ポケットで携帯電話が震える。編集者からの催促だろう。右手を入れ、電源を切った。

「二十七年前、あなたの縄張りでMPを配ろうとして、あなたに奪われた西洋人です」

老人の眉が持ち上がり、額のタトゥーが潰れた。子分が腰を浮かすのを、人差し指で制

する。

「きみからものを奪った覚えはないが、きみの顔には見覚えがある。何の用だね」

わたしは掌の汗を拭って、斜向かいの椅子に腰を下ろした。遠目ではタトゥーに隠れていたが、老人の顔にはたくさんのケロイドや縫合痕があった。

「アレックス・ワトキンスを死に追いやったことを認め、自首してください」

老人は子分と視線を交わし、おかしそうに笑った。

「奇妙なことばかり言う男だ。おれが太った探偵を死なせた？ 何のために？」

「あなたの娘をレイプした犯人を見つけるためです」

それがわたしの推理だった。

「わたしには優秀な刑事の知り合いがいます。あなたが自首するなら、彼らにあなたの娘の事件の再捜査を約束させます」

刻み煙草に火を点けようとした老人の手が止まった。

アレックスを憎む犯罪者は多い。だが彼の体重は三カ月で一六〇ポンド増加していた。犯人は彼を拘束し、強制的に太らせたのだ。犯人の狙いが彼を苦しめることなら、他に金も手間もかからない方法がたくさんあったはずだ。

なぜ犯人はアレックスに大量の食事を摂らせたのか。

彼がグルメ探偵だったからだ。

推理を働かせるとき、彼が大量の食事を摂ることはよく知られていた。人は誰しも、自

を持たなかった。

続けた。もちろんアレックスは、それが無意味なことだと訴えただろう。だが彼は聞く耳

彼は娘をレイプした犯人を見つけさせるため、グルメ探偵を拘束し、大量の食事を与え

食事を摂れば摂るほど、アレックスの知性は向上する。彼はそう思い込んだのだ。

のかもしれない。

あるいは街中に貼られた"More eat, More smart."というポスターが彼を誤解させた

ことを知る。その男は大量の食事を摂ることで、並外れた才能を発揮するという。

は、かつて自分たちの縄張りを荒らした狼藉者（ろうぜきもの）が、グルメ探偵なる肩書きで活躍している

そんな環境で育った男が、娘の死の真相を探るため、ロンドンへやってきた。そこで彼

いった言葉を知らなくても、彼らはそれを肌感覚で学んでいただろう。

れば知性は育つ。食事がなければ育たない。これが彼らの現実だ。知的障害や学習障害と

これは肉体に限ったことではない。脳の発達にも当然、十分な栄養が必要だ。食事があ

とになる。

栄養が必要で、それがなければ体重が増えず、成長が遅れる。最悪の場合は命を落とすこ

彼らにとって食糧とは、命を育むための必需品に他ならない。子どもの発育には十分な

だが飢饉（ききん）地域で育った者には、この習慣は理解しがたかったのだろう。

身の力を引き出すための習慣を持っている。アレックスの場合、それが食事だったのだ。

「仮にきみの想像が正しかったとして」

ホルへはオイルライターでテーブルを打った。

「秘密情報部がしゃしゃり出たのはなぜだね。おれはこの国を敵に回すような悪事を働いた覚えはないぜ」

「そうでしょう。アレックスの母親、オリーブ・ワトキンスを隔離したのはMI6ではありません」

彼らはオリーブがナッツスムージーを好んでいることを知っていた。一般市民の食の好みまで把握しているとは思えない。MI6がどれだけ情報収集に秀でていたとしても、彼女の雇ったアルバイトだと思います」

「オリーブを匿ったのはアレックスの友人か、彼の雇ったアルバイトだと思います」

もし自分が消息を絶ったときは、母親をセーフティハウスに連れて行ってほしい。アレックスは仲間にそう頼んでいたのだろう。母親の好きなメニューを伝えていたのも料理好きのアレックスらしい。

セーフティハウスへ来て三日目に渡されたという直筆の手紙は、アレックスが事前に書いておいたものだ。仲間にMI6と名乗らせたのも、母親に無駄な不安を抱かせないためだろう。彼女がその肩書きを信じ、警察にもそれを伝えたため、アレックスが国際的な策謀に巻き込まれたかのような誤解が生じたのだ。

「この街には探偵がたくさんいるんだな」

ホルへは毒気の抜けた態度で、刻み煙草に火を点けた。

「あなたの娘が描いたデッサンを見ました。わたしは美術に造詣がありますが、友人は才能を感じたそうです。彼女の未来を奪った犯人は法に則って処罰されるべきです。ロンドンの優秀な警察に任せてください」

「素晴らしいアイディアだ」

老人は子分に人差し指を振った。

「すべてが間違っている」

二人の子分が立ち上がり、左右からわたしを押さえ込んだ。足を折られた男の悲鳴がよみがえる。首の裏を殴られ、全身の力が抜けた。気づけば膝を折り、左右の腕を後ろに回していた。

「初めに言った通りだ。おれはきみからものを奪ったことなどない」

それに、と煙を吹く。

「ロンドンへ来たのは観光のためさ」

老人が指を払う。二人はわたしを引き摺って、店の外へ放り出した。

通行人が迷惑そうにこちらを見る。財布や携帯電話が歩道に散らばっていた。愛想笑いを浮かべ、それらを拾い集める。

ふと胸騒ぎがした。

携帯電話の電源を入れる。トニーからの不在着信がずらりと並ぶ。メールも一通届いていた。

help

自宅へ帰ると、見知らぬ女がインターホンを鳴らしていた。

「この家の者です。どうしましたか」

女はわたしに気づくと、レインコートの内側から警察証を取り出した。

「不審者が家に押し入ろうとしていると五分前に通報がありました。でもご覧の通り、返事がありません。何かご存じですか」

わたしはドアの錠を外し、玄関に飛び込んだ。トニーの名前を呼ぶ。返事はない。パンの焦げる臭いがした。

廊下を抜け、ダイニングを見回す。食べかけのトーストにピーナッツバター。ティーカップから白い湯気が立ち上っている。

カウンターの向こうから息を呑む音が聞こえた。キッチンに駆け込む。トニーが身を縮めて震えていた。

「もう大丈夫だ」

トニーは表情を和ませ、掌で頰を拭った。

「何があった？」

抱き寄せようとしたトニーの口から、悲鳴が轟いた。

背後を振り返る。女が警棒を振り下ろし、世界が暗くなった。

5

アミナ・K・ムタリカは本を読んでいた。ローストターキーが表紙に描かれたペーパーバック。わたしのデビュー作『七面鳥殺人事件』だ。

「ミステリー小説って、読み終わるとすぐに忘れちゃうんです」

わたしも身に覚えがある。賛意を示したかったが喉から声が出なかった。腹の様子がおかしい。ビュッフェの帰り道のような、息苦しさの混じった膨満感があった。

「読んでるときは面白くても、わたしの人生には役立たないですよね。だから忘れちゃうんだと思います。大事なことは自然と思い出しますから」

「あの」ようやく声が出た。「ここはどこですか」

窓のない部屋だった。わたしは冷たい鉄の椅子に座っている。手足を鉄線で縛られ、鼻には太いチューブが挿し込まれていた。

「わたしを知っていますか?」

アミナは本を閉じて顔を上げた。ホルへと似ているのは顔だけで、身長は四・五フィート(一三七センチメートル)ほどしかなかった。

「ロンドン芸術大学のアミナさんでしょう。写真で見ました。列車に撥り潰されて亡くなったと聞きましたが、無事だったんですね」

「アレックスは偽装自殺だと気づいていましたよ」

アミナは平然と言った。アレックスを攫ったことを隠す気はないようだ。

「あなたにも彼のような才能があれば、父の前で恥を掻かずに済んだでしょうね」

わたしがホルへに推理を披露したことも聞いているらしい。アミナが生きていると知っていたら、彼女を死なせた犯人を見つけるためにグルメ探偵を攫ったという推理は浮かんでもこなかっただろう。

「線路への飛び降り自殺を報じた記事とポスターを見て、アレックスはすぐにわたしが生きている可能性に気づいたそうです」

「現場も見ずに?」険のある声が洩れた。「いくら名探偵でもそれは無理でしょう」

「彼は死者の着ていた服に注目したんです。現場からトレンチコート、セーター、デニムパンツ、マフラー、ニット帽などが見つかりましたが、一つだけ見当たらないものがありました。手袋です」

ポスターに描かれた、死者の服装を再現したイラストを思い出す。

「コートに入っていた学生カードから推測された死者——アミナ・K・ムタリカ嬢は、自殺したその日もロンドン芸術大学のキャンパスを訪れていました。指がかじかむと鉛筆が持てなくなってしまいますから、冬場は手袋が欠かせません。デッサンの試験があるならなおさらです。ロンドン警視庁の捜査員が手袋を見落としたのでなければ、遺体は別人の可能性がある。アレックスはそう考えていました」

「手袋をしていないだけで、なぜ別人という話になるんです」

「犯人が指紋を潰した可能性が生じるからです。アミナ嬢の遺書や彼女が暮らした部屋を調べれば、すぐに彼女の指紋が見つかるでしょう。それを死体の指紋と照合すれば、死体が本当に彼女のものか簡単に分かってしまいます。列車が指を轢いてくれればいいのですが、線路に死体を投げ込むだけでうまく指が潰れるとは限りません。自殺を偽装するには遺書が欠かせませんし、下宿からすべての指紋を消し去るのも非現実的です。そこで犯人は、死体から指紋が採取できないように、あらかじめ指を潰しておくことにしたんです」

アミナは自分の人差し指を軽く叩いた。

「犯人は金槌などで指を潰すと、指紋が消えたことを確認して、手袋を嵌めようとしました。ところが指の骨が変形し、手袋が嵌まらなくなってしまったんです。犯人はやむなく手袋を処分し、死体をそのまま線路に投げ捨てた——というのがアレックスの推理です」

わたしはくらくらしていた。手袋がなかったというだけでそんなことまで考えるのは、この世界でアレックスだけだ。

「わたしがアレックスよりも劣っていることは分かりました。あなたの狙いは何ですか?」

「自分を自由にすること。そしてあなたの脳に真実の記憶を焼き付けることです。思い出せませんか。あなたは以前にもわたししと会ってるんです」

わたしは首を捻った。サイーフに顔写真を見せられたのは覚えているが、対面するのは初めてのはずだ。

「サイン会でお会いしましたか。それともトニーの友人? ひょっとしてサイーフの教え子?」

アミナはわざとらしく息を吐いた。

「やっぱりわたしたちのことは大事じゃなかったんですね。読み終わるとすぐに忘れてしまう、退屈なミステリー小説みたいに」

『七面鳥殺人事件』をバッグに仕舞い、冷蔵庫の扉を開ける。そこから十リットルは入りそうなポリタンクを担ぎ出した。

「あなたは二十七年前、わたしの父がMPを強奪したと信じているそうですね」

またも妙なことを言う。ホルへもなぜかそれを否定していたのを思い出した。

「信じているのではなく、知っているんです。わたしは記憶の一部を失っていますが、あなたのお父さんが武装した仲間を連れて乗り込んできたことははっきり覚えています。いくつも悲鳴が上がって地獄のようでした」

「そこまで覚えているなら、真実にも気づきそうなものですけど」

アミナはわたしの正面にポリタンクを置いた。

「おかしいと思いませんか。わたしの父が供給所に乗り込んだとして、なぜそこにいた人たちが悲鳴を上げるんです?」

その言葉の意味を理解した瞬間、わたしの頭は真っ白になった。

あのときわたしは供給所の中にいた。乗り込んできたホルへの声を掻き消すほどの悲鳴が轟いていたとすれば、それが発せられたのは建物の中だ。MPを投与してもらおうと外で待っていた人たちではなく、点滴装置でMPを投与されていた人たちが叫んでいたことになる。MPの効果はすぐに現れるから、彼らは生まれて初めて味わう満腹感に陶然としていたはずだ。ギャングがやってきたくらいで悲鳴を上げるとは思えない。

ではあの声は何だったのか。ホルへが乗り込んできたこととは別に、泣き叫ばずにはいられないようなことが起きていたのか。

「本当のことを教えましょう」

アミナはポリタンクに腰掛け、ポケットから携帯電話を取り出した。

「あなたたちがMPを譲り受けようとしたチェンナイの化学メーカーは、工場すら持たないダミー会社でした。到着予定日を過ぎてもMPは届かなかったんです」

違う。そんなはずがない。

「供給所の開所日、たくさんの母親が子どもを連れて集まりました。このとき素直に謝罪すれば良かったんです。でもあなたたちは臆病でした。実情がばれたら殺されると思ったんでしょう。あなたたちは、と脅されていたこともあり、実情がばれたら殺されると思ったんでしょう。『嘘だったらただではおかない』MPは届いていると言い張ったんです」

「でたらめなことを言うんじゃない」

「あと少し待てばMPは到着する。そう信じたあなたたちは、子どもを供給所に閉じ込めました。予定通り投与を行っているが、その様子は公開できない。母親たちにそう嘘を吐いて、急場を凌ごうとしたんです」

「もうやめてくれ」

アミナが携帯電話をこちらに向ける。

画面に黄ばんだ写真が映っていた。コンクリート打ちっ放しの小部屋に、痩せ衰えた子どもたちが押し込まれている。床の引っ掻き傷に見覚えがあった。

「これがあなたを信じた子どもたちです。わたしたちは飢餓の苦しさから解放されると信じて供給所を訪れました。もちろん食糧はありません。わたしたちは家族と引き離され、

暗い部屋の中で、一人また一人と死んでいきました。三日目に五人、四日目に七人、五日目には八人。死者は二十人に上りました」

喉の奥から嘔吐きが込み上げる。唇を嚙んでそれを堪えた。

「子どもが戻らないことを不審に思った母親たちは、わたしの父に相談しました。父はならず者ですが、人々の尊敬を集めていました。父が手荒なやり方で食糧を調達してくるおかげで生き延びられた子どもが大勢いたからです。話を聞いた父は、仲間を連れて供給所へ乗り込みました。そこにあったのは、折り重なった子どもたちの死体でした」

二十七年前の悲鳴が、確かに鼓膜を揺らした。子どもを失った悲しみ。無慈悲な神への苛立ち。そしてわたしたちへの怒り。それは供給所へ押し入ってきた母親たちの悲鳴だった。

「あなたたちはその期に及んでもなお、自分たちは詐欺の被害者だと訴えました。父はことの真偽を質すため、三人をアジトへ運びました。でもあなたたちはそこを抜け出し、母国へ逃げ帰りました」

そしてアレックスとサイーフは、記憶障害を起こしたわたしに、事実とは異なる経緯を教えたのだ。

──ぼくはこれ以上、秘密を抱えることはできない。

寿司職人殺しを告発した後、アレックスはそう口にした。彼は二十人の子どもを餓死さ

せた過去を隠し、その重さに耐え続けていたのだ。

サイーフも同じだ。わたしが二十七年前のことを話そうとすると、彼は必ず話題を逸らした。わたしが真実を思い出してしまうのが怖かったのだろう。

「償いの機会をくれませんか」

喘ぐように言った。

「言い忘れましたが、わたしたちが拘束しているのはあなただけではありません」

アミナは携帯電話を操作し、ふたたびわたしに向けた。ローテーブルを挟んで男女が何やら話し合っていた。した映像が映っている。

「トニー?」手首に鉄線が食い込んだ。「何をしてる。あの女は誰だ」

「今回の名前はアリア、肩書きは特殊偵察連隊の捜査官です。あなたが国際テロ組織に拉致されたので、情報漏洩を防ぐため一時的に拘束したことになっています。あなたには後日、この設定を裏付ける手紙を書いてもらいます」

「トニーを巻き込むな。彼は関係ないだろ」

「わたしたちがパートナーに危害を加えることはありません」

アミナは携帯電話をポケットに仕舞った。

「この部屋のルールを説明します。あなたは二人目ですが、ルールは三人とも同じです。その一。あなたは毎日、朝晩に300ミリグラムのMPを投与される。

その二。あなたは毎日、体重の6%に相当するナッツスムージーを与えられる。このスムージーには1グラム当たり20マイクログラムのタリウムが含まれる」

「タリウム?」

思わず叫んだ。タリウムは猛毒だ。致死量は分からないが、毎日摂取し続けたらただでは済まない。

いや、そうではない。タリウムは本来、タリウムの解毒剤だ。同時に摂取すれば、タリウムを体外に排出し、中毒を防ぐことができる。だが──。

「その三。ナッツスムージーのうち、あなたが飲み残した分は、パートナーの翌朝の食事に提供される」

全身の力が抜けた。アミナの狙いが分かったのだ。

トニーを守りたければ、毎日、体重の6%相当のスムージーを飲み干さなければならない。体重が150ポンド(68キログラム)ならスムージーは9ポンド(4キログラム)だ。MPの作用によって、わたしは満腹時に空腹感を覚えるようになっている。大量のスムージーを飲み続けたら、餓死するのと変わらないほどの飢餓感に襲われるはずだ。

「目には目を、飢えには飢えを、です」

アミナがほくそ笑んだ。

非道の限りを尽くした極悪人に、すべての被害者と同じ苦しみを与えることはできない。

たとえ死刑を執行したとしても、その人物が死の苦しみを味わうのは一度だけ。いつかの義足の男の言葉を借りるなら、人は一度しか殺せないのだ。

だがこの方法なら、一人の人間に、すべての被害者の苦しみを与えることができる。

「監禁三日目に五人、四日目に七人、五日目に八人が亡くなりました。彼らが死に至るまで苦しんだ時間を合計すると、3×5＋4×7＋5×8＝83となります」

アレックスが消えてから、トラックに撥ねられて死亡するまでの日数と同じだ。

「これから八十三日間、あなたには餓死し続けてもらいます」

アミナは立ち上がると、ポリタンクの蓋を開け、わたしの鼻へ挿し込まれたチューブの反対側を垂らした。泥沼のように泡立っているのは大量のナッツスムージーだ。

「すみません。何でもします。やめてください」

「手元のレバーを引くとスムージーが食道へ直接流れます」

アミナは肘掛けに取り付けられたレバーを倒した。ぼこぼことポリタンクから音が鳴り、チューブが右から左へ土色に染まっていく。鼻に痛みが走った直後、腹の奥に重たい感触が広がった。

「アレックスは母親を守り抜きました。オリーブさんには脱毛の症状が見られましたが、医師もタリウム中毒と気づかないほど軽いものでした。あなたも恋人を守れますよ」

アミナはレバーを戻し、ハンカチで指を拭いた。

「おいあばずれ。調子に乗るな。腸を引き摺り出すぞ」

アミナは目を丸くした。

「おれには優秀な刑事の知り合いがいる。ここが見つかるのは時間の問題だ」

「どこにいるかも分からない人間を助けに来るほど、世界は暇じゃないんですよ」

アミナは憐れむような笑みを浮かべると、乾いた靴音を鳴らして部屋を出て行った。

わたしは大声でアミナを罵った。縛られた手足を揺らし、子どものように泣き叫んだ。

喉が嗄れても叫び続けていると息ができなくなった。老人のように咳き込み、必死に深呼吸した。

ふと気づくと、腹に横たわっていた膨満感がなくなっていた。

げろがげり、げりがげろ

1

人生でもっとも悲しいことの一つは、かつて恋をした女性をアダルトビデオで目にする
ことである。ましてや売れない企画女優となれば悲しみはひとしおで、居ても立ってもい
られず、犬ころならキャンキャン吠えて走り出すような気分になる。

十一月一日、午前十一時。代々木公園の西の交差点。コンビニの向かいに停車した、一
見何の変哲もない小型トラックのコンテナ。

「今日はよろしくお願いします」

女優が頭を上げ、傷んだ前髪を耳に掛けたとき、おれは彼女に見覚えがあることに気づ
いた。

ベージュに染めたセミロングの髪。つり上がった目。尖った鼻。厚い唇。昨日の晩に親
知らずを抜いたような下膨れ顔。愛嬌はあるが色気はない。醜女ではないが美人でもな
い。こんな女、どこで見たのだろう。

「予定通り十一時半開始で。詳しい段取りはあいつに聞いて」

監督の渡鹿野正はおれを指して言うと、女優を控室に案内して、録音の鶴本杏子とコ
ンテナを出て行った。男優役をスカウトするのだ。

おれはノートパソコンを開き、事前に事務所から届いたタレント資料に目を通した。

枢木くるみ。28歳。年間三十本ほどの作品に出演しており、渡鹿野監督の作品では二年前に『アナル大相撲2』と『床ジミ五月場所』に出ている。NGはアナルとスカトロ。二年前は平気だったアナルが『床ジミ五月場所』に出ている。NGはアナルとスカトロ。二年前は平気だったアナルがNGになった理由を想像すると、何とも言えない気分になる。

くるみ、Dカップ。稼ぐために、AV出演を決めたブスを生でハメたおす』と『アナル大相撲2』と『床ジミ五月場所』に出ている。NGはアナルとスカトロ。二年前は平気だったアナルが

H85。身長155。B84、W58、

おれは気持ちを切り替え、ノックして控室に入った。

「ADの廣田です」

控室といえば聞こえはいいが、コンテナの前方を板で仕切って、化粧台とロッカーを置いただけの簡素な部屋だ。くるみは化粧台に足を載せ、膝の痣にコンシーラーを塗りたくっていた。

薄汚れたポーチには紙パックの紅茶と魚肉ソーセージが入っている。そんな食事で撮影を乗り切れるのだろうか。

「企画書は見てますよね。あとは台本読んどいてもらえれば基本オーケーです。メイクさんいないんで、十分前までに良い感じにしといてください。便所は出てすぐのコンビニにあります」

「分かりました」

「あと、念のため年齢確認させてください。免許証か保険証ありますか。本当、念のため

「なんで」

「はい」

相槌が返ってくるまでに、わずかな間があった。緊張しているのではない。何かに気づいたが、それを口にしようか迷って、結局飲み込んだ――そんな間だった。ひょっとして彼女もおれを知っているのだろうか。

おれが渡鹿野監督の撮影チームに入ったのは一年前のこと。当然、二年前の現場には参加していない。地元の格安ソープかヘルスで抱いた女だろうか。

「……ひろぽん?」

くるみが目を細める。ひろぽんといえば、おれが小学生の頃の渾名だ。

「あたし、荻島春香」

ポーチから取り出した運転免許証のコピーにも同じ名前があった。その四文字が呼び水になって、走馬燈のように記憶がよみがえる。

荻島春香。子どもの頃、所沢の同じ団地に住んでいた幼なじみだ。年齢が同じで、どこ、夜の見回りに忍び込んだり、工場の跡地を探検したり。二匹の野良犬を檻に入れて戦わせたこともある。街中で拾い集めた小銭で買ったコンビニのおでんは信じられないほど美味しかった。

やんちゃで肝の据わった春香とは対照的に、妹の夏希は病気がちで、口数も少なかった。春香はそんな妹をいつも気にかけていて、自分は骨を折っても高熱を出してもけろりとしているくせに、夏希が転んだりもどしたりすると目の色を変えておれのところへ飛んできた。

中学校に入って少しした頃から、おれは春香とあまり喋らなくなった。ありがちな話だ。おれが一年の秋で学校へ行かなくなってからは、顔を合わせることもめったになくなった。

心の距離が遠くなるほど、おれは春香が好きになった。もっと匂いが嗅ぎたかった。小学生の頃と同じように遊びたかった。近くのコンビニや路上で姿を見ることもあったが、気恥ずかしくて声を掛けられなかった。

中学三年の春。別れは唐突にやってきた。春香が大宮へ引っ越すことになったのだ。母親が新世界信仰会という宗教に入れ込んで、修行のために家族で施設へ入ることになったのだという。

引っ越しの前日、春香と夏希が挨拶にきた。おれは子どもみたいに不貞腐れていて、言いたいことはたくさんあったのに、ただの隣人みたいな挨拶をしただけだった。

春香と出会うのはそれ以来、実に十三年ぶりだ。

今日まで何をしてた？　夏希は元気？　新世界信仰会は？　なんでAV女優に？　十三

年前と同じようにたくさんの言葉が頭に浮かんだが、口を衝いて出たのは短い言葉だった。

「久しぶりだな」

春香が唇の端を吊り上げる。ひどく卑屈な、媚びへつらうような笑みだった。やっぱり別人だったら良かったのに。がちゃがちゃした前歯だけは、あの頃の少女と同じだった。

「撮影、がんばれよ」

なぜか後ろめたくなって、逃げるように控室を出た。

おれは一年前から小規模な映像プロダクションで働いている。所属は制作部。担当している〈ライカ・ボノボ〉はAV監督の渡鹿野正が立ち上げた看板レーベルだ。

渡鹿野正はAV界の鬼才としてその名を知られている。小学生のときから家庭用ビデオカメラでAVを撮っていたとか、妹の葬儀会場に女優を連れ込んでハメ撮りしたとか、宇宙初のAVを撮るためにアメリカの民間宇宙ベンチャーと契約したとか、虚実入り交じった逸話は枚挙に暇がない。

世間からは大層な変わり者と思われているようだが、イメージに反して本人は常識人の部類に入る。AV監督として特筆すべきは、演出への徹底したこだわりだろう。どんなに馬鹿げた企画でも、キャスティング、ロケーション、カメラワーク、演技指導、編集に至るまで、一切の妥協を許さない。

渡鹿野の品質へのこだわりが生んだ発明の一つが、女優とのインセンティブ契約だ。A
Vの出来栄えは女優の意気込みに大きく左右される。そこで渡鹿野は、固定の出演料に上
乗せして作品売上の3〜5％を女優に支払うよう、制作会社と事務所で契約を結ばせたの
だ。売れた分だけ成果報酬が支払われるから、女優も意欲を持って撮影に臨めるというわ
けである。

〈ライカ・ボノボ〉のスタッフは、監督兼カメラマンの渡鹿野正、録音の鶴本杏子、それ
にADの廣田宏、つまりおれの三人。応援のバイトや事務所のマネージャーが現場に来
ることもあるが、大半の撮影はこの三人でこなしている。

今回の作品は『格差社会に負けるな！　増税に喘ぐサラリーマンを夢のペイペイ美女が
セックスポイント還元で負担軽減スペシャル2』。増税に苦しむ街角のサラリーマンをス
カウトし、小型トラック〈パンバニーシャ号〉のコンテナに設えた簡易スタジオで女優
との絡みを撮影するという企画だ。十月一日の消費増税と同時に公開した第一弾が話題に
なり、配信サイトの月間ランキングでトップ10入りの快挙を達成。満を持して第二弾の制
作が決定したのだった。

「特上の素人を捕まえたぜ。廣田、説明よろしく」

コンテナ後方のドアが開いて、渡鹿野と鶴本、それに貧相なおっさんが入ってきた。日
焼けした禿げ頭に重たげな瞼、ボロボロの肌に無精髭、皺だらけのシャツに太鼓腹。ど

う見てもまともなサラリーマンではない。そもそもまともなサラリーマンが平日の真っ昼間にAVに出るはずもないのだが。

渡鹿野はこの手の冗談じみた企画でも、プロの男優ではなく本物の素人を起用する。契約で揉めたり、性病を移されたりする恐れもあるが、それしきのことで芋を引く男ではない。

「お名前は？」

「山根 力（やまねつとむ）です」

おれはおっさんをスタジオの隅に座らせ、出演同意書にサインさせた。渡鹿野と鶴本はその隙にカメラテストを始める。

そうして迎えた、十一時三十五分。

「スリー、ツー、ワン、スタート」

渡鹿野の掛け声で撮影が始まった。

まずはソファに座った山根に、渡鹿野がカメラを担いでインタビューする。「消費増税どうですか」「節約も大変ですよねぇ」「それじゃ風俗も行けないでしょう」「AVも安くないですよ」「溜まってるんじゃないですか」うんぬん。

山根は不安が九割、期待が一割くらいの表情で、しきりに下腹部や内股を擦っている。

一通り質問が済んだところで渡鹿野が指で合図を出す。

おれは控室の春香を手招きする。

「こんにちは、くるみです」

季節外れの白ビキニを着た春香が手を振って登場し、山根の隣に腰を下ろす。　山根は汗も掻いていないのにハンカチで額を拭うと、

「あの、すみません」

なぜかおれを見て言った。　渡鹿野が舌打ちして録画を止める。

「ADは見るなと言っただろ」

「ごめんなさい。あの、お腹が痛くなっちゃったんですけど」

号泣寸前の子どもみたいな声だった。

「仕事中だろ。　大人なんだから我慢しろよ」

「はい。すみません」

渡鹿野はすぐに撮影を再開する。　春香は「溜まってますねぇ」と言いながらおっぱいを出し、山根の股間をまさぐる。　いつかのおれが見たら泣いてマスをかく光景だ。

春香が山根のブリーフを脱がせ、半勃ちのイチモツを咥えようとした、そのとき。

「ごめんなさい！」

山根が弾かれたように立ち上がり、スタジオの隅のティッシュ箱に手を伸ばした。　糞だ。

糞が出るのだ。

おれはとっさにカーペットを引っ張った。

渡鹿野は自ら造り上げた〈パンバニーシャ

号〉に尋常ならざる愛着を持っている。スタッフでも中に入れるのは撮影時だけ。機材車はＡＤが運転するのが常だが、おれは〈パンバニーシャ号〉のハンドルに触れたこともない。そんな愛車を糞まみれにしたら、山根は首を折られるはずだ。

「あああっ」

案の定。山根の尻の穴からにゅるにゅると糞が出てきた。どこか懐かしい臭いが漂う。

「ファックファックファックファック！」

渡鹿野はカメラを置いて、山根の横っ面をぶん殴った。山根は毬のように転がって壁に激突。なおも肛門からは細切れの糞が出てくる。職業柄、糞を見る機会がないわけではないが、こんな不意打ちを食らったのは初めてだ。いつも冷静な鶴本も唇を嚙んで笑いを堪えていた。

「てめえ、どうしてくれんだよ」

渡鹿野が地団太を踏む。山根を蹴飛ばそうにも、大小の糞が邪魔して近寄れないのだ。当の山根はようやく糞が出尽くしたようで、前後から尻を隠して気まずそうに膝立ちしていた。

「掃除して撮り直すしかないでしょ」

鶴本が控室からトイレットペーパーとウェットシートを持ってくる。さいわい糞はカーペットに触れることなく、床の木板に鎮座していた。

渡鹿野が壁の時計を見る。時刻は十一時五十分。

「一時までに元通りにしろ。お前が洩らしたんだからお前がやれ。女優は控室で待機。廣田、お前はこいつを見張ってろ」

「あたしは？」

鶴本が肩を竦める。

「暇なら一緒に来い。ファミレスで飯でも奢ってやるよ」

暑そうにジャケットを脱ぎ捨てると、鶴本を連れて〈パンバニーシャ号〉を出て行った。

近くの小学校から十二時のチャイムが聞こえる。おれは自分が空腹であることに感心した。

目の前に糞があっても腹は減るのだ。

山根はウェットシートを捻じって紙縒りを作り、床板の隙間に入った糞をほじくっている。見張りが目を離したところで、このおっさんに逃げ出す度胸があるとは思えなかった。

「めしを買ってくる。そこにいろよ」

おれはコンテナ後方のドアから〈パンバニーシャ号〉を出ると、後ろ手にドアを閉めた。ガチャンと錠の掛かる音。ドアがオートロック式になっているのは、間違っても部外者が中へ入ってこられないようにするためだ。

横断歩道を渡り、向かいのコンビニ〈ホカホカライフ〉へ足を運んだ。「秋のおでん＆

たい焼きセール実施中！」と一文字ずつ印刷した紙が貼ってある。ドアを開けると香ばしい薫りが充満していた。そういえば春香も腹を空かしているはずだ。魚肉ソーセージだけではもたないだろう。

おれは迷った挙句、おでんを二人分買って〈パンバニーシャ号〉へ戻った。腹ばいになった山根が怯えた目でこちらを見る。おれは山根を無視して、控室のドアをノックした。

「これ、昼めし」

春香は白ビキニにダッフルコートを羽織って、パイプ椅子に座っていた。

「どうもすみません」

他人行儀にお辞儀をする。おれがおでんを渡すと、容器の中身を見て息を止めた。

「こんにゃく、好きだろ」

「うん」遠慮がちに口角を上げる。「ありがとう」

水を打ったような沈黙。またしてもおれが言葉に詰まっていると、春香が口を開いた。

「夏希が重症筋無力症って病気でさ。治療にお金が要るの」

頭の中を読んだみたいに、春香が口を開いた。

おれは驚くと同時に、どこか安堵していた。やはり春香は変わっていない。妹のためなら、彼女は苦労を惜しまないのだ。子どもの頃、アイドルになりたいって言ってただろ。それで変な大人に騙さ

「安心した。

れてAV女優になったのかと思ったよ」

「何それ。いつの話？」

春香が苦笑する。

「新世界信仰会は続けてんのか」

「やめた。新世界への祈りが足りないとか、いい加減なことしか言わないから」

「お母さんも？」

「あの人はまだ信じてる。馬鹿だよね」

春香は寒さに耐えるようにコートの襟を合わせ、

「ねえ。お願いがあるんだけど」

「何？」

「午後の撮影、ひろぽんは来ないで」

真っすぐにおれを見据える。あの頃と同じ、射貫くような目だった。

「無理だよ」

おれにも生活がある。仕事を投げ出すわけにはいかない。

「そうだよね。ごめんなさい」

春香は顔を伏せた。

おれは息苦しくなって、控室を出た。

山根がちょこんと正座して、指の臭いを嗅いでい

る。ぱんぱんに膨らんだゴミ袋が六つ。どれもトイレットペーパーとウェットシートが詰まっている。

「あのう、掃除終わりました」

山根が指を隠して、作り笑いを浮かべる。床板の継ぎ目まで目を凝らしてみたが、糞は跡形もなくなっていた。

「〈ホカホカライフ〉の裏にゴミを捨ててこい。ばれないようにな」

おれは山根にコンテナのカードキーを渡した。これだけ多いと一度では運び切れないし、往復のたびに錠を開けてやるのも面倒だ。山根は五回くらい頷いてから、ゴミ袋を抱えて〈パンパニーシャ号〉を出て行った。

カーペットの位置を直し、消臭剤を十回くらいシュッシュする。袋からおでんを取り出してみたが、ついさっきまで糞があった場所で食事を摂るのは気が進まなかった。実物があったときは大して気にならなかったのに、人間の心はよく分からない。

おれはコンテナを出て、歩道のベンチに腰を下ろした。空には人間の腸みたいな妙な雲が浮かんでいる。

春香には冷たいことを言ってしまったが、おれも初恋の相手と汚いおっさんのセックスが見たいわけではなかった。なんとか午後の撮影を中止にできないだろうか。山根がもうひと踏ん張りしてくれたらいいのだが——。

牛すじの刺さった串を手に物思いに耽っていると、

「ごめんください」

見知らぬおばちゃんに声を掛けられた。黒目が大きく、おちょぼ口が河豚に似ている。

「時計が壊れてしまって。時刻を教えてくれませんか」

おれはおばちゃんにスマホのロック画面を見せた。いまどき携帯電話も持っていないとは珍しい。

年齢は四十過ぎぐらいか。おばちゃんは

「どうもすみません」と頭を下げ、歩道を進んでいく。

ふと思い立って、スマホで「枢木くるみ」と検索してみた。Twitterのアカウントが表示される。フォロワーは二百人ほど。

まとめサイトに並んで、Amazonやアダルト系の

一分前の十二時九分、「スタッフさんがおでん買ってくれた！おいしい！」というコメントとともに、あんぐりと開けた口にこんにゃくを入れようとしている写真を投稿していた。

春香にとって、おれはただのスタッフさんだったのか。親友とは言わないまでも、幼なじみとか友人とか書いてくれても良かったのに。

おれはスマホをポケットに仕舞った。馬鹿げた感傷を振り払い、牛すじに食らい付く。甲高いクラクションに続いて、キキィと金属の軋むような音が聞こえた。

顔を上げると、さっきのおばちゃんが交差点の真ん中で足を止め、腸に似た雲を眺めて

いた。

鼠色のワゴンが数十メートル先に迫っている。あのおばちゃん、やはり頭のネジが緩んでいたらしい。

「おい、逃げろ！」

おれは叫んだ。おばちゃんは動かない。ワゴンが数メートル手前でハンドルを切り、ブロックを飛び越えて歩道に突っ込み――こちらへ迫ってくる。

ベンチから立ち上がったときにはもうどうしようもなかった。鈍い衝突音とともに身体が撥ね飛ばされ、放物線を描いてアスファルトへ落ちていく。

死ぬ。一秒前までは予想だにしていなかったが、気づいたときには手遅れだった。人生を振り返る暇もなさそうだ。

さすがにADが死んだら撮影は中止だろうか。渡鹿野なら箔が付いたと喜んで、平然と撮影を続けるかもしれない。まあ、死ぬならどっちでもいい。

おれは瞼を閉じ、衝撃に身を任せた。

自分が悍ましい異世界へ迷い込むことになるとは、このときのおれは知る由もなかった。

2

「お兄ちゃん、大丈夫？」

くぐもった声が聞こえる。

瞼を開けると、おばちゃんが顔を覗き込んでいた。あんたのせいでワゴンに撥ねられた

というのに、能天気なやつだ。おれを撥ねたワゴンはどこにも見当たらなかった。

「大丈夫だ」

おれは手をついて身体を起こした。首を捻って全身を見回す。打ちどころが良かったの

だろう、右手に擦り傷があるくらいで大きな怪我はなさそうだ。足を止めていた数人の通

行人も、安堵した様子で道を歩き始める。

スマホを見ると、時刻は十二時二十八分。十五分ほど気を失っていたらしい。

右手の甲がひりひりと痛む。控室に絆創膏があったはずだ。ダウンジャケットの汚れを

払って立ち上がり、〈パンバニーシャ号〉へ向かう。

ポケットに手を入れる。カードキーがない。一瞬、血の気が引いたが、すぐに山根に貸

していたのを思い出した。

ドアをノックすると、数秒でドアが開いた。

「鍵、返せ」

山根がドアを押さえ、無言でカードキーを差し出す。ひどく顔色が悪い。

この男はおれが失神しているのに気づかなかったのか。いや、おれを助けるより「ゴミ

を捨ててこい」という言い付けを優先したのだろう。腹が立ったが、こいつを締め上げて

も仕方ない。スタジオを横切って、控室のドアを開けた。

「————」

おれは死ぬまでこのときの衝撃を忘れないだろう。

クンニか背面騎乗位の途中みたいに、春香が両脚をM字にかっ開いていた。ビキニは膝まで下がっていて、あそこが丸出しだ。

春香は左手にプラスチックの容器、右手に割り箸を持って、こんにゃくを肛門に突っ込んでいた。

おれは反射的に扉を閉めた。母親と知らない男のセックスを覗いたときと同じ、動物的な本能だった。

春香はだいぶマニアックでアブノーマルな性的嗜好を持っているらしい。どんな行為を嗜もうと人の勝手だが、せっかくの美味しいおでんを尻に入れるのはいかがなものか。黴菌を付けて食べるのが趣味なのか。

ぐらぐらと天井が揺れた。地震ではない、目眩だ。身体が火照り、腹の底から嘔吐きが込み上げてくる。やはり打ちどころが悪かったのだろうか。

おれは〈パンバニーシャ号〉を出ると、歩道の植え込みに身体を半分突っ込んで、吐いた。腸管がのたうちまわり、胃液がしつこく喉へ押し寄せてくる。

「ご、ごめんなさい!」

ふいにドアが開き、コンテナから山根が飛び出してきた。額に脂汗が滲んでいる。どうやらまたもよおしたらしい。

山根は決死の形相でおれを押しのけると、頭を垂れ、おえええっと叫んで口から黒いものを吐いた。

思わず植え込みを覗き込む。

山根の口から落ちたのはげろではなく、糞だった。

糞は尻から出るものと相場は決まっている。なぜこのおっさんは口から糞を出したのか。

春香も肛門にこんにゃくを突っ込んでいた。ということは、まさか──。

おれは〈ホカホカライフ〉へ駆け込むと、コーヒーマシンに並んだおばちゃんの肩を叩いた。

「あんた、飯はどこから食う?」

おばちゃんが振り向く。さっきの河豚に似たおばちゃんだった。

「頭か?　それとも尻か?」

「なんでそんなこと聞くんです」

「いいから教えてくれ」

おばちゃんは目をしばたたかせ、幼児の質問に答えるような顔をした。

「そりゃまあ、お尻から食べますけど」

やはりそうだ。

今、おれがいるのは、おれの生まれた世界ではない。

おれは企画のネタ出しのために読んだとある小説を思い出した。高学歴の童貞が交通事故で死ぬのだが、どういうわけか剣と魔法の世界に転生する。主人公は物理や化学の知識を駆使して、仲間を増やし、魔王と対決するのである。

どうやらおれも異世界へ転生してしまったらしい。口と肛門が逆転した、だいぶマニアックでアブノーマルな異世界に。ここでは尻でものを食べ、口から糞を出すのが当然の摂理なのだ。

おれはそのまま意識を失った。

全身の血の気が引いていく。ひどく気分が悪い。慌てて便所に駆け込んだところで、段差につまずいた。たたらを踏んで前のめりに倒れ、頭のてっぺんを手洗い器に打ち付ける。

気が付くと病院のベッドの上だった。窓の外の景色に見覚えがある。池尻大橋駅の北口、事務所のすぐ近くの大学病院だ。

枕元のデジタル時計を見る。十一月二日、午後四時。どうやら丸一日、眠っていたらしい。

下腹部に圧迫感があった。小便がしたい。おれはベッドを下りると、点滴スタンドを押して病室を出た。案内板を頼りに廊下を進み、男子便所に入る。

見慣れた小便器の代わりに、半球形の陶器が胸の高さに並んでいた。これでは背伸びしても小便が入らない。

おれが立ち尽くしていると、マンボウみたいな面長のおっさんが便所に入ってきた。白衣を着ているから医師だろう。

手を洗うふりをしながら、さりげなくおっさんを観察する。おっさんは背を屈め、すぼめた唇からおしっこを出した。

熱に浮かされたような気分で便所を出る。そこは入院患者用のラウンジだった。電話をかけたり本を読んだりしている者もいるが、大半の患者はぼんやりと陽光を浴びている。

少年の乗った車椅子が、おれの点滴スタンドにぶつかった。少年は山女魚の稚魚みたいな顔をしている。おれが愛想笑いを浮かべると、少年は化け物でも見たように目を丸くした。

「それ、歯？」

おれの顔に手を伸ばす。ぽかんと開いた少年の口には、歯がなかった。

なるほど。この世界の人間は尻の穴でものを食うから、口に歯が要らないのだ。どいつもこいつも口が小さく、魚みたいな顔をしているのはそういうわけか。

ふとラウンジを見回すと、入院患者が揃っておれの顔を見ていた。ゴンドラにぶら下がった窓掃除の兄ちゃんまでこちらを見ている。動物園の猿になった気分だ。おれは口を閉じ、そそくさとラウンジを出た。

病室に戻ると、医師と看護師、それにスーツの男が二人待ちかまえていた。

「ああ、良かった。廣田さん、困りますよ。勝手に歩き回らないでください」

泥鰌の医師が小言を言う。

「もう大丈夫だ。退院させてくれ」

「その前に話を聞かせてもらいましょう」

スーツを着た太刀魚が胸から警察手帳を取り出した。もう一人の鱒がおれの背後へ移動する。

「おれを撥ねたのは鼠色のワゴンだ。後は何も覚えてない」

「わたしたちは轢き逃げ事件の捜査に来たのではありません」

鱒刑事が冷え切った声で言う。どういうことだ。

「落ち着いて聞いてください」太刀魚刑事はコホンと咳払いした。「タレントの枢木くるみさんこと、荻島春香さんが殺されました」

太刀魚刑事の説明をまとめるとこのようになる。

　春香は〈パンバニーシャ号〉の控室で首を絞められて死んでいた。凶器はＳＭ用のベルト。控室のロッカーにあったもので、死体発見時も首に巻き付いたままになっていた。

　死体を見つけたのは渡鹿野と鶴本の二人だ。十三時十分、ファミレス〈ダーマーズキッチン〉から〈パンバニーシャ号〉へ戻り、控室で春香が死んでいるのを発見した。二人は警察に通報した後、周囲を探し回り、〈ホカホカライフ〉で雑誌を立ち読みしていた山根と、便所で倒れていたおれを見つけた。

　死亡推定時刻は十二時から十三時までの一時間。さらに解剖で消化管の内容物を調べた結果、胃から消化途中のこんにゃくが見つかった。摂食後の経過時間は十五分から二十分ほど。ワゴンに撥ねられたおれが目を覚ましたのが十二時二十八分、こんにゃくを尻に突っ込む春香を見たのはその直後——十二時三十分ごろだから、彼女はその十五分から二十分後、すなわち十二時四十五分から五十分の間に命を落としたことになる。おれがコンビニの便所ですっころんで気を失っている間に、春香は何者かに殺されてしまったのだ。

　凶器のベルトからは、春香、渡鹿野、鶴本、それにおれの指紋が検出された。春香の指紋は、首を絞められ、喉を掻き毟ったときに付いたものだろう。指紋が付いているのは当然だ。〈ライカ・ボノボ〉のスタッフの三人は過去の撮影でベルトに触れているから、指紋が検出されるのは当然である。撮影に関与した者の中では山根の指紋だけが検出されなかったが、昨日の撮影ではベルトを使っていないから、これも当然である。

〈パンバニーシャ号〉のコンテナのドアはオートロック式の錠が掛かっていて、カードキ
ーがなければ開けられない。おれは一度、山根にカードを貸したが、春香が生きているうちに取り返した。必
れだけ。おれは一度、山根にカードを貸したが、春香が生きているうちに取り返した。必
然的に、渡鹿野とおれの二人が有力な容疑者ということになる。

渡鹿野は十一時五十分に山根に激怒して〈パンバニーシャ号〉を出ると、十二時から十
三時までたっぷり一時間、ファミレス〈ダーマーズキッチン〉で鶴本と昼食を摂っていた。
〈ダーマーズキッチン〉は住宅街を抜けた先にあり、〈パンバニーシャ号〉からは約八百メ
ートル、大人が歩いて十分ほどの距離がある。渡鹿野は一度だけ、煙草を吸うために店の
外へ出たが、それ以外は席を離れていない。店の入り口に設置された防犯カメラには、二
人が証言通りの時刻に出入りする姿が写っていた。

一方のおれはというと、十二時半過ぎに気を失ってから十三時十五分に発見されるまで、
まったくアリバイがなかった。運の悪いことに〈ホカホカライフ〉の防犯カメラは一週間
前から故障しており、おれの映像は残っていなかったという。警察は店員や常連客にも話
を聞いたが、おれが便所に倒れているのを見た者は見つからなかった。

ちなみに脱糞オヤジの山根はというと、取り調べ中にパニックになり、過呼吸を起こし
て搬送されたため、現在までまともな話が聞けていないらしい。十二時三十分に便意をも
よおして外へ出たところ、オートロックが掛かってコンテナに戻れなくなってしまい、仕

りだ。

方なく〈ホカホカライフ〉で雑誌を読んで時間を潰していた、というのが推測される足取

「春香さんが殺された時刻、トラックの近くにおり、かつカードキーを持っていたのはあ
なただけです。それでも容疑を認めないとおっしゃる？」

太刀魚刑事がおれを問い詰める。目覚めるなりトラブルに巻き込まれるのは異世界転生
もののお約束だが、いきなり殺人の疑いをかけられるとはパンチがきつい。おれと春香が
幼なじみだと知られたら、ますます面倒なことになりそうだ。

「頭が割れるように痛い。また今度にしてくれ。取り調べ中に死んだら責任問題だぜ」

おれは顔中の筋肉を思い切り歪ませ、ベッドに倒れた。尻でも蹴られるかと思ったが、

二人の刑事は「また伺います」と言い残して病室を出て行った。

どうせ見張られているのだろう。なんとか無実を証明しなければ早晩、逮捕状を取られ
かねない。

ベッドの上で悶々としていると、コツコツと窓を叩く音が聞こえた。顔を上げて、ベッ
ドから転げ落ちそうになる。ゴンドラに乗った窓掃除の兄ちゃんが、カーテンの隙間から
手を振っていた。

「何見てんだ。通報すんぞ」

兄ちゃんは口を閉じたまま、人差し指を頭上に向けた。上に来い、ということだろうか。

　おれは病室を出ると、点滴スタンドを押してエレベーターに乗り込んだ。案の定、ラウンジで新聞紙を広げていた男が後をつけてくる。鮒刑事だ。

　入院病棟は七階建てらしい。おれは六階でエレベーターを降りると、点滴針を引っこ抜き、点滴スタンドをドアに挟んで、階段で屋上へ向かった。

　兄ちゃんがゴンドラの縁を叩く。

「あなたを助けます。ここに乗ってください」

　兄ちゃんがスチールドアを開ける。窓掃除の兄ちゃんが手すりの向こうに立っていた。

「あんた、誰だ」

「説明は後です。急いで」

　事情がさっぱり分からないが、迷っている暇もない。おれは手すりを乗り越え、ゴンドラの底に身を横たえた。

　兄ちゃんが昇降機を操作すると、ゴンドラがゆっくり下降し始める。その直後、鮒刑事が屋上へ駆け込んでくる足音が聞こえた。

「お前、おれを知ってんのか？」

「知りません」

　兄ちゃんは首を屈めておれを見ると、ぱかっと口を開いた。

「ぼくは春日部。十年前、ぼくもこの世界に飛ばされてきたんです」

右奥に一つだけ、黄ばんだ歯が生えていた。

　　　　　　　　＊

　蝉が騒々しく鳴いている。

　夏休みも今日で折り返しだ。蝉は一週間で死ぬと聞いたが、連中はまるで鳴き止む気配がない。

　汗と脂とカップ麺の臭いが染み付いた団地の一室で漫画を読んでいると、蝉の声に交じって女の悲鳴が聞こえた。奇怪な電子音に乗せて、狂ったように幼児語が反復される。蝉の声だけでもおかしくなりそうなのに、こんな前衛音楽を聴かされたら血管が破裂してしまいそうだ。

　おれは部屋を出ると、廊下を左に進んだ。案の定、怪音は３０１号室から洩れている。

「おい、何してんだ」

　ドアを叩いても返事がない。ノブを捻るとドアが開いた。春香が身を反らし、両手をバタバタ振っている。脳味噌が茹で上がって、いよいよ駄目になったのか。

「うるせえ！」

　声を張り上げると、春香はようやくおれに気づいて、テレビの音量を下げた。

部屋にいるのは春香だけだった。夏希は外で遊んでいるのだろう。母さんは妙な宗教に入れ込んでいてめったに帰ってこない。

「何してんだよ」

「ダンスの練習」春香は芝居がかった仕草で振り返る。「あたし、ミニモニ。に入ること にしたの。サインもらうなら今のうちだよ」

「お前じゃイチジクガールズも入れないだろ」

おれは思い付く限りの皮肉を言った。イチジクガールズというのはローカル局のCMで たまに見かける三流アイドルで、ダイエット広告のbeforeばかり集めたようなひどい見 てくれをしていた。プロデューサーはイチジクさんという白塗りのローカルタレントで、 出会うと不幸になる怪人物として子どもたちの間では名を馳せていた。

「ミニモニ。くらい人気なら何でもいいよ」

「夏希に何かあったのか」

「は？」声が硬くなった。「違うけど」

分かりやすいやつだ。

これまでも春香は、妹の願い事を叶えようと、無謀な挑戦を重ねてきた。発明家になる ためにゴミを集めたり、名探偵になるために怪しいおっさんを尾行したり、アメリカ人に なるために英語の本を読もうとしたり。春香の奇行の原因は夏希と決まっている。頭が良

く、学級委員にも選ばれるようなタイプなのに、妹のことになると急に見境が付かなくなるのだ。

四年前。おれと春香が五歳、夏希がまだおしめを着けていた頃。夏希が意識を失い、救急車で病院へ運ばれたことがあった。春香が転寝していた隙に、夏希がねりけしを喉に詰まらせたのだ。

救急隊員がすぐにねりけしを取り除いたおかげで、夏希は一命を取り留めた。だがこの日を境に、春香は別の人間に変わってしまった。

命は弱い。人は簡単に死ぬ。妹を守れるのは自分しかいない。そう覚悟を決めたのだろう。それからというもの、春香は妹のためならどんな苦労も厭わず、どんな理不尽も受け入れるようになった。

「友だちがみんなでミニモニ。のコンサートに行くのに夏希だけ誘われなかったとか、どうせそんな話だろ」

おれが茶化すと、春香はテレビのあいぼんと同じポーズをした。

「あたし、本気だからね。ミニモニ。みたいな人気者になったところを夏希に見せたいの」

「夏希はミニモニ。が好きなんだ。お前がアイドルになっても喜ばないだろ」

「ひろぽんこそ、ひとんちのことに首突っ込まないでくれる」

あまりに真剣な顔で言うので、おれは自分が人でなしになったような、居心地の悪い気分になった。

3

十一月二日、午後八時。おれはゴンドラ兄ちゃんこと春日部に連れられ、北千住（きたせんじゅ）の定食屋〈トロ食堂〉を訪れた。

「からあげ弁当二つ」

てっきり店で食っていくのかと思いきや、春日部は弁当を注文した。

「どこで食うんだ」

「ぼくの家ですよ。それとも廣田さんだけここで食べますか？」

春日部は悪戯（いたずら）っぽい笑みを浮かべ、店内に目を向ける。座敷を見ると、おっさんたちが足を開いて、とんかつや生姜焼き（しょうが）をせっせと尻の穴に突っ込んでいた。ズボンの底にチャックがついていて、イチモツを隠したまま尻の穴だけ出せるようになっているらしい。

ここに突然、口で飯を食う人間が現れたら、定食屋がたちまち見世物小屋になってしまうだろう。

「やめておくよ」

うっかりハードな凌辱もののビデオを見たような胸の悪い気分で、外の空気を吸い込んだ。

十五分後。春日部が暮らすアパートの六畳間で、おれはからあげ弁当を頬張っていた。

「異世界より並行世界といった方がいいでしょうね。ほとんどの事象はもとの世界と同じですが、一部だけが決定的に異なっています。この世界の場合、口と肛門の役割が逆転しているんです」

春日部は水を得た魚のようにぺらぺらと喋り続ける。年齢は二十代半ばだろう。太い眉。赤らんだ肌。顔中のにきび。ひょろりと細い体躯。童貞役の男優みたいだ。

口に奥歯一本しか生えていないのは、この世界で怪しまれずに生きるため、他の歯を引っこ抜いたからだという。彼は十年間、仲間との出会いを待ち侘びていたのだ。歯や舌も肛門にありますが、呼吸の機能がないので声は出ません」

「外見に目立った違いはありません。ただこっちの人間は肛門が摂食器官です。

春日部は書棚から『みんなのからだずかん』を取り出し、冒頭のページを開いた。可愛らしいタッチで、右半身が素っ裸、左半身が内臓まる出しの少年が描かれている。春日部は少年の股間を指した。

「ここで取り込んだ食物が腸管の蠕動で持ち上げられ、頭まで運ばれます」

指先が腹から胸、そして顔へ移動していく。

「口が彼らの排泄器官です。食道、尿道、気道、みんな口とつながってます。喉のところに弁があって、うんこやおしっこをするとき以外は食道と尿道を塞いでいます」

「舌がないのにどうやって喋るんだ」

「歯と舌の代わりに大きな襞と弁があって、肺から出た空気を振動させてるんです」

春日部が真ん中あたりのページを開く。横顔の断面のイラストで、舌の代わりにポリープのような膨らみが描いてあった。

「つまりこの世界はげろがげりってことだな」

「そう。げろがげり、げりがげろです。彼らとの違いはそれだけ。鼻や生殖器などの位置に変わりはありません」

「もっとましな世界に転生したかったな。なんでよりによって糞を吐く世界なんだ」

「臍で茶を沸かす世界よりいいと思いますよ」

春日部はわははと笑う。十年も経つと前向きになるらしい。

「並行世界ってことは、この世界にはおれやお前がもう一人いるのか?」

「いません。ぼくがこの世界に来たとき、こっちのぼくが生活していた痕跡はあちこちにありましたが、肝心のぼくはどこにもいませんでした。あっちからAさんがやってくると、入れ替わるようにこっちのAさんがあっちに飛ばされるみたいです」

この世界のおれは、今ごろ口に歯が生えた人間を見て腰を抜かしているということか。

「あっちの世界とこっちの世界は、どれくらい違ってるんだ。腹ん中以外、みんな同じなのか」

「いえ。慎重に観察していると、ときどき微妙なずれに気づきます。友だちの滑舌、ご近所さんの髪型、スーパーの看板の色、定食のお新香の味付け。違いはいろいろです。身体の差が影響していそうなものもありますが、大抵はよく分かりません」

風が吹けば桶屋が儲かると言うように、腸が引っくり返った影響がどこに現れるかは分からないのだろう。

「じゃあ、こっちで死んでる女が、向こうじゃ生きてる可能性もゼロじゃないんだな」

おれが膝を乗り出すと、春日部はわずかに言い淀んでから、

「家族、親戚、友人、芸能人、政治家、スポーツ選手——あらゆる人を調べましたが、死んだはずの人間が生きていたことも、その逆もありませんでした」

「世界は広い。お前が見つけてないだけだろ」

「ぼくの小学校の同級生に米田くんという子がいましてね。早食いが得意だったんですけど、十歳のとき、給食のパンを気管に詰まらせて死んじゃったんです。でもこっちに来てふと気づいたんです。こっちの世界の人間は、ご飯を食べるのと息を吸うのが別の器官ですから、誤嚥は起こらないんじゃないかって」

「生きてたのか？」

思わず声がでかくなる。春日部は首を振った。

「調べてみると、こっちの米田くんも同じ日に命を落としてました。夜中にアイスの食べ過ぎでお腹を壊して、下痢便を喉に詰まらせたそうです」

「もっとひどいじゃねえか」

「考えてみてください。あっちの世界で死んでいる人が、こっちの世界では生きている。そんなずれがあちこちで積み重なれば、世界はどんどん様子が変わっていってしまいます。十年もすれば別世界ですよ。ところが現実はそうなっていない。これは想像ですが、二つの世界がずれ過ぎないように、両者の間でずれを補正する力が働いてるんじゃないかと思います」

こっちの春香が死んでいるのに、あっちの春香は生きている。そんなずれは起こらないということか。おれはニンニク臭いため息を吐いた。

春日部がふと視線を上げる。テレビではNHKニュースが流れていた。

「タレントの枢木くるみさんを殺害した容疑で、警視庁は映像制作会社勤務の廣田宏容疑者を指名手配しました」

くたびれた男の顔写真が大写しになる。他の連中と同じで、こっちのおれも顎が小さい。

「誓って言うが、おれは枢木くるみを殺してない。こっちの世界で目を覚ましたら、なぜ

かくるみが死んでて、おれが疑われてたんだ」

「信じますよ。こんな目に遭ったら、人なんか殺してる場合じゃないですから」

春日部は真面目な顔でほっぺのにきびを潰した。

「刑事の話を聞いた限り、やつらがおれを疑うのも仕方ない状況だ。おれが冤罪を晴らすには、真犯人を警察に突き出すしかない」

「協力しましょう。せっかく見つけた友だちが捕まっちゃったら困りますし。ぼくも枢木くるみを殺したやつは許せませんから。怪しいのは渡鹿野監督ですか？」

春日部はさらりと言ってのける。

「通ぶるなよ。枢木くるみなんて無名の女優、知らねえくせに」

「知ってますよ。てか、男なら誰でも知ってます」

おれは目を疑った。「超人気セクシー女優」「アイドルとしても活躍」「海外でも根強い人気」「著名人も涙」と枢木くるみには到底釣り合わない言葉が並んでいる。本人のSNSには死を悼むコメントが大量に書き込まれていた。

出演作のサンプル画像を見ると、こちらのくるみの人気の理由がすぐに分かった。元の世界のくるみは、親知らずを抜いた直後のような、色気もヘチマもない下膨れ顔をしてい

春日部は思春期の中学生みたいに頬を染めると、スマホを操作し、「枢木くるみ」の検索結果をこちらに向けた。

た。一方、こちらのくるみは歯がない分、顎がすっきりして、顔が二回り小さく見える。

たったそれだけの違いなのに、つり目や高い鼻も相まって、こちらのくるみは浮世離れし

た美貌を手にしていた。

「有志のファンが追悼イベントを企画してるみたいです。大半のネット民は、早く犯人を

死刑にしろって息巻いてますけど」

おれは日本中の男を敵に回していたらしい。

「で、どうして渡鹿野が怪しいと思うんだ？」

「そりゃ監督には動機がありますから」

春日部は訳知り顔でコップの水を飲み干した。

「動機？」

「知らないんですか。渡鹿野監督はタレント事務所とぐるになって、枢木くるみの妹をA

Ｖデビューさせようとしてたんですよ」

4

西川口駅の東口から二百メートルほど離れた繁華街の雑居ビルに、鶴本杏子が行きつけ

のノミ屋がある。

「女性が出てきました」

双眼鏡を顔に押し当てたまま、春日部が声を弾ませる。十一月三日、午後十一時。おれと春日部はビルの斜向かいの喫茶店で、鶴本杏子が出てくるのを待っていた。

鶴本は四十代半ばで、技術スタッフとしてはベテランの域に入る。専門は録音と音声編集。

渡鹿野の信頼も厚いが、相棒というほどべったりではない。摑みどころのない性格で、おれやアルバイトのスタッフとも程よい距離感を保っている。

春香が殺された時刻、渡鹿野は鶴本とファミレス〈ダーマーズキッチン〉にいた。渡鹿野が春香を殺した犯人だとすれば、鶴本が嘘の供述をしているか、渡鹿野が何らかの方法で鶴本を欺いたことになる。いずれにせよ、真相に迫るには彼女の話を聞く必要があった。

「あいつだ。行ってくる」

おれはキャップを深くかぶり、黒縁の伊達眼鏡（だてめがね）を掛けて喫茶店を出た。さいわい鼻から下は造作が変わっているから、目元を隠しておけば通報される心配はない。おれは人波を掻き分け、背後から鶴本に声を掛けた。

「廣田です。そのまま振り返らないで、歩きながら話を聞いてください」

鶴本は一ミリの躊躇（ちゅうちょ）もなく振り向いた。

「きみ、指名手配されたんじゃないの」

おれが鶴本の背後に移動すると、彼女もすかさず後ろを振り返った。下半身から酒の臭いがする。

「おれ、犯人じゃないんです。少し話を聞かせてくれませんか」

「へえ、面白いこと言うね」鶴本は一回り小さな顎を撫でると、「分かった。何が聞きたいの」

楽しそうに道を歩き始めた。

「渡鹿野監督が枢木くるみの妹をデビューさせようとしてたって話は本当ですか」

「きみ、記憶喪失なの?」怪訝そうに眉を寄せる。「難病患者の性の解放とか、訳の分からん屁理屈をさんざん聞かされただろ」

「確認しただけです。十一月一日、山根が糞を洩らして撮影が中断した後、鶴本さんたちは十二時から十三時まで〈ダーマーズキッチン〉でご飯を食べていた。そうですね」

「ご飯じゃなくてパスタだけど」

「十二時二十分だね。戻ってきたのはその五分後。ミートソースがなかなか来なくて、ずっと時計を見てたから覚えてる」

「渡鹿野監督が煙草を吸うために席を離れたのは何分ごろですか」

「監督は本当に店の外で煙草を吸ってたんでしょうか。別の場所へ行っていた可能性はありませんか」

「渡鹿野を疑ってるわけね。観察してたわけじゃないから断言はできないけど、〈ダーマーズキッチン〉から現場の交差点まで歩いたら往復二十分、走っても十分はかかる。五分でくるみを殺して戻ってくるのは無理だと思うよ」

その点に異論はない。おれ自身、こんにゃくを食べる春香を十二時三十分に見ている。渡鹿野が十二時二十五分に席に戻っていたとすれば、春香を殺すことはできない。

「席へ戻った後、監督が席を離れたことは？」

「ないね。一時に店を出るまでずっと二人で話してた」

「失礼ですけど、一時間も何の話を」

「くるみの妹のデビュー企画のブレストだよ。難病患者のAV出演にスポットを当ててドキュメンタリータッチでいくか、姉妹丼を打ち出して派手にやりまくるか」

鶴本の声ががくなる。春香が殺されたことで、後者の企画が実現することは永遠になくなった。問題は、渡鹿野がそれを知っていたかどうかだ。

「監督の様子におかしなところはありませんでしたか」

「ないよ」鶴本は声を詰まらせた。「ないと思うけどなあ」

「何かあったんですね」

「いや、大したことじゃない。〈ダーマーズキッチン〉から〈パンバニーシャ号〉へ戻る途中、スマホをテーブルに置き忘れたって言って、〈ダーマーズキッチン〉へ引き返した

んだ。でもあいつ、いつもスマホの決済アプリで金を払ってるだろ。スマホを忘れてたら、レジで気づかないはずがないと思うんだ」

「店に引き返すために、スマホを忘れたふりをしたんですね。鶴本さんも一緒に戻ったんですか?」

「いや。予定の一時を過ぎてたし、あいつは先に行けって言うから、一人で交差点まで歩いたんだ。でもコンテナのドアをノックしても誰も開けてくれない。カードキーも持ってなかったから、結局、渡鹿野が追い付くのを一人で待つことになった」

「挙句の果てに、そこで死体を見つけることになるのだから踏んだり蹴ったりである。

「監督はどうして〈ダーマーズキッチン〉へ引き返したんでしょうか」

「さあね。店員も可愛くなかったし、口説きに行ったわけじゃないと思うけど」

思わず苦笑した瞬間、鶴本がこちらを振り向いた。

「その歯、どうしたんだ。ヒポポ珠美みたいだぞ」

慌てて口を閉じたが、遅かった。鶴本はおれの唇に指を突っ込み、口の中を覗き込む。

「やめてください。ヒポポ……何ですか?」

「ヒポポ珠美。AV女優だよ。口ん中に歯が生えてて気持ち悪いんだ。これって何科にかかればいいの?」

おれはごくりと唾を呑んだ。この業界にもう一人、同じ世界からやってきた不幸な人間

がいたらしい。

「その人、事務所はどこですか」

「とっくに死んでるよ。十年くらい前、睡眠薬のオーバードーズだったかな。当時はマゴットプロモーションに所属してたけど、あの顔じゃさすがに売れなかっただろうね」

「他に何か知りませんか」

「食い付くね。あの頃、越谷に〈ヒポポタマス〉って激安ヘルスがあってさ。口に歯が生えた女ばかり雇ってる変な店だったけど、なぜかカルト的な人気があった。ヒポポ珠美はそこのトップ嬢だったんだよ」

そんな話は初耳だ。越谷では転生が起きやすいのか、あるいは店が転生した女を全国から掻き集めていたのか。その店の謎を解けば、元の世界に戻る方法が分かるかもしれない。

「そうそう。そのヘルスを経営してたのが変なやつでさ」

鶴本がへっへっへと犬みたいな呼吸をする。

「変なやつ?」

「埼玉のローカルタレントで、イチジクさんっていうんだ」

5

〈顛々荘〉は越谷市の北端、住居のまばらな古利根川のほとりにあった。

トタン屋根は傾き、壁は黒ずみ、階段は錆に覆われている。ネットの掲示板には、この

アパートでイチジクさんを見たというコメントが数多く投稿されていた。

目当ての２０１号室の呼び鈴を鳴らす。返事はない。ドアノブを捻ってみたが錠が掛か

っていた。

「せっかく来たのに留守か」

春日部が舌打ちする。唐突に舞い込んだ新情報に、この男はすっかり浮足立っていた。

「あんたら、どこのもんだ」

階下から怒鳴り声が飛んでくる。柵の下を見ると、膨らんだハリセンボンみたいな男が

こちらを睨んでいた。ツンツン尖った頭に、レンズのでかいサングラス。見るからにカタ

ギではない。

「どこの業者か知らねえが、イチジクのジジイなら今日はうちの返済日だ。引っ込んで

ろ」

どうやらイチジクさん、良からぬところから金を借りているらしい。取り立てが来てい

翌日の昼過ぎ。春日部の部屋で〈トロ食堂〉の天ぷら弁当を食べていると、春日部のスマホが震えた。

「あんた、何者だ？」

不自然なくらいドスの利いた声が聞こえた。子どもの頃、テレビCMで見たイチジクさんと同じ声だ。

「ぼくは春日部。あなたの店で働いていた女性のことを調べてます」

「警察か？」

「違います。やくざでもないです」

数秒の沈黙。

「情報料百万。前金三十万でどうだ」

「分かりました。用意します」

春日部は即答した。決めておいた集合場所と時刻を伝え、通話を切る。

る以上、この部屋に住んでいるのは間違いなさそうだ。

「分かりました。出直してきます」

春日部は殊勝に応じながら、レシートの裏にメッセージを書いて郵便受けに突っ込んだ。

〈情報を買いたい。080―×××―××××〉電話求む。

「お前、すげえな。百万も払えんのか」

「なんとかしますよ。この世界でいくら散財しようが、元の世界に帰れば関係ありませんから」

春日部は満面に笑みを浮かべ、海老天（えびてん）のしっぽにかぶりついた。

十一月五日、午後十時。おれと春日部は西多摩（にしたま）の廃倉庫を訪れていた。〈ライカ・ボノボ〉で監禁ものの撮影によく使っていた場所だ。

「それはやり過ぎじゃねえか？」

金属バットでぶんぶん素振りをする春日部を見て、おれはさすがに不安になった。冤罪を晴らすために事件を調べていたはずが、いつのまにかバットで人を襲おうとしている。

「何を言ってるんです。せっかくのチャンスを逃してもいいんですか」

春日部はバットを下ろし、呆れたような目でおれを見た。

作戦はこうだ。おれが倉庫の前でイチジクさんを迎え、シャッターを開ける。おれに続いてイチジクさんが倉庫に足を踏み入れたところで、死角から春日部が飛び出し、イチジクさんの脳天に金属バットを振り下ろす。失神したイチジクさんを柱に縛り付け、口に歯の生えた女を集めた方法を聞き出す。なぜこんな乱暴な作戦が立案されたかといえば、二人の貯金を足しても百万はおろか、前金の三十万にも届かなかったからだ。

「人間をバットで殴ると死んだりするぞ」

「そのときは別の方法で情報を集めます」

「人を殺すと警察に追っかけられるぞ」

「向こうのお前も同じことを考えてたら？」

「この世界で指名手配されようが、元の世界に帰れれば関係ありません」

「そしたら仕方ない。刑務所に入りますよ」

「ハロー、あんたが春日部か？」

　振り返るとジジイがいた。薄い髪をオールバックに固め、革ジャンにサングラスを決めた、アメリカかぶれのジジイだ。かつての妖怪じみた存在感は見る影もないが、口に詰め物をしてドーランを塗りたくったところを想像するとわずかに面影が残っていた。

「うりゃあ！」

　春日部が金属バットを振りかぶる。イチジクさんは春日部に抱き着き、前に倒れて馬乗りになった。

　金属バットが床に落ち、間抜けな音を立てる。

「やめろ、この野郎！」

　春日部がイチジクさんを押しのけようとする。イチジクさんが鼻頭（はながしら）を殴ると、春日部は白目を剝（む）いて動かなくなった。

　イチジクさんは明らかに人を殴り慣れている。対する春日部は口先だけの素人だ。

「あんた、AV女優を殺した犯人じゃないか」

イチジクさんがおれを見上げ、目をしばたたかせる。こうなったらやるしかない。おれが金属バットに手を伸ばすと、イチジクさんはすかさず立ち上がり、背後からおれの首を絞め上げた。

「あんたたちの狙いは何だ?」

ごつごつした腕がおれの喉を潰す。　脳の酸素が足りなくなり、視界が明滅する。　とさにイチジクさんの腕に嚙み付いた。

「アウチ!」

まさか口に歯があるとは思わなかったのだろう。　イチジクさんが狼狽えた隙に金属バットを拾った。

おれは生まれて初めて、人間の頭にフルスイングを決めた。

「会うと不幸になるって噂は本当だったんだな」

三十分後。　おれは鼻血まみれの春日部とイチジクさんの尋問を始めた。

「こんなことして、荊木会の連中が黙ってると思うか?」

柱に縛り付けられたイチジクさんが声を軋ませる。

知らないやくざの名前を出されてもどうしていいか分からない。　春日部はおれに目配せ

してから、金属バットでイチジクさんの腹を殴った。口からどろどろの液体が噴き出す。

げろではない、げりだ。

「イージーイージー。話すよ。話せばいいんだろ」

こちらも老人を虐待するのは気分が良くない。おれはイチジクさんの言葉に安堵した。

「新世界信仰会ってカルト宗教を知ってるか」

いきなり耳を疑った。

「この世には光と影、表と裏の二つの世界がある。軌道の違う惑星のように、二つの世界はくっついたり離れたりを繰り返してる。これが彼らの信じる世界観だ」

「こんなところで宗教の勧誘か」

「違う違う。おいらは信者じゃないし、あいつらが人を救えるとも思わない。でもこと世界の捉え方に関しては、連中の教義は実に芯を食ってるんだ。

あんたたちも分かってるようだが、世界は二つ存在する。人間が尻で飯を食う世界と、口で飯を食う世界だ。二つの世界は波みたいに揺れていて、近づいたり離れたりを繰り返してる。まったく別の世界のようで、互いに影響を与え合っているんだ。

おいらは物心ついた頃から、二つの世界の動きを感じることができた。数日から数週間に一度、世界はぴったりと重なる。ガキの頃のおいらは偶然、もう一つの世界へ移動する方法を見つけた。世界が重なる瞬間に脳震盪を起こすことで、あっちの世界のおいらと入

れ替われるんだ。タイミングを見計らって二階から飛び降りることで、おいらは何度もあっちの世界を見て回った」

春日部が唾を呑む。

「当時のおいらは子どもだった。転生は決して一方通行ではなかったのだ。この能力を活かして銭を稼ごうとも、宗教を開こうとも思わなかった。すぐに世界を知ることに飽きちまったんだ。

それから三十年後。週刊誌で新世界信仰会の記事を読んで、おいらは自分の能力を思い出した。当時のおいらは格安ソープの雇われ店長だった。アイドルのプロデュースに失敗して、膨大な借金を背負っちまったんだ。いくら働いても借金は減りやしない。どうにか店を繁盛させられないかと知恵を絞って、捻り出したのがバケモノ風俗だった。あっちの世界の人間は口で飯を食うから、尻に歯がない。膣にも肛門にも突っ込める。穴が二倍で楽しさ二倍、お客も二倍って計算だ。

事実、一年目は繁盛したんだ。でもリピーターがつかなくて、二年目から売上は右肩下がり。おまけに未成年を雇ったのがばれてパクられちまった。残ったのは山盛りの借金だった。

かははは、と力なく笑う。おれは春日部と顔を見合わせてから、イチジクさんに向き直った。

「あんたの話はどうでもいい。おれたちは元の世界に戻りたいんだ。次に世界が重なんの

「いつだ？」

イチジクさんは笑みを消すと、瞼を閉じ、大きく深呼吸した。

「十一月七日、午前三時……十四分だ」

「今日は十一月五日。七日は明後日だ。

「やった。やっと帰れるんだ」

春日部は両手を握り締め、にきびまみれの鼻をいっそう赤くした。

　　6

　明くる十一月六日、午前五時。北千住の小便臭いボロアパート。

　春日部は布団から起き上がるなり、池に落ちた犬みたいな悲鳴を上げた。

「嫌な夢を見ました。アメリカかぶれのじいさんを拷問したんです」

　首筋に大粒の汗が浮いている。春日部は昨夜からすっかりハイになっていた。

「それは夢じゃないぜ」

「ああ……そうでした」顔や腕を掻き毟って、「ぼく、とうとう元の世界に帰れるんですね」

　興奮気味につぶやく。

春日部の言葉が妙に引っかかったが、それがなぜなのか、考えても分からなかった。

二つの世界が重なるまで、あと一日。元の世界へ戻る前に、春香を殺した犯人を突き止めたい。おれはもう一度、代々木公園駅近くの犯行現場を見に行くことにした。

春日部のミニバンを借り、国道四号線を南下する。パトカーや警察官を見かけるたび胃袋が疼（うず）いた。

あらためて事件を検討してみる。おれは春香を殺していないから、容疑者は渡鹿野、鶴本、それに山根の三人だ。

動機から考えると、もっとも疑わしいのは渡鹿野だろう。渡鹿野は難病患者の夏希をAVに出演させようとしていた。春香がそれを知れば、どんな手を使ってでも阻止しようとしたはずだ。春香が非常識な手段を取り、憤（いきどお）った渡鹿野が春香を殺した。これは十分ありえる。

問題はアリバイだ。死亡推定時刻は十二時から十三時まで。ただし死体の胃袋から見つかったこんにゃくの消化具合から、春香が殺されたのは十二時四十五分から五十分の間と推測される。渡鹿野と鶴本は十二時から十三時まで、現場から八百メートル離れたファミレスにいた。渡鹿野が十二時二十分に煙草を吸いに行ったのを除けば、二人は一度も席を離れていない。入り口に設置された防犯カメラの映像もそれを裏付けている。二人のアリ

バイは鉄壁だ。

すると残るは山根である。山根は十二時三十分、おれに続いて〈パンバニーシャ号〉を出た後、コンテナに戻れなくなり、〈ホカホカライフ〉の周辺で時間を潰していたとみられる。カードキーは持っていないが、おれのポケットから盗むことはできた。春香が中から招き入れた可能性もある。だが凶器のベルトにこの男の指紋はなかった。そもそも撮影開始の三十分前まで、自分がスカウトされるとも思っていなかったはずだ。そんな状況で初対面の女優を殺したとは考えづらい。

やはり怪しいのは渡鹿野だ。あの男がアリバイを偽装し、おれに罪を着せようとしたのではないか。

あれこれ考えているうちに現場の交差点が見えてきた。黄色の規制テープが路肩の一角を囲っている。五日前と同じ位置に〈パンバニーシャ号〉が停まっていた。

警察官の姿はない。おれは五十メートルほど離れたところにミニバンを停めた。あのときおばちゃんが交差点の真ん中で立ち止まり、それを避けたワゴンが突っ込んでこなければ、おれが異世界へ飛ばされることもなかった。

キキィと耳障りな音が鼓膜によみがえる。

春香を守れたかは分からないが、こんな面倒な事態にはならなかったはずだ。

待てよ。容疑者はもう一人いる。

おれは春香を殺していない。だがもう一人のおれが春香を殺したとしたら?

　二つの世界でほとんどの事象は一致しているが、まれに細かなずれが生じることがある。あっちの枢木くるみが無名の企画女優なのに対し、こっちの世界のおれは、春香に殺意を持っていた。彼が春香を殺した直後に事故が起き、二人の世界が入れ替わったのではないか？

「――――」

　おれはエンジンを切り、座席にもたれて深呼吸した。

　この仮説はおかしい。ワゴンに撥ねられた後、おれは十二時三十分に控室でおでんを食う春香を見ている。おれがこちらの世界にやってきた時点で、春香はまだ生きていたのだ。

　その後でもう一人のおれが春香を殺したとすれば、こちらの世界のおれが同時に存在していたことになってしまう。

　おれや春日部の身に起きたのは、別の世界の自分との入れ替わりだ。一方の肉体だけをもう一方の世界に移動させることはできない。その点はイチジクさんの説明も一貫していた。おれがこの世界に来た時点で、もう一人のおれは向こうの世界に飛ばされていた。おれの存在そのものが、もう一人のおれのアリバイになっているのだ。

　真相に迫っているはずなのに、あと少しのところで手が届かない。

　眉間をつまんでため息を吐く。

　ふとバックミラーを見ると、〈パンバニーシャ号〉の手前にパトカーが停まっていた。

慌ててキャップをかぶり直す。

パトカーのドアが開いて、鯎刑事と渡鹿野が降りてきた。

渡鹿野が〈パンバニーシャ号〉の運転席に乗り込む。鑑識の捜査が終わり、トラックを引き取りにきたのだろう。渡鹿野は座席の高さを直してから、エンジンをかけ、渋谷駅の方面へ走り去った。

パトカーへ戻ろうとした鯎刑事が、ふいに足を止める。道路のアスファルトの上、〈パンバニーシャ号〉の前輪があった位置に、小さな棒のようなものが落ちていた。おれが撥ねられる寸前に食べていた、牛すじの串だ。おれと一緒に撥ね飛ばされ、タイヤとアスファルトの間に転がり込んだのだろう。

鯎刑事は十秒ほどためつすがめつしてから、植え込みに串を捨てた。パトカーに乗り込み、Uターンして走り去っていく。

今朝、春日部の言葉を聞いたときと同じ、妙な引っかかりを覚えた。何かがおかしい。

でもそれが何だか分からない。

おれはハンドルにもたれ、〈パンバニーシャ号〉のない交差点をじっと見つめた。

7

十一月七日、午前三時。二つの世界が重なるまで、あと十四分。

おれはアパートの廊下でその瞬間を待っていた。壁に頭を打ち付けるとか、自動車の前に飛び出すとか、いろいろな方法を検討したが、イチジクさんの言った二階から飛び降りる方法がもっとも安全かつ確実という結論に至っていた。

春日部は小便をしに裏の空き地へ行っている。おれは落ち着かない気分で、ニュースサイトの枢木くるみの記事に目を通している。

明日の夜、恵比寿のライブハウスで追悼イベントが開催されるという。オフショット写真の展示、各界の著名人による追悼メッセージの上映、くるみが所属していたアイドルグループのライブなど、トップAV女優らしい豪華なイベントになりそうだ。

「あったかい便座に座るのが楽しみですね」

春日部がチャックを締めながら階段を上ってくる。便器が胸の高さにあるため、この世界では座って用が足せないのだ。

スマホを見る。時刻は午前三時十三分。あと一分だ。

「おれ、やっぱりこの世界に残る」

大したことではないような口ぶりで言ってみたが、無駄だった。　春日部は目を見開いて、脳が故障したみたいにまばたきをした。

「なんですか。まさか、こっちの世界の枢木くるみの方が幸せだったから?」

「きちんと殺人犯を突き止めたいだけだ。元の世界へ戻るのはそれからでも遅くない」

本音を言えば、もう一人のおれへの疑念が捨て切れないのが一番の理由だった。おれの憶測が当たっていた場合、もう一人のおれは向こうの世界でも人を殺しているかもしれない。転生してさらなる窮地に追い込まれたら泣き面に蜂だ。

「そうですか。好きにしてください。ぼくはお先に失礼しますよ」

春日部は時計を一瞥すると、廊下の柵から身を乗り出し、くるりと前回りをして、頭から道路に飛び込んだ。べき、と鈍い音が鳴る。脳震盪どころか首の骨が折れそうな落ち方だった。

おれは階段を下り、うつ伏せに倒れた春日部を見下ろした。十秒、二十秒、三十秒。春日部はぴくりともしない。

おそるおそる脈を取ろうとした、そのとき。血と脳漿が一面に噴き出し、頭から足元まで体液まみれになった。頭蓋骨が爆発したのだ。

春日部が死んだ。転生に失敗したのだ。イチジクさんの言う通りにしたのに、どうして。

腰から力が抜け、地面に尻餅をつく。

口に入った生温かい脳の欠片が気持ち悪かった。

午後二時三十分。おれは古利根川のほとりのアパートを訪れた。

〈顓々荘〉の二階、二〇一号室。呼び鈴を鳴らしても返事がない。居留守か、夜逃げでもしたのか。スマホで電話をかけると、薄いドアの向こうから振動音が聞こえた。

「いるんだろ。出てこい」

数秒後、ガチャンと錠を外す音が聞こえた。

「ヘイ、カームダウン。今日は返済日じゃないだろ」

ドアが開いた瞬間、和包丁でイチジクさんの顔を切った。右目から鼻を横切って左の頬まで、ぱっくりと皮膚が裂ける。

イチジクさんは踵を返し、洗い場の包丁に手を伸ばした。腰を屈め、右のくるぶしを横一文字に裂く。嗄れた悲鳴。イチジクさんは怪我をした鴨みたいにのたうち回った。

「お前、おれたちを騙しただろ」

春日部の死を説明する方法は他になかった。春日部が飛び降りたとき、二つの世界は確かに接近していたものの、まだ重なっていなかった。それなのに無理やり向こうの世界へ行こうとしたせいで、春日部の意識はどちらの世界にも存在しなくなった。脳味噌が爆発したのはそのためだ。イチジクさんは拷問された腹いせに嘘の時刻を教えたのだろう。

「先に約束を破ったのはあんたたちじゃないか」

顔から滲み出る血を両手で押さえて、イチジクさんが怒鳴る。おれは頭をメッタ刺しにしてやりたいのを堪えて、血まみれのくるぶしを踏み付けた。老人が背筋をぴんと伸ばして絶叫する。

「もうやめてくれ。こんなことになるとは思わなかったんだ」

「こんなこと？」

越谷へ来る途中、ミニバンのラジオをつけっ放しにしていたが、春日部の事件はまだ報じられていなかった。

「今朝から世界の動きがおかしいんだ」イチジクさんが粟立った腕を撫でる。「二つの世界は波みたいに近づいたり離れたりを繰り返してる。その動きが急におかしくなった。あんたたちが無理やり世界を跨ごうとしたせいで、波の形が変わっちまったんだ」

「つまりどうなる」

「あと数時間したら、二つの世界は正反対へ動き出す。次に世界が重なるのは、数百年、いや数千年後かもしれない」

血の気が引いた。今日を逃せば、二度と元の世界に戻れないということか。

「出まかせじゃねえだろうな」

「本当だ。信じてくれ」

青褪めた唇が震える。この期に及んで作り話をする理由もないだろう。

「最後に世界が重なるのはいつだ」

イチジクさんは瞼を閉じ、唇を薄く開いて、屁ともため息ともつかぬものを吐いた。

「午後六時五十四分。それが最後だ」

おれはミニバンに戻ると、ぐったりと座席にもたれた。疲労、不安、恐怖、期待。いろんな感情が綯い交ぜになって肩にのしかかる。身体を起こしてエンジンキーを捻ったところで、代々木公園駅の交差点で目にした光景が脳裏に浮かんだ。

昨日、このミニバンで現場を見に行ったときのこと。警察から〈パンバニーシャ号〉を引き渡された渡鹿野は、運転席に座り、座席の高さを調整してからエンジンをかけていた。

よく考えるとこれはおかしい。

渡鹿野は〈パンバニーシャ号〉に尋常ならざる愛着を持っている。スタッフが中に入るのは撮影時だけで、運転も人にはやらせない。撮影日の朝、事務所から代々木公園まで〈パンバニーシャ号〉を運転したのも、もちろん渡鹿野だった。

その後、春香が殺され、警察の現場検証が終わるまで、〈パンバニーシャ号〉はあの場所を動いていない。タイヤが一度でも動いていれば、牛すじの串は鑑識官に回収されるか、

風でどこかへ飛ばされたはずだ。事実、〈パンバニーシャ号〉は、昨日も撮影時とまった
く同じ位置に停まっていた。ならば座席の高さも変わっていないはずなのに、なぜ渡鹿野
はそれを直したのか。

「────」

ごくりと喉が鳴った。

山根の糞。春香のおでん。渡鹿野の嘘。春日部の見た悪夢。そして〈パンバニーシャ
号〉の座席。すべてが一つの結論を示している。

春香を殺したのはあいつだ。

時刻は午後三時過ぎ。残された時間はわずかだ。だがどうしてもやらなければならない
ことがある。

おれは歯を強く噛みしめ、アクセルを踏み込んだ。

8

千代田区永田町二丁目。ガラス張りのビルの向かいに〈パンバニーシャ号〉が停まっ
ていた。

予定通りなら、今日は『永田町激震！　与野党美人サポーターと夢の大連立3Pでねじ

れ解消スペシャル3」の撮影日だった。妹の葬儀でもＡＶを撮った渡鹿野が、スタッフが指名手配されたくらいで撮影を中止するとは思えない。そう踏んでロケ地を訪れてみると、結果は案の定だった。

おれはビルの駐車場にミニバンを停めると、手拭いに包んだ和包丁を背中に忍ばせ、〈パンバニーシャ号〉へ向かった。コンテナに耳を寄せると、微かに女の喘ぎ声が聞こえた。

おれはコンテナのドアをノックした。数秒後、ガチャンと錠が外れる。

「どなたですか──」

バイトスタッフの脇をすり抜け、スタジオへ駆け込んだ。全員が揃ってこちらを見る。監督の渡鹿野正、録音の鶴本杏子、それにバイトの大学生と馴染みのベテラン男優、見覚えのない年増の女優が二人。

「やあ。またきみか」

鶴本がヘッドホンを外し、涼しい顔で言う。鉢巻きに「野党」と書いた女優が悲鳴を上げる。

億劫そうにスマホを取り出す渡鹿野に、おれは血まみれの和包丁を突き出した。

「通報しなければ危害は加えない。おれは話を聞いてほしいだけだ」全員に包丁を向けてから、ふたたび渡鹿野に向き直った。「枢木くるみを殺したのはあんただろ」

「警察に聞いてないのか。おれにはアリバイがある」

「違う。偶然が重なった結果、アリバイがあるように見えているだけだ」

おれは渡鹿野に詰め寄った。

「昨日の午後、代々木公園の交差点に〈パンバニーシャ号〉を取りに行っただろ。おれ、近くで見てたんだよ。あんたはエンジンをかける前、座席の高さを直した。でも撮影日の朝、事務所から代々木公園まで〈パンバニーシャ号〉を運転したのはあんただ。座席の高さがずれてたってことは、撮影が始まってから昨日までの間に、誰かが〈パンバニーシャ号〉を運転したことになる。

そこでおれはピンときた。くるみが殺されたとき、あんたは確かに交差点から八百メートル離れたファミレス〈ダーマーズキッチン〉にいた。煙草を吸うために五分だけ席を離れたそうだが、その時間で交差点まで引き返すのは不可能だ。だが〈パンバニーシャ号〉の方がファミレスの駐車場に移動していたとすれば、あんたにも犯行が可能になる」

鶴本が「ほう」とつぶやいて、ニヤニヤ笑いながら渡鹿野を見た。

「〈パンバニーシャ号〉を運転したのはくるみだ。くるみはあんたが妹をAVに出そうとしてるんじゃないかと疑っていた。あんたが本気なら、身を挺して妹を守らなきゃならない。それであんたたちの話を盗み聞きしようとしたんだ。

おれと山根がコンテナを出て行った後、くるみはあんたが脱ぎ捨てたジャケットからトラックの鍵を取り、〈パンバニーシャ号〉の運転席へ乗り込んだ。そして事故を起こさな

いように座席の高さを調節し、スマホで近くのファミレスを調べて、〈ダーマーズキッチン〉へ向かった」

「あの娘、運転できたの?」と鶴本。

「年齢確認のときに運転免許証のコピーを確認してる。〈パンバニーシャ号〉らしきトラックに気づいた監督は、煙草を吸いに行くと言って席を立ち、駐車場へ向かった。一服しに行くふりをしたのは、それが〈パンバニーシャ号〉だという確信がなかったからだ。スタジオを丸ごと積んだ愛車も、見た目はただのトラックと変わらないからね。

二人は駐車場で鉢合わせ、口論になった。くるみは妹を守るためなら手段を選ばない。かといってあんたも人の意見で企画を畳むような男じゃない。かっとなったあんたは、くるみをコンテナへ連れ込んで、ベルトで首を絞めた。そして何食わぬ顔で店内に戻ったんだ」

ごく、と誰かが唾を呑む。

「あんたは鶴本さんと飯を食い、店を出た。だが少し歩いたところでスマホを忘れたと嘘を吐き、一人で駐車場へ戻る。急いで〈パンバニーシャ号〉に乗り込むと、鶴本さんを追い越して交差点へ向かい、元の位置に〈パンバニーシャ号〉を停める。そして住宅地の物陰に隠れて鶴本さんが交差点へ来るのを待ち、後から追いかけてきたふりをしたんだ。

このときあんたは慌てていた。鶴本さんより早く交差点に戻らないと、〈パンバニーシャ号〉が移動していたことがばれて、せっかくのアリバイがなくなっちまう。あんたに座席を直す余裕はなかった。昨日まで高さが変わったままだったのはそういうわけだ。これがこの世界の、事件の真相さ」

鶴本は一瞬、怪訝そうに眉を顰めてから、

「それはおかしいんじゃない？警察に聞いた話だと、廣田くん、十二時三十分にくるみがおでんを食べるのを見たんでしょ。その時点でくるみは生きていたことになるし、〈パンバニーシャ号〉も交差点に停まっていたことになるよ」

「それだけじゃない」渡鹿野も畳みかける。「解剖で胃袋から見つかったこんにゃくは、十五分から二十分かけて消化された状態だった。くるみがこんにゃくを食べたのが十二時半なら、殺されたのは十二時四十五分から五十分の間だ。おれが席を外した時間とは三十分近くずれがある」

渡鹿野さんが煙草を吸いに外へ出たのは十二時二十分。十五分から二十分かけて消化された状態だった。くるみがこんにゃくを食べたのが十二時半なら、殺されたのは十二時四十五分から五十分の間だ。おれが席を外した時間とは三十分近くずれがある

二人の指摘は痛いところだった。

「おれが十二時三十分にくるみを見たというのは記憶違いだ。くるみは十二時九分のツイートと同時にこんにゃくを食べ、十二時二十五分に殺された。おれは夢でも見ていたのかもしれない」

渡鹿野は鼻を鳴らした。鶴本も呆れ顔で肩を竦める。

「馬鹿馬鹿しい。そんな都合のいい話があるか」

「さっき警察に連絡して〈ダーマーズキッチン〉の防犯カメラをもう一度調べるよう言っておいた。〈パンパニーシャ号〉が十二時二十分前後に駐車場へ入るところと、十三時過ぎに店の外に出て行くところが写っていれば、容疑者はあんたたち二人に絞られる。鶴本さんは一度も店の外に出ていないから、犯人は監督、あんたで決まりだ」

おれは啖呵を切ると、スマホで時刻を確認し、ドアノブに手を掛けた。

「待てよ。逃げんのか」

渡鹿野がおれに詰め寄る。口元が不自然に強張っていた。

「悪いがあんたの相手をしてる暇はないんだ」

おれはドアを開け、コンテナを飛び降りた。

午後五時五十八分。秩父市相生町、築四十年の寂れた団地の一角。

郵便受けからハガキを抜いて住所を確認してから、ドアの呼び鈴を鳴らした。どこか懐かしい電子音が響く。

心臓の音がはっきりと聞こえた。二つの世界が最後に重なる瞬間まで、すでに一時間を切っている。

ガチャンと錠を外す音。ドアは開かない。

ドアノブを引くと、すぐにチェーンが引っかかった。低い位置から、髪の長い女がこちらを見ている。肌がむくみ、左目の瞼が重く垂れていた。

「……ひろぽん？」

十三年前と変わらない、小鳥の囀るような声。夏希だ。春香にもらった運転免許証のコピーの住所欄に記されていたのが、この場所だった。

「頼みがある。一緒に来てくれないか」

非対称な瞳がこちらを見返す。おれが春香を殺した容疑で手配されていることは当然知っているはずだ。追い返されるくらいなら御の字で、胸を一突きされてもおかしくない。

「どうして？」

乾いた唇が擦れる。

「見せたいものがあるんだ」

数秒の沈黙。

「分かった」

ドアが閉まる。チェーンを外す音。

ふたたびドアを開けると、ダウンジャケットを着た夏希が椅子から腰を上げていた。

目的の場所——恵比寿のライブハウスへ到着したときには六時五十分を過ぎていた。最後に世界が重なる瞬間まで、あと四分だ。

ホールの壁には「枢木くるみ追悼LIVE」のポスターが貼ってあった。愛らしい衣装を着た春香がポーズを決めている。ファンの列は歩道まで延びていた。スーツ姿のおっさんから女子高生まで、客層は幅広い。

「見せたいものって、これ？」

夏希が窓に頬を付けて言う。おれは返事ができなかった。

ミニバンを駐車場に停め、運転席を降りる。おれが手を貸す前に、夏希も助手席を降りた。老人のようにゆっくりと道を歩き始める。

「忘れ物した。ちょっと待ってて」

おれはすぐに駐車場へ引き返すと、ミニバンの運転席に乗り込んだ。夏希は歩道のベンチに座って、退屈そうに行列を眺めている。空には六日前と同じ、人間の腸みたいな雲が浮かんでいた。

夏希に本当のことを言うつもりはなかった。春香が殺された理由も、おれがやろうとしていることも。

事件が起きた十一月一日。おれが夢を見ていたというのは、もちろん嘘だ。十二時三十分、おれは確かに〈パンバニーシャ号〉の控室でこんにゃくを尻に入れる春香を見た。十

二時二十分過ぎに殺されたはずの彼女が、なぜそこにいたのか。

おれが見た春香は、この世界の春香ではなかったのだ。

あの日、おれが体験した出来事を整理するとこのようになる。

すじを食べていたところ、ワゴンに吹っ飛ばされて気を失う。十二時十分、意識がよ

みがえる。〈パンバニーシャ号〉へ絆創膏を取りに行ったところで、こんにゃくを尻に突

っ込む春香と遭遇。コンテナを飛び出し、植え込みにげろを吐く。すると山根もコンテナ

から出てきて、糞を吐いた。おれは〈ホカホカライフ〉へ駆け込み、便所に入ったところ

で転倒。十二時三十分過ぎ、ふたたび意識を失った。次に目を覚ましたのは二日の午後だ。

おれはこんにゃくを尻に突っ込む春香や、口から糞を吐く山根を見て、別の世界へ迷い

込んだと思い込んだ。だがこのとき、おれはまだ転生していなかった。

本当におれが異世界へ転生したのは、十二時十分にワゴンに撥ねられたときではなく、

十二時三十分過ぎに頭を便所の手洗い器にぶつけたときだったのだ。

では元の世界の春香は、なぜ肛門にこんにゃくを突っ込んでいたのか。こちらの世界の

春香が死んで六日が過ぎている以上、向こうの世界の春香もすでに死んでいるはずだ。彼

女の口から真相を聞くことはできない。

だが生前の行動から推察することはできる。おれがワゴンに撥ねられる寸前、春香は

「スタッフさんがおでん買ってくれた！ おいしい！」というコメントとともに、こんに

やくを食べる瞬間の写真をTwitterに投稿していた。だが十数分後に尻の穴にこんにゃくを入れていた以上、春香はこのときこんにゃくを食べていなかったことになる。彼女はTwitterに虚偽の投稿をして、こんにゃくを食べたタイミングを偽ろうとしたのだ。

——午後の撮影、ひろぽんは来ないで。

おれにこう言ったのは、撮影を見られるのが恥ずかしかったからではない。おれを事件に巻き込まないためだ。春香はおでんを食べた時刻を偽ることで、死亡推定時刻をずらし、自分が撮影中に死んだように見せかけたのだろう。

段取りはこうだ。休憩中、こんにゃくを口に入れる写真をTwitterにアップし、実際は食べずに尻の穴に押し込んでおく。そのまま絡めを撮影し、スタッフが映像確認などの作業をしている隙に、こんにゃくを取り出して呑み込む。素早くやれば数秒もかからない。

そして撮影終了後、控室から盗んでおいた拘束バンドで首を絞め、自殺する。

仮に午後三時にこんにゃくを食べ、午後六時に自殺したとする。解剖により、胃袋から摂食後三時間程度のこんにゃくが発見される。春香が死んだのは、Twitterの投稿から三時間後、つまり午後三時前後と推定される。これは午後の撮影の真っただ中だ。撮影中に女優が死んだことに言い逃れの余地はない。裸一貫で撮影に臨んでいたAV女優が、撮影の合間にこんにゃくを食べたとは誰も考えないはずだ。

春香が今回、アナルNGだったのは、こんにゃくを隠すために尻を空けておく必要があ

ったからだ。もしおれがおでんを買ってこなければ、魚肉ソーセージで同じことをするつもりだったのだろう。

この世界と元の世界で、春香が死んだという事実は変わらない。だが事件の構図はまったく異なっていた。この世界の春香は渡鹿野に殺されたが、勘違いしたおれの証言によって、偶然、犯行時刻が後ろ倒しにされた。一方、元の世界の春香は他殺に見せかけて自殺したが、おでんを食べた時刻を誤認させることで、意図的に、死亡時刻を前倒しにした。

腸管の向きと同じように、二つの事件の構造も逆転していたのだ。

元の世界の春香は、なぜこんなに手の込んだ方法で自殺したのか。あちらのくるみは人気女優ではないし、渡鹿野も妹をAVに出そうなどと考えてはいなかった。向こうの春香にとって、渡鹿野は仕事をしたことのある監督の一人に過ぎない。そんな男を嵌めるために一連の工作を行ったとは考えづらい。

ただし渡鹿野作品の撮影中に殺されることには大きな意味があった。そうすることで多額の金銭を夏希に残すことができるからだ。

手に入る金は二つ。一つは自身の保険金。もう一つは作品の成果報酬だ。渡鹿野の作品ではインセンティブ契約によって売上の数％が女優に直接支払われる。作品がヒットすれば、報酬も雪だるま式に膨らむことになる。

渡鹿野という男は、出演者が死んだくらいで作品をお蔵入りにするようなタマではない。

女優死亡、関係者逮捕という触れ込みでリリースされれば、作品は大きな話題を呼ぶはずだ。そうなれば相続人の夏希にも莫大な報酬が支払われることになる。

春香は妹のためならどんな苦労も厭わなかった。その妹が難病に苦しんでいる。いくら働いても妹の治療費が足りない。そこで春香が捻り出したのが、元の世界の事件だったのだ。

些末（さまつ）なことだが、おれが元の世界を異世界と思い込んでしまったのには他にも理由がある。

山根はなぜ口から糞を吐いたのか。これは単純だ。山根はゴミ袋を捨てて〈パンバニーシャ号〉へ戻った後、もう一度もよおしてしまったのである。せっかく掃除したのに、またスタジオを汚したら渡鹿野に殺されかねない。慌てた山根は、とっさに肛門からひり出た糞をキャッチしたのだ。

そのまま外へ糞を捨てに行ければよかったのだが、運の悪いことにおれが〈パンバニーシャ号〉に戻ってきてしまった。山根はとっさに糞を口に隠し、ズボンを引っぱり上げて何でもないふりをした。

おれは控室を覗くと、顔色を変えてコンテナを出て行った。山根は必死に我慢したが、すぐに耐えられなくなり、コンテナを飛び出した。そして歩道の植え込みに糞を吐いたのである。

　もう一つ。春香と山根を見てひどく混乱したおれは、〈ホカホカライフ〉に駆け込み、おば

ちゃんが「お尻から食べます」と答えたのだ。

　このおばちゃんは元の世界の人間だから、尻から飯を食うことはない。それなのに「お

尻から食べます」と答えたのはなぜか。

　おれがワゴンに撥ねられる直前、おばちゃんは交差点の真ん中で妙な形の雲を眺めてい

た。ワゴンがクラクションを鳴らしても、おれが「逃げろ！」と叫んでも、おばちゃんは

気づかなかった。いくら雲に気を取られていたとしても、あれだけの物音に反応しないの

はおかしい。おばちゃんは耳が聞こえなかったのだ。携帯電話を持っていなかったのもそ

れが理由だろう。

　すると〈ホカホカライフ〉でのやりとりも意味が変わってくる。おれはおばちゃんの肩

を叩きながら「飯はどこから食う？」と尋ね、振り向いたおばちゃんに「頭か？それと

も尻か？」と続けた。おばちゃんが唇の動きから言葉を読み取っていたとすれば、「飯は

どこから食う？」という台詞は途中からしか伝わっていなかったことになる。

　──……はどこから食う？　頭か？　それとも尻か？

　おばちゃんが実際に読み取った台詞はこれだ。常識的に考えて、こんなことを言うのは

たい焼きくらいだろう。〈ホカホカライフ〉ではあのとき、秋のおでん&たい焼きセール

が行われていた。おばちゃんはおれにたい焼きの食べ方を答えただけだったのだ。

春香、山根、そして河豚のおばちゃん。三人それぞれの思惑や事情で取った行動が重なった結果、おれは元の世界にいながら、異世界へ転生したと信じ込んだ。いつかの春日部が現実離れした出来事を夢と勘違いしたように、おれも二つの世界の境目を誤解していたのである。

車内のデジタル時計を見る。六時五十三分。世界が重なるまで、あと一分だ。シートベルトを締め、エンジンをふかす。アクセルペダルに足を載せる。

ベンチに座った夏希が不審そうにこちらを見ていた。なかなか戻らないおれを訝しんでいるのだろう。

時計が動いた。六時五十四分。おれはアクセルを踏み込んだ。

夏希が目を見開き、ベンチから跳び上がる。おれはブレーキを踏まずに夏希を撥ねた。細い身体が宙を舞い、頭からアスファルトに落ちる。ミニバンはベンチに激突し、左半分が乗り上げた状態で停止した。

「おい、大丈夫か！」

ライブハウスの警備員が二人、血相を変えて夏希に駆け寄る。夏希はうつ伏せに倒れたまま動かない。

　おれはシートベルトを外し、ドアを開けて歩道へ転げ落ちた。警備員の足音。野次馬の喚声。スマホカメラのシャッター音。肩と腰がひどく痛んだが、意識に異変はなさそうだ。元の世界へ戻る最後のチャンスを棒に振ってしまった。おれは死ぬまで今日のことを後悔し続けるだろう。

　驚くほど早くパトカーがやってきて、警察官がおれを押さえ付けた。両腕が後ろに回り、手錠をかけられる。

　ふいに野次馬がどよめいた。夏希がむくりと起き上がる。小さく咳き込んでから、きょろきょろと辺りを見回し、ホールの壁のポスターに目を留める。

「何これ——」

　声が震えていた。ライブハウスの行列を眺めてから、もう一度、ポスターを見る。

　——あたし、本気だからね。

　春香の言葉がこだました。

　——ミニモニ。みたいな人気者になったところを夏希に見せたいの。

　警察官がおれの肩を摑んで、パトカーの後部座席へ押し込んだ。

隣の部屋の女

0

レバ刺し、八丁味噌（みそ）のもつ煮、こま切れ肉と長ねぎの甘辛炒め。そして冷えたビール。

炬燵（こたつ）机に並んだ料理皿を眺め、わたしは嘆息した。昨夜のステーキもなかなかだったが、今夜のメニューは酒との相性が格別だ。写真に撮って同僚に自慢できないのが残念だった。

鍋とフライパンを洗い桶に浸け、座布団に腰を下ろす。

まずはレバ刺しをごま油につけて口へ運んだ。居酒屋で食べた牛のレバ刺しよりもさらに柔らかく、コクが強い。鉄臭（てっくさ）さもかなりあるが、冷凍庫に二日入れていたことを考えれば上出来だ。

甘辛炒めに箸を伸ばす。一嚙（ひとか）みで口の中にうまみが広がった。長ねぎのシャキシャキとした食感が肉の柔らかさを引き立てている。醬油の味付けはもっと濃くても良さそうだ。

いったん水で口をゆすいでから、もつ煮を口に運ぶ。こちらは牛もつよりも歯ごたえがあり、内側まで味噌のうまみがよく染みていた。生姜（しょうが）を入れて煮ただけなのに、くさみもほとんどない。これは絶品だ。

これだけ美味しく食べてもらえれば彼女も満足だろう。

わたしはビールを一口飲んで、ふたたび料理皿に手を伸ばした。

1

問診を待つ間に降り出した雨は、夜になって勢いを増していた。

その日は園畑（そのはた）へ引っ越してから二度目の定期健診だった。妊娠五カ月目に入ってもつわりが収まらず、食欲も湧かないので気を揉んでいたのだが、医師は馬鹿の一つ覚えのように「よくあることだから」と繰り返すだけで、まともに相談に乗ってくれなかった。

梨沙子（りさこ）は園畑総合病院を出ると、駅前の百貨店で夕食の総菜を買い、ロータリーの列に並んでタクシーを待った。屋根の幅が足りないせいで横殴りの雨が吹き込んでくる。空の鳴る音を聞いていると、西から徐々に雷雲が近づいてくるのが分かった。

三十分並んでタクシーに乗ると、交通量の少ない住宅街を突っ切り、五分でマンションへ到着した。駅前とは別世界のように辺りは静まり返っている。カードで代金を支払い、折り畳み傘を開かずにマンションへ駆け込んだ。オートロックのドアを開けようとしたとき、ふいに雨音が小さくなった。

ぞくりと肌が粟立つ。

げほっ、げほっ。

どこからともなく、女性が激しく咳き込むような音が聞こえた。

とっさに背後を振り返る。街灯はなく、マンションの照明がうっすらと道路を照らしていた。人の姿はない。

ロビーの中に誰かいるのだろうか。自動ドアの手前を右に曲がった先──梨沙子からは死角になったところに、郵便受けの並んだ通路があった。

おそるおそるロビーを進み、通路を覗く。

「──」

共用の傘立てに猫が座っていた。この辺りでよく見かける三毛猫が、不貞腐れたような顔でこちらを見ている。実家で飼っていた白い猫が雨の日によく咳をしていたのを思い出した。傘を使わずにタクシーで帰ったため、猫が傘立てで雨宿りしているのに気づかなかったのだ。

「びっくりさせないで」

小声で文句を言って、通路を出る。

自動ドアの外がパッと光り、数秒後に雷鳴が響いた。

耳を塞ごうとしたそのとき、

げほっ、げほっ。

さらに激しく咳き込む音が聞こえた。重たいものを引き摺るような音がそれに続く。

すぐに傘立てを振り返った。猫の表情は変わらない。明らかに女性が咳き込む音だった。ひどく苦しそうで、誰かに助けを求めているようだった。

胸騒ぎに突き動かされ、玄関ロビーから外へ出た。ポケットにリップスティック型のスタンガンが入っているのを確かめ、折り畳み傘を広げる。

道路には誰もいなかった。左右に並んだアパートにも人影はない。マンションの裏に回り込んで、河川敷を覗いた。民家のモルタル壁と背の高いフェンスに挟まれ、暗闇がさらに濃くなる。ごうごうと川の流れる音が耳に迫った。

ふいに辺りが明るくなる。鼓膜をつんざくような雷鳴。

その瞬間、川の向こうに二つの人影が見えた。

一人は小柄な女性だった。カーキ色のワンピースを着て、前傾姿勢でもう一人の背中にかぶさっている。もう一人は肩にラインの入った白いシャツを着ていて、女性に隠れて顔は見えなかった。二人は橋を渡り切ったところから右手の路地へ向かうように身体を傾けていた。

女性の顔には見覚えがあった。グリーンテラス園畑７０１号室の住人、東条桃香（とうじょうももか）だ。

誰かが彼女を背負って連れ去ろうとしている――梨沙子はそう確信した。

これ以上立ち入るべきでないのは分かっていた。自分にできることは何もない。梨沙子

は身体が弱い方だし、ましてや腹の中に五カ月の胎児がいるのだ。

それでも引き返すことはできなかった。ここで見て見ぬふりをしたら、彼女だけでなく、自分も、生まれてくる子どもも守れないような気がしたのだ。

足音を殺し、ゆっくりと橋を渡った。呼吸が苦しく、傘を握る手に脂汗が滲む。

橋は十メートルもなく、すぐに二人がいた場所へたどりついた。並木の陰から顔を出し、右手の路地を覗く。

正面に年季の入ったアパートがあり、いくつかの小窓から明かりが洩れていた。アスファルトの剝がれた路地が淡く照らされている。

二人の姿はどこにも見当たらなかった。

2

梨沙子と秀樹がグリーンテラス園畑の７０２号室に引っ越したのは、隣人が姿を消す一月前、八月十三日のことだった。

二人が軽井沢のホテルで結婚式を挙げてからもうすぐ三年になる。合コンで出会った頃の秀樹は夢を熱く語る一介のシステムエンジニアだったが、友人と立ち上げたベンチャー企業を急成長させてから、アプリゲーム界隈ではちょっとした有名人になった。現在は会

社を売却し、大手のシステム開発会社でCTOを務めている。孫請けのWeb制作会社でアルバイトを続けていた梨沙子には想像もつかない経歴の持ち主で、両親も涙を流して結婚を喜んでくれた。

「三人で園畑に住まない？」

梨沙子の妊娠が分かった翌日、秀樹は朝食を掻き込みながら言った。

当時住んでいた都内のアパートは梨沙子の勤務先に近く、秀樹は一時間以上かけて園畑駅前のオフィスへ通っていた。梨沙子は子どもができたら仕事をやめると決めていたので、反対する理由はなかった。

園畑のことはよく知らなかった。梨沙子は東北出身で、大学入学を機に上京したため、首都圏には土地勘がない。秀樹と付き合うまでは、園畑という地名もワイドショーの「住みやすい街ランキング」でしか聞いたことがなかった。

結婚前に一度だけ、秀樹に誘われて園畑へ遊びに来たことがある。当時から駅前にはオフィスビルとタワーマンションが立ち並び、大規模なショッピングモールの建設が行われていた。そこには自分の生活圏にはない活気が漲っていた。

「引っ越しのことは大丈夫。梨沙子は赤ちゃんの心配だけしてればいいから」

秀樹がそう言っていたこともあり、マンションの購入や引っ越しの手続きは任せ切りにしていた。

グリーンテラス園畑は築五年、十二階建ての分譲マンションで、園畑駅から歩いて十五分ほどの距離だった。駅からは少し離れているが、タワーマンションが立ち並ぶエリアよりは暮らしやすいかもしれない——梨沙子はぼんやりとそう考えていた。

引っ越し当日、梨沙子は共用通路で業者のスタッフを見守りながら、手すりの向こうに広がる景色を眺めた。背の高いビルばかり並んでいるせいで、七階にいるのに地上にいるような感覚になる。ビルの一面を覆う窓ガラスに綿雲が反射するさまは、映画に出てくる未来都市のようだ。自分もこの街の一員だと考えると、少し誇らしい気分になった。

「あんまり外に出るなよ。　熱中症になるだろ」

秀樹に言われて部屋に戻る。フローリングが新築みたいにピカピカで気持ち良い。サボテンの鉢植えを運ぶ若いスタッフに会釈して、リビングの窓から海側の景色を眺めた。

「——」

梨沙子は息を呑んだ。

十キロも離れていない海岸線に工場が立ち並んでいた。無骨な金属とコンクリートの塊（かたまり）が息苦しいほどに犇（ひ）めき合い、煙突から絶え間なく煙が噴き出ている。知らない人から急に睨まれたような、言いようのない不安を感じた。

胸騒ぎを押しのけようと視線を下げる。マンションのすぐ裏を川が流れていた。河川敷に「漆川」（うるしがわ）と書いた標識が見える。川面（かわも）は土色に濁っていた。

川の向こうには背丈の低い家が並んでいた。トタン屋根には錆が目立つ。ブルーシートに覆われたバラック小屋もあった。駅前とは別世界のようだ。

どうして内見の日に気づかなかったのだろう。あの日は確か、窓に半透明のフィルムが貼られていて——。

「梨沙子、どいて」

部屋に目を戻すと、業者のスタッフが背の高い本棚を運んでいた。秀樹の指示に従い、窓を覆うように本棚を置く。

「この窓、塞いじゃうの？」

「そうだよ。製油所なんか見てもしょうがないだろ」

秀樹はそう言って、子どもを窘めるような顔をした。

役所で転入届を出し、マンションに戻ったときには六時を過ぎていた。荷解きは後にして、日が暮れる前に隣の部屋へ挨拶に行くことにした。百貨店のカステラを手提げ袋に詰め、リップを引き直して部屋を出る。

右隣の七〇三号室には三十代半ばの夫婦が住んでいた。同じ広告制作会社で、夫は営業、妻はデザイナーをしているという。身なりも言葉遣いも洗練されていて、安アパートでは見かけることのないタイプの人間だった。梨沙子は生まれて初めて、ご近所の奥さんとお

茶に行く約束をした。

左隣の７０１号室は、インターホンを鳴らして三十秒ほど待っても返事がなかった。

「いないのかな」

秀樹がもう一度ボタンを押そうとしたとき、ガチャンと錠を開ける音が聞こえた。マホガニーのドアが薄く開く。チェーンを掛けたまま、若い女がこちらを見た。二十代半ばだろうか。

「こんばんは。７０２号室に引っ越してきた田代秀樹と言います。これは妻の梨沙子。お世話になります」

女の顔から緊張が抜けるのが分かった。ドアを閉め、チェーンを外してふたたび開ける。

「……東条桃香です」

息からアルコールの臭いがした。家にいたはずなのにファンデーションとチークを厚く塗って、胸元の開いたワンピースを着ている。目鼻立ちの整った男好きのする顔だ。ピンクベージュの髪を内側に巻き、耳には高級そうなパールのピアスを下げていた。

「ぼくたち、二月に子どもが生まれる予定なんです。ご迷惑をおかけするかもしれませんが、よろしくお願いします」

「ああ、はい。分かりました」

東条は目を伏せた。よく見ると側頭部の髪が不自然に禿げている。誰かに抜かれたのだ

ろうか。

梨沙子がカステラを渡すと、東条はぶっきら棒に礼を言って、すぐにドアを閉めた。

「ありゃ水商売だ。どっかの金持ちと不倫して家族にキレられたんだろ」

部屋に戻るなり、秀樹が嘲るように言った。

3

お盆が明けた八月十六日、梨沙子は園畑総合病院を訪れた。

両親は里帰り出産を望んでいたが、秀樹が近くで見守りたいと言うので、梨沙子は園畑総合病院の産科で子どもを産むつもりだった。

午後一時に紹介状を持って受付したのに、名前を呼ばれたのは四時過ぎだった。尿検査と血圧測定の結果を見た医師に「問題ないですね」と言われただけで八千円を払わされ、詐欺にあったような気分になった。

日が傾いて涼しくなっていたので、歩いてマンションへ帰ることにした。秀樹の会社が入っている展望台みたいなオフィスビルの前を通り過ぎ、遊歩道を進む。

人工芝の広場で、五歳くらいの子どもたちが影を踏み合って遊んでいた。街路では母親たちが雑談に花を咲かせている。保育園のお迎えの帰りだろうか。

梨沙子は五年後の自分に思いを巡らせた。就職活動に失敗し、アルバイトを転々としながら生きてきた自分には、普通の幸せがどれだけ特別なものかよく分かっている。今の自分がいるのは秀樹のおかげだ。子育てには不安もあるが、期待の方がずっと大きかった。

遊歩道を十分ほど歩いたところで細い路地に入る。コンビニの角を曲がった途端、街の雰囲気がはっきりと変わった。開発前から残る商店街で、寂れた居酒屋やスナックが軒を連ねている。

グリーンテラス園畑は、商店街を抜け、人気のない住宅街を二百メートルほど進んだところにあった。御影石をあしらった外壁は街並みに馴染んでいないが、いやでも視界に入るタワーマンションに比べれば違和感は小さい。駅前エリアに住むほどの財力はないが、園畑のマンションで暮らしてみたい――そんな見栄っ張りの心理を突いた物件なのだろう。

商店街を抜け、住宅街を足早に歩いた。後ろからも足音が聞こえる。ブロック塀の上で薄汚い猫が丸くなっていた。

「あっ」

アスファルトの亀裂に足を取られ、姿勢を崩した。

両手で身体を支えようとしたが間に合わなかった。ワンピースが捲れ、腹を地面に擦り付ける。背骨に痛みが走り、腹の奥から嘔吐きが込み上げた。

深呼吸しながら立ち上がり、ショルダーバッグに付いた土埃を払う。

ふと違和感を覚えた。

さっきまで背後から聞こえていた足音が聞こえない。まるで後をつけていたかのように。

人も足を止めたのだ。

ワンピースが汗でべったりと湿っていた。根が生えたように足が動かなくなる。

おそるおそる振り返ると、電柱の陰に男が立っていた。肌が浅黒く、赤いキャップから蓬髪（ほうはつ）が溢れている。男は素知らぬ顔で黙り込んでいたが、梨沙子と目が合うなり嬉しそうに頰を緩ませた。

「やったの？」

滑舌がおかしい。　酔っているのだろうか。

「やったの？」

男は梨沙子のショルダーバッグを指した。マタニティマークのストラップが揺れる。思わず叫びそうになったが、喉がからからに渇いて声が出なかった。

「おれともしてよ」

男が千鳥足で近づいてくる。

梨沙子は駆け出した。

両手を振り、息を切らし、転びそうになりながら、無我夢中で走った。

自動ドアを抜け、グリーンテラス園畑の玄関ロビーに駆け込む。オートロックのドアを

開け、一階の通路に転がり込んだ。壁に手をついて咳き込む。ドアが閉まる音を聞き、ようやく道路を振り返った。

男の姿はどこにもなかった。

702号室に戻っても咳は止まらなかった。涙で顔がぐしゃぐしゃになっている。喉の奥に味わったことのない鋭い痛みを覚えた。

咳が収まるのを待って、携帯電話で110番通報した。不審者に遭ったと伝えると、電話口の警察官に「服装は?」「髪型は?」「体型は?」と立て続けに尋ねられた。梨沙子が言葉に詰まると、若い警察官は声に苛立ちを滲ませた。

「再開発地区の人って、すぐ通報するんだよね。勘弁してほしいよ。強制移住させられたんじゃなくて、自分で引っ越してきたんだからさ」

梨沙子が言葉を失っていると、

「パトロールを強化しますんで、大丈夫ですよ。情報提供ありがとうございました」

木で鼻を括ったように言って、電話を切った。

茫然としたままベッドに倒れる。顔の涙を拭うと、指先が汚れて黄色くなった。

午後十一時、赤ら顔で帰宅した秀樹に不審者のことを話すと、秀樹は胴間声を張り上げ

て警察を罵倒した。

「税金で飯を食ってるくせに不審者は野放しか。公僕が恥を知れよ」

そう言って冷蔵庫のドアを閉めると、ソファにもたれて缶ビールのタブを起こした。

「家を知られたから、今度は待ち伏せされるかもしれない」

「そしたらすぐおれに連絡しろ。オフィスから飛んで行って半殺しにしてやる」

秀樹は得意げにビールを喉へ流し込んだ。

4

　三週間後、不安は現実のものになった。

　その日は大学のゼミの後輩とランチの約束をしていた。学年一の美人で、梨沙子は在学中、ファッション誌を読む代わりに彼女の着こなしを毎日チェックしていた。今のネイビーアッシュのショートカットも彼女を真似たものだ。

　卒業後は旅行代理店に就職し、半年前に女の子を産んだばかりだった。

　午前十時過ぎ。エレベーターで一階へ下り、玄関ロビーを出た。九月に入っても残暑が和らぐ様子はない。うだるような熱気が全身を包んだ、そのとき。

「久しぶり」

かに待ち伏せだった。

とっさにロビーへ引き返す。オートロックのドアが目の前で閉まった。ショルダーバッグに手を入れ、鍵を探す。荒い息遣いが近づいてくる。

「あの日の夜もした？」

バッグから鍵を出したところで、男の手が梨沙子の腹に触れた。嫌悪感が胸を貫く。身を捩って逃げ出そうとすると、男が梨沙子の肩を押さえた。

「ねえ、おれともしてよ」

背後で自動ドアが開く音がした。マンションから誰かが出てきたのだ。

「た、助けて——」

ジジジジジ、と蟬が耳道に突っ込んだような音がした。

男が尻餅をついて倒れる。内腿を抱え、子どもみたいな悲鳴を上げる。

「痛え！　何すんだ！　警察呼ぶぞ！」

「呼べよ」

化粧の濃い女が、男の喉にリップスティックを近づけた。ピンクベージュの髪にパールのピアス。701号室の東条桃香だった。

「二度と近寄んないで。次は殺すから」

「うるせえ、ばばあ。うるせえ」

男は譫言（うわごと）のように言うと、右脚を引き摺ってロビーを出て行った。

「すみません、ありがとうございます」

男の姿が消えるのを待って梨沙子が礼を言うと、

「逆恨みで殺されたらあんたのせいだからね」東条はうんざりした顔で言った。「あんだけ痛め付けてやれば大丈夫だと思うけど」

「あの人に何したんですか」

「電気流した。これ、スタンガン。ネットで買えるよ」

東条はリップスティックの蓋を外し、柄に付いた小さなボタンを押した。先端が光り、ジジジと耳障りな音が鳴る。

「なんでそんなもの持ってるんですか。ストーカーに追い回されてるとか？」

「わたしの心配してる場合じゃないでしょ」東条は大げさに肩を竦めた。「子ども産むんでしょ？　家族なんか頼りになんないよ。自分のことは自分で守んないと」

東条は玄関ロビーを出て行こうとしたが、思い出したように振り返り、梨沙子の胸にスタンガンを放り投げた。

「くれるんですか？」

ボタンを押さないように注意してスティックの先を覗いた。

「カステラのお礼」

東条は右手を振ってロビーを後にした。

東条桃香はグリーンテラス園畑から姿を消した。

一週間後、雷雨の夜。

＊

彼女は息が止まる瞬間まで、自分が死ぬことが分かっていないようだった。

わたしだって似たようなものだ。グリーンテラス園畑のあの部屋で鉢合わせするまで、自分が彼女を殺すことになるとは毛ほども思っていなかった。

物流倉庫でのアルバイトを切り上げ、最寄りの園畑駅からアパートへ向かっていたときのこと。雨音に交じって、道沿いのマンションから女の声が聞こえた。

「鍵なくしちゃったんですよ。それで——お願いできますか？」

入り口には「グリーンテラス園畑」と彫られた御影石が鎮座していた。携帯電話を見るふりをして足を止め、ロビーを覗く。ピンクベージュの髪の女が作業服の男を呼び止めていた。

「合鍵でよろしいですか？」

「ドアの錠を取り換えてください。空き巣が心配なんで」

作業服の男は管理人だろう。二人がセンサーの前に立っているせいで、自動ドアが開い
たり閉まったりしていた。

「業者に連絡してみますが、たぶん明日になると――」

「大丈夫です。合鍵はありますから」

ポケットから鍵束を出して言うと、女は傘立ての傘を取り、玄関ロビーからこちらへ向
かってきた。慌てて顔を伏せ、マンションの前を足早に通り過ぎる。

十メートルほど歩いて振り返ると、女が道の反対側でセダンに乗り込むところだった。

「遅えよ」

男の苛立った声。

「ごめんなさい」

助手席のドアが閉まり、エンジン音が背後を通り過ぎた。

彼女のことは以前から知っていた。あのマンションに引っ越してきたのは一年半前。す
ぐに浅黒い肌の男から「男たらし」「ブス」「のろま」「穀潰し」と怒鳴られているのを見
かけるようになった。男に閉め出されたのか、痣だらけの顔で深夜に玄関ロビーで泣いて
いるのを見たこともある。

今日は珍しくディナーにでも行くようだ。あの手の男とは関わりたくないが、金があるのは羨ましい。

わたしは瞼をさすりながら、急いで路地を曲がった。右の瞼の古傷に触れるのは動揺したときの癖だった。

河川敷に出ると、辺りに誰もいないのを確認して、ポケットから革のキーホルダーを取り出した。タグにはご丁寧に部屋番号が書いてある。

今朝、グリーンテラス園畑の前の木陰で拾ったディンプルキーだった。

アパートに荷物を置くと、キャップを目深にかぶり、マスクを着けて部屋を出た。雨で濁った漆川を渡り、細い路地を抜けてグリーンテラス園畑へ向かう。

玄関ロビーを抜け、何食わぬ顔でドア横の鍵穴に鍵を差す。ガチャンと音を立ててオートロックのドアが開いた。成功だ。管理人の姿もない。

ふと興味が湧き、郵便受けを覗いた。マッサージや宅配ピザのチラシに交ざって、化粧品会社から封筒が届いている。宛名には東条桃香とあった。

エレベーターに乗り込み、七階で降りた。マホガニーのドアの前で耳を澄ましたが、物音は聞こえない。深呼吸を一つしてから、鍵を捻ってドアを開けた。

「どうも。お邪魔します」

室内は整然としていた。デパートの食品売り場と化粧品売り場を混ぜたような匂いがする。玄関を上がって右手が浴室とトイレ、左手が寝室、正面がダイニングキッチンだった。

貴重品があるとすれば寝室かダイニングだろう。

照明を点けて寝室に入り、チェストの抽斗を順に開けていく。アクセサリーは安物ばかりで金になりそうにない。

一番下の抽斗を開けると、通帳とクレジットカードが入っていた。当たりだ。自分で引き出す勇気はないが、詐欺グループに渡せばそれなりの金になる。

口笛を吹きながら寝室を出て、ふいに心臓が止まりそうになった。廊下の先から人が息を吐く音が聞こえたのだ。

ダイニングを覗くと、右手にもう一つ部屋があった。赤く腫れた瞳がこちらを見ている。

何かあの男の気に障ることをしたせいで、ディナーに連れて行ってもらえなかったのだろう。彼女は頬を濡らし、力の抜けた姿勢でベッドに横たわっていた。涙を流す以外に自分を支える手段がなく、空き巣に怯えて泣いているのではない。

男の罵声がこだまする。彼女の額には青黒い痣ができていた。残酷なことだが、この世には生まれなわたしの胸に湧き上がったのは、憐れみだった。

そんなふうに見えた。

彼女はこの先も、手の届かない幸せに弄ばれて生きていくのがらに不幸な人間がいる。

「——」

　だろう。

　わたしは彼女の首を両手で摑み、親指に力を入れた。彼女は唇を閉じてわたしを見ている。親指を喉へ押し込むと、口から咳と唾液がこぼれた。顔がみるみる赤くなり、手足が痙攣する。さらに親指へ力を込めると、キュッと鈍い音が鳴って首の骨が折れた。

　ふと我に返り、ベッドから離れる。彼女はぴくりともしない。

　おそるおそる手首に触れる。

　彼女は死んでいた。

　じわじわと恐怖が込み上げてきた。警察は恐くない。問題は自分が罪悪感に耐えられるかどうかだ。こんなことが道徳的に許されるわけがない。

　わたしは瞼をつまんで深呼吸した。考えるのは後回しだ。

　足早に寝室へ向かい、通帳とクレジットカードをチェストに戻した。奥の部屋へ引き返し、両手で死体を担ぎ上げる。玄関へ向かい、ドアの向こうに耳を澄ます。人通りは多くないはずだ。

　時刻は午後七時半。雨が降っているから人通りは多くないはずだ。

　誰とも鉢合わせしないことを祈って、ドアノブを捻った。

5

横殴りの雨が玄関ロビーに入り込み、大理石の床を濡らしている。梨沙子は傘を畳んで、共用の傘立てに差し込んだ。猫は何も言わずに尻尾を揺らしている。

七階でエレベーターを降りると、７０１号室のメーターボックスの下に蝙蝠傘が立てかけてあった。持ち手に白いビニールテープが巻いてある。東条の傘だろうか。水滴が床に落ちて水溜まりができていた。

しばらくドアの前に立っていたが、人が出てくることも、物音が聞こえることもなかった。

部屋に帰ると、ポケットから携帯電話を取り出した。通報すべきなのは間違いない。それでも発信ボタンを押す勇気が出なかった。「再開発地区の人はすぐ通報する」という警察官の言葉が心を重くしていた。

濡れた服を脱いでシャワーを浴びていると、秀樹が帰ってきた。梨沙子はすぐに浴室を出て、漆川の河川敷で見たことを話した。

「あの水商売の女ね。不倫してた男と喧嘩でもしたんじゃねえの」

秀樹は素っ気なく言って、ワイシャツを洗濯籠（かご）に放り込んだ。一週間前、不審者から助けられたことは話していなかった。

あのとき東条がスタンガンを持ち歩いていたのは、自分の身に危険が迫っているのを知っていたからだ。単なる色恋沙汰（ざた）とは思えない。

「お前さ、あんまりよそのことに首を突っ込むなよ」

梨沙子が考え込んでいるのを見て、秀樹は声を硬くした。

「隣人なんて所詮（しょせん）は他人だ。一番大事なのは腹の中の赤ん坊だろ」

秀樹の言う通りだった。揉め事に巻き込まれたせいで早産や流産になったら、自分は死ぬまで後悔し続けることになる。

「そうだね」

梨沙子はダイニングテーブルに手をついて、河川敷の光景を頭から振り払った。

翌日の午前十一時過ぎ、ベビー用品店で注文していたベッドが届いた。玄関先で伝票にサインし、配達員を見送る。

ふと701号室に目を向けると、メーターボックスの下に立てかけてあった蝙蝠傘（こうもりがさ）がなくなっていた。東条が無事に帰宅し、傘を部屋に入れたのだろう。

梨沙子は思わず胸を撫で下ろした。

十月一日、実家の両親がマンションへ遊びにきた。

「いいところねえ。駅は近いし、病院もあるし、治安だって良さそうだし」

生え際の薄くなった母がはしゃいだ声を出す。リビングの窓を書棚で塞いでおいたのは正解だった。

「盛岡より野良猫が多いな」

梨沙子よりも腹の出た父が、キッチンの窓から商店街を眺めて言う。

「心配ね。病気を持った子もいるっていうし」

「水を入れたペットボトルは効くぞ。あれでうちの花壇は糞がなくなった」

それがデマなのは知っていたが、父は反論されると機嫌が悪くなるので黙っていた。

午後六時過ぎ、玄関ロビーで二人を見送って七階に戻ると、701号室からスーツ姿の男が出てきた。内見の日に部屋の説明をしてくれた、不動産会社の担当者だ。色の入った眼鏡を掛け、長い後ろ髪を耳の高さで結わえている。やんちゃな風貌のくせに気の小さそうな男だった。

「あ、こんにちは」

男は慌てた顔で会釈して、701号室の錠を閉めた。不自然なほど足早にエレベーターへ乗り込もうとする。嫌な予感がした。

「東条さんに何かあったんですか?」

語気を強めて尋ねる。雷雨の中で見かけてから二週間以上、彼女とは顔を合わせていない。

男は口ごもった。馬の尻尾みたいな髪が揺れる。入居者のプライバシーに関わることは明かせない決まりなのだろう。

「東条さんとは仲良くさせていただいてます。何かあったんですね?」

「わたしたちも分からないんです」男はため息を吐いた。「東条様は分譲賃貸で部屋を借りられていました。それが二週間前に突然、マンションを退去する、家財はすべて処分してほしいと電話で連絡してきたんです」

心臓が強く胸を叩いた。

河川敷の光景が脳裏によみがえる。やはりあのとき、東条は何者かに連れ去られていたのだ。もとの住居には戻れないと分かったから、不動産会社に退去の連絡をしたのだろう。

「二週間前というと、九月の十七日ですか」

「そうですけど」

腕時計を見て答える。河川敷で東条を見かけたのは十六日だから、翌日には不動産会社へ連絡があったことになる。

「東条さんはどんな様子でしたか」

「分かりません。雑音で声が聞き取りづらくて」

どこか屋外にいたのだろうか——と考えたところで息が止まった。

声の主が東条のふりをして電話をかけた可能性もある。彼女がいなくなったことに気づかれないよう、本物の東条は誰とも連絡を取れない場所にいるのかもしれない。

「警察には連絡したんですか？」

「そういった対応は考えていません。入居者様にもさまざまな事情がございますので」

男は苦い顔で言った。

要するにトラブルを起こしたくないのだろう。最近は事件や事故が起きると、すぐにインターネット上の口コミサイトに掲載されてしまう。曲がりなりにも高級マンションを謳っている手前、住人が行方不明になった事実を公にしたくはないはずだ。

「すみません、失礼いたします」

男は逃げるようにエレベーターに乗り込み、一階へ下りて行った。

梨沙子は茫然と通路に立ち尽くしていた。もう自分にできることはないのだろうか。

——家族なんか頼りになんないよ。自分のことは自分で守らないと。

梨沙子が不審者に襲われそうになったあの日。スタンガンで男を追い払ってから、東条

はそう口にした。

何者かが彼女の東条であるという証拠はない。彼女がいなくなったことに気づかれないよう、本物の東条は誰とも連絡を取れない場所にいるのかもしれない。

あれは本心だったのか。家族に恵まれなくても、他人と助け合って生きていくことはできる。本当はそう信じていたから、素性も知らない隣人を助けてくれたのではないか。

ふたたび昇ってくるのを待って、梨沙子もエレベーターに乗った。一階へ下り、玄関ロビーを抜ける。マンションの裏へ回り込み、河川敷に出る。

漆川を渡ると、はっきりと街の空気が変わった。舗道、標識、建物、自動販売機、目に入るすべてが汚れ、錆び、歪んでいる。湿った雑巾のような臭い。視線を上げると高架の産業道路が見えた。

引っ越してからの一月半で、梨沙子はこの街の成り立ちを学んでいた。園畑市は面積の半分近くが工業地区で、六十年代から労働者の街として栄えてきた。駅前の再開発でイメージアップに成功したものの、漆川の南は今も治安が悪く、暴力団の事務所や簡易宿泊所、風俗店、賭場などが点在している。ワイドショーで見たことのある殺人、監禁、強姦、強盗、放火などの事件がかなりの確率で園畑市南部で起きていたことに気づき、梨沙子は慄然とした。

河川敷を右に曲がると見覚えのあるアパートがあった。東条が姿を消したのはこの辺りだ。

アパートは築四十年ほどだろうか。プレハブ小屋のような簡素な造りで、色の落ちた壁を蔦が這っている。フェンスには「スピカ園畑」とプレートが下がっていた。

「──────」

草の擦れる音。

フェンスの下に野良猫がいた。煉瓦に囲われた小さな植え込みからこちらを見ている。

尻尾の辺りで何かが光った。

心臓が早鐘を打つ。

「ちょっと、どいて」

サンダルの先でそっと横腹を突く。猫は表情を変えずに姿勢を起こし、煉瓦を越えて植え込みを出て行った。

土に埋もれたそれを手に取る。

東条が着けていたパールのピアスだった。

＊

アパートの浴室で大の字になった死体を見て、わたしは笑った。

死体なんか見ても楽しくないし、どちらかといえば泣きたい気分だったけれど、わたしは笑った。最低なことが続いてやけっぱちになったときの、脳味噌の誤作動みたいな笑いだった。

死体をどう処理するか。これは大した問題ではない。動物は所詮、肉と骨でできた巨大な水風船だ。肉はばらばらにして川に流し、骨は山に埋めてしまえばいい。あまり思い出したくはないが、過去にも経験がある。

問題は、どうやって罪悪感と折り合いを付けるか。これである。

嘘を吐いてはいけない。物を盗んではいけない。命は大切にしなければならない。物心ついたときから、わたしは道徳や倫理観といったよく分からない代物に苦しめられてきた。

園畑市議会議員の父と専業主婦の母の間に生まれ、NHK教育テレビが垂れ流しているタイプの良い子ちゃん教育を受けて育ったわたしは、おかげで散々な学生生活を送ることになった。当時の園畑は再開発が始まる前で、今よりもやくざや不良や素性の知れない外国人が街に溢れていた。不良から身を守るには格上の不良に守ってもらうしかないし、そいつらの機嫌を取るには金が要る。ガキが金を手に入れるには、自分より弱いガキを脅すか、商店のレジを荒らすくらいしかなかった。

生きるためにすべきことはシンプルだ。でもわたしにはそれができなかった。悪事を働こうとすると喉がからからに渇いて息ができなくなるのだ。後輩の財布から五千円札を抜いた日の夜は、胸が苦しくて眠れなかった。両親の情操教育は見事に成功し、おかげでわたしは悲惨な青春時代を過ごすことになった。

とはいえそれは過去の話だ。中三の夏、両親は押し込み強盗に刺されて死んだ。それか

ら都合よく道徳をアップデートしたわたしは、新たに「悪いやつには悪いことをしてもいい」という行動理念を身に付け、両親の呪縛（じゅばく）から逃れることに成功した。架空請求詐欺をやっている会社のバイトで勤務時間を水増しするとか、違法駐車をしている車からバッグを持って行くとか、老いた母親を殴る男の家から通帳を頂くといったことは、わたしの中では善行に分類された。借金を返すために違法行為を働いている連中を探し回ったおかげで、市内のグレーな違法風俗店や詐欺グループにすっかり詳しくなった。

そこでこの死体である。

彼女も「悪いやつ」に当てはまると思っていたのだが、駄目だった。昨夜は胃がキリキリと痛み、ぬるい液体が喉にこみ上げてくるせいで一睡もできず、おかげで眼球の裏が捩（よじ）れたように痛んでいた。

よく考えれば当然だ。彼女は被害者であって加害者ではない。あの口の悪い男ならさておき、彼女を殺したことを善行に分類するのは無理がある。

わたしは後悔した。なぜ彼女を殺してしまったのか。自分でもよく分からない。強（し）いて言うなら、生きているのがかわいそうだったからだ。

このままでは死ぬまで悪夢にうなされ、罪悪感に苦しみ続けることになる。想像するだけで余計に頭が痛くなった。

「最悪」

浴室を出てタオルで足を拭うと、黴臭い布団に倒れた。

汚れた窓の向こうに橋が見える。通行人に部屋を覗かれているような気がして、カーテンを閉めた。どこからか猫の能天気な鳴き声が聞こえてくる。

園畑市内――特に漆川の南は野良猫が多い。わたしは猫が苦手で、子どもの頃はいつも同級生にそれをからかわれていた。そんな自分には悪夢のような土地だ。一年半前まで住んでいたマンションは猫が少なく快適だったが、現在のアパートはあちこちを猫が闊歩していて、住人より数が多いこともざらだった。

わたしがやつらと相容れなくなった原因ははっきりしている。小学二年生のとき、家で飼っていた雀のぴよぴよが野良猫に食われたのだ。網戸の隙間から跳び込んできたキジトラは見たことのない速さでぴよぴよの首の後ろに嚙み付き、窓の外へ姿を消した。あのときの恐怖は今も脳裏に焼き付いている。

その日の夜、父はわたしを殴った。通学路で拾った雀の雛を飼い始めた際、責任を持って世話をすると父に約束していたのだ。

拳で顔を殴られたわたしは、瞼が切れて血が目に流れ込み、父の身体がぐにゃぐにゃに歪んで見えた。母は床に倒れたわたしを見ても何も言わなかった。

わたしは納得がいかず、瞼を押さえて父に反論した。

――ぴよぴよを殺したのは猫だよ。わたしは助けようとした。それなのになんでわたし

が殴られるの？

父の答えは、道徳的に正しい子育てを実践する親として満点のものだった。

——猫は生きるために雀の命を頂いたんだ。でもお前は違う。命を粗末にしたんだ。

「——ん？」

ふと我に返った。

瞼の古傷を撫でながら深呼吸する。

今の自分の状況は、あのときと少し似ている。

布団から起き上がり、浴室を覗き込んだ。死体の濁った眼球が宙を見つめている。なぜ猫は雀を殺しても咎められなかったのか。食べたからだ。命を奪って食べるのは、動物として極めて自然で、正しい営みなのだ。なぜこんな単純なことに気づかなかったのだろう。

床に膝をつき、死体に鼻を近づける。死斑が浮き出て痣のようになっているが、まだ腐ってはいない。

浴室を飛び出し、台所の収納を眺めた。死体の解体に使えそうなのは洋包丁だけ。これでは心もとない。

わたしはホームセンターにノコギリとナイフを買いにいくことにした。

6

十月三日、会社の後輩たちとバーベキューに行く秀樹を送り出した十分後。ポケットにスタンガンを忍ばせ、梨沙子はグリーンテラス園畑を出た。

漆川を渡り、蔦に覆われたアパート——スピカ園畑を見上げる。

二週間前の夜、東条はここで姿を消した。植え込みにピアスが落ちていたことからも、このアパートのどこかの部屋に連れ込まれたのは間違いない。彼女がまだ同じ場所で監禁されている可能性は十分ある。警察は頼りにならないが、証拠を突き付けられれば動かざるをえないはずだ。

あの日、東条の姿が見えたのは、雷が河川敷を照らした一瞬だった。犯人の顔は見えなかったが、肩にラインの入った白いシャツを着ていた。同じシャツを着た者がいればそれが犯人ということになる。

スピカ園畑は三階建てで、各階に三つの部屋があった。ただしそのほとんどが空室のようで、カーテンや洗濯物が見える部屋は三つだけだった。

アパートの敷地に入る。手始めに空室らしき部屋のドアノブをいくつか捻ってみたが、どのドアも錠が閉まっていた。通りすがりの不審者が空室に人を連れ込むようなことはで

きない。犯人は三つの部屋の住人の中にいるはずだ。

階段の裏でスタンガンが動くのを確認して、一つ目の部屋――102号室へ向かった。

ドアの横に古いママチャリが置いてある。インターホンを鳴らすとすぐに足音が聞こえ、

十秒ほどでドアが開いた。

「はい」

快活そうな男が顔を出した。年齢は二十歳くらいか。小学生みたいな幼い顔立ちだが、

身長は百八十センチ以上あり、肩幅も広い。白いTシャツを着ているが、肩にラインはな

かった。左手の袖からジグソーパズルのタトゥーが覗いている。右の足首にはバニラ色の

包帯を巻いていた。

「突然すみません。ちょっとお伺いしたいことがありまして」

「どうしました？」

アパート中に響くような声量で言う。

「二週間前、そこの路上で引ったくりに遭ったんです。それで目撃者の方を探しているん

ですけど」

事前に考えておいた台詞だった。

「警察には？」

「取り合ってもらえませんでした。でも目撃者がいれば動いてくれると思うんです」

さすがに怪しまれるかと思ったが、男は梨沙子の言葉を鵜呑みにしたらしく、不憫そう

に肩を竦めた。

「ここの警察は尻が重いですからねえ」

「九月十六日——すごい雷雨だった日なんですけど、夜の七時半ごろに不審者を見たり、

物音を聞いたりしませんでしたか」

そう聞きながら、さりげなく男の表情を観察する。

「雷が鳴りまくってた日ですよね。あの日の夜はずっとゲームしてました。足、怪我しち

やって、他にやることがないんですよ。ヘッドホン着けてたんで、物音も聞こえなかった

ですね」

顔色はほとんど変わらなかった。

「足首、骨折ですか?」

「ええ。学校へ行く途中ですっころんじゃいまして」

男は気恥かしさをごまかすように包帯を撫でた。足首を見るふりをして男の背後に目を

向ける。玄関の先は引き戸が閉まっていて見えなかった。

「学生さん?」

「はい。高専の専攻科です」

「ぼく、角本って言います。何かできることがあれば協力するんで言ってください」

男は育ちの良い小学生みたいな顔で言った。

階段を上ると、踊り場で休んでいた野良猫が起き上がり、フェンスを越えて植え込みに飛び降りた。

201号室のドアの横には小さな鉢植えが並んでいた。ゼラニウムの赤い花が咲いている。ドアの郵便受けから飛び出た封筒には、差出人が園畑市役所障害福祉課、宛名が佐川茜と記されていた。

インターホンを鳴らすと、数秒で床板の軋む音が聞こえた。ドアは開かない。もう一度ボタンを押すと、ようやくドアが薄く開いた。

「はい」

チェーンを掛けたまま女が応えた。年齢は二十代半ばだが、中学生みたいな紺色のジャージを着ている。肌が赤く腫れていて、息も荒かった。明らかに体調を崩している──それも風邪を引いたというレベルではなく、重い疾患を抱えているように見えた。

「雷雨だった日の夜、不審者を見たり、物音を聞いたりしませんでしたか」

女は顔を伏せ、数秒黙り込んでから、

「何も聞こえなかったですけど」

低く擦れた声で言った。

「七時半ごろはどちらに？」

「家で休んでました」

「失礼ですが、お仕事は？」

「言いたくありません」

口調を変えずに言う。

梨沙子は病人をいたぶっているような後ろめたい気分になった。チェーンが掛かっているので部屋の様子も分からない。ドアの間から見えたのはペットボトルの詰まったゴミ袋だけだった。

「すみません、ありがとうございました──」

言い終わる前にドアが閉まった。

深呼吸して気分を変え、二階の廊下を進む。

２０３号室のドアノブには、骨の曲がったビニール傘がぶら下げてあった。インターホンを鳴らすと、壁の向こうから「へい」と男の声がした。ガチャンと錠を外す音が続く。

「どなた？」

勢いよくドアが開いた瞬間、頭の中が真っ白になった。

「あれえ」

べたついた蓬髪に浅黒い肌。一月前、梨沙子を襲おうとした赤いキャップの男だった。

「やっぱりおれとしたかったんだ」

男は顔一杯に笑みを広げると、廊下に出て梨沙子の肩を摑んだ。黄ばんだ白シャツを着ているが、肩にラインはない。

とっさにスタンガンを突き出すと、男は背後へ飛び退き、正気を疑うような目で梨沙子を見た。

「何すんだよ」

「あんたが東条さんを監禁したんでしょ」

両手でスタンガンを握り締めた。

「誰それ。おれは岩清水だよ」

男がしらを切る。梨沙子は男の鼻先にスタンガンを突き付け、ボタンを押してジジジと音を鳴らした。

「二週間前すごい雨が降ったでしょ。あの日の夜、何してた？」

「昼勤だったから、夜は家で酒を飲んでたぜ」

「無理やり女の人を連れ込んだんじゃないの？　あたしにやろうとしたみたいに」

「そんなことしないよ」呆れたような顔をした。「あれはナンパじゃん」

梨沙子は恐怖を堪えて男を睨み返した。こいつは女を人間と思っていない。とぼけていれば何でもごまかせると信じているのだ。

「何の話か分かんないけどさ、おれとやりたいんじゃないの？　違うなら帰ってよ」

薄笑いを浮かべ、梨沙子の肩を押そうとする。とっさにスタンガンを突き出し、脇腹に押し付けた。短い悲鳴。男が膝を折って蹲る。

「痛えんだよ、くそやろう！」

顔をくしゃくしゃにして叫ぶと、男は梨沙子の両脚にしがみ付いた。バランスを失い、廊下に尻餅をつく。ワンピースの裂ける音。後頭部がフェンスにぶつかり、視界が明滅した。

「あんた、言ってることもやってることも意味不明だよ。頭おかしいの？」

男は梨沙子に馬乗りになると、右手で口を塞ぎ、左手でスタンガンを奪おうとした。息が苦しい。無我夢中で手を振り解き、スタンガンを顔に押し付けた。

「ぐえええっ」

電流の流れる音。滑るような感触で、先端が目に当たったのが分かった。男が顔を押さえて倒れる。すかさずスタンガンを握り直し、男の胸に押し当てた。掌に振動が伝わる。

男は悲鳴を堪えるように唇を噛み、全身を大きく痙攣させた。

今しかない。フェンスを摑んで立ち上がり、203号室に飛び込んだ。

「……東条さん？」

玄関の先の引き戸が開いていて、四畳半の部屋が見えた。卓袱台と煎餅布団を並べた部屋に、煙草と焼酎とカップラーメンの臭いが充満している。冷蔵庫に載っているのは汚れた作業服と見覚えのある赤いキャップ。便所や風呂場も覗いてみたが、人の姿はなかった。

梨沙子は廊下に戻り、倒れたままの男を見下ろした。嘔吐する寸前みたいな顔で白目を剝いている。失神したようだ。

すでに東条をどこかへ運んだのか、あるいはこの男は犯人ではなかったのか。考えるほどに分からなくなる。

梨沙子は男の身体を部屋に押し込むと、逃げるようにスピカ園畑を後にした。

橋を渡っただけで、自分の家に帰ってきたような安堵感を覚えた。グリーンテラス園畑へ戻り、玄関ロビーを抜けてエレベーターに乗り込む。壁にもたれて深呼吸すると、だいぶ気持ちが落ち着いた。

102号室の角本、201号室の佐川、そして203号室の岩清水。三人の住人から話を聞いたが、決定的な証拠は見つからなかった。犯人も事件当日と同じ服を着回すほど馬鹿ではないようだ。

七階でエレベーターを降りると、不動産会社の男が701号室の錠を閉めていた。

「あ、どうも」

男がぎこちなく頭を下げる。馬の尻尾みたいに束ねた長髪が肩に乗っていた。色の入った眼鏡のせいで表情が分かりづらいが、前に会ったときよりは機嫌が良さそうだ。

「東条さんから連絡はありましたか」

「いえ」小さく肩を竦める。「もうすぐ次の入居者が決まりそうですよ」

男はバインダーをバッグに仕舞い、エレベーターで一階へ下りていった。

701号室の前を通り過ぎようとして、ふと足が止まった。何か重要なことを忘れているような気がする。

答えはすぐに見つかった。傘だ。十六日の夜、今と同じように七階でエレベーターを降りると、701号室のメーターボックスの下に蝙蝠傘が立てかけられていた。だが十七日の午前十一時過ぎにはその傘はなくなっていた。東条が十六日に拉致されたとすれば、誰が傘を持っていったのだろうか。

「——そうか」

いくつかの光景が脳裏を駆け巡る。

東条を連れ去った犯人が、ようやく分かった。

午後一時。防災行政無線の受信機から光化学スモッグ注意報が流れている。わたしはレインパーカーを着込み、両手にゴム手袋を嵌めて、浴室の死体を見下ろしていた。

床には洋包丁、ノコギリ、果物ナイフが二本ずつ並んでいる。換気扇は臭いが洩れないようにガムテープで塞いであった。

とても一日や二日で食べきれるサイズではない。うちの冷凍庫は大きい方だが、死体を丸ごと詰め込むのは不可能だ。保存のためにバラバラに解体する必要がある。

「失礼します」

まずは血抜きだ。硬くなった首を引っ張って、右の側面に包丁を刺した。死後半日以上経っているので鮮血が噴き出すようなことはないが、どろっとした血が溢れ、黄ばんだ床に血溜まりが広がった。血と糞の混ざったような異臭が充満する。出血は五分くらい続いた。

＊

このまま首を切断してしまうのが手っ取り早いだろう。包丁で皮と肉を切り落としてから、ノコギリで頸椎を切断した。刃の振動に合わせて血が跳ねるせいで、顔が血まみれに

なる。最後は口に指を入れて頭蓋骨を摑み、胴体から引き千切った。ブチブチと皮の裂ける音がして、頭が床に転がった。

同じようにして右腕、右脚、左脚、左腕と順に切り落とした。死後硬直で筋肉が硬くなっていたが、切り込みを入れて関節を曲げれば冷凍庫に収まりそうだ。

問題は胴体だった。こればかりは折り曲げようがない。腹を裂いて内臓を抜き、肉を切り出すしかなさそうだ。

鳩尾に包丁を刺し、臍の下まで一息に切れ目を入れた。ゴム手袋をした両手を腹へ突っ込む。死んでから半日以上経っているのに、身体の中は温かかった。何だか分からない臓器が腕にまとわり付く。摑み取りの要領で臓物を引っ張ると、腸と腎臓と卵巣が団子になってぷりんと飛び出た。首の切断面からヒュウと音が鳴る。ぺしゃんこになった腹に手を入れ、残りの肝臓や膵臓もまとめて引き摺りだした。

臓器は表面の血を洗い流して、食品用ラップに包んでおく。火を通せばだいたいの臓器は食べられるはずだ。腸から宿便が出てくるので、シャワーヘッドを押し込んで無理やり洗い流した。

腹が空になると、洋包丁と果物ナイフで骨に付いた肉を剝がしていった。腹や尻の肉は簡単に剝がれるが、鎖骨や胸骨に付いた肉を剝がすのは一苦労だ。取り出した肉は食べやすいようにカットしてラップに包んだ。

解体を終え、冷凍庫にすべての肉と臓器を詰め込んだときには、夜の十一時を過ぎていた。十時間、飲まず食わずで死体を弄っていたことになる。すぐに睡魔が襲ってきた。顔に付いた血を洗い流し、布団に倒れる。深く、心地よい眠りだった。

翌朝からさっそく調理に取りかかった。

解体はさておき、料理には自信がある。わたしの料理の腕はある友人に仕込まれたものだった。その友人は児童養護施設の同級生で、彼女が当番の日だけご飯がファミレスみたいに美味しくなるので、みんなからシェフと呼ばれていた。どうせなら毎日美味しいご飯が食べたい――そう思ってシェフの真似をしているうち、わたしも少しずつ腕が上がった。

シェフは心臓に持病があり、一年半前、ついに発作を起こして死んだ。彼女の味を受け継いでいるのはこの世界で自分一人だ。まさか彼女も、自分の伝えた技能が人間の調理に使われることになるとは思わなかっただろう。

冷蔵庫を開け、大量の肉と臓器を眺める。まずは腹の肉を焼いてみることにした。二センチほどの厚さにスライスして、ごま油を引いたフライパンに載せる。ジュッと音が鳴り、香ばしい薫りが広がった。一分もせずにキツネ色の焼き目が付く。千切りにした大葉とポン酢を加え、大根おろしを添えて皿に盛り付ける。

ついでにもう一品、レバーペーストを作ることにした。肝臓を半分に切って筋を取り除き、玉葱、葫と炒める。白ワインを足して煮詰めてから、ボウルに移し、擂粉木でペーストにした。

買い置きのロールパンとともに料理を炬燵机に並べる。こんなに豪勢な食事は久しぶりだ。

ステーキに嚙み付くと、口の中で肉汁が躍った。とろけるように柔らかい。うまみが強く、いつまでも舌で転がしていたくなる。

レバーペーストをパンに塗って頬張ると、ほどよい苦みが広がった。くさみがなく、ビールにも合いそうだ。

これだけ美味しく食べてもらえれば天国の彼女も喜んでいるだろう。

冷凍庫に詰まった肉と臓物を眺め、次のメニューに想像を膨らませた。

7

「人が監禁されてる？　このアパートで？」

角本は大声で叫んで、後頭部を壁に打ち付けた。

スピカ園畑、102号室。学校から帰る時間を見計らって、梨沙子は彼の部屋を訪れて

いた。

「はい。でも証拠がないんです。あの人について知ってることを教えてくれませんか」

梨沙子は焦っていた。東条が失踪してから今日で十八日。梨沙子が何もせずに過ごした一日が、東条の最後の一日になるかもしれないのだ。

「この前は引ったくりに遭ったって言ってましたよね」

角本は眉を寄せ、忙しなく前髪を掻き回した。

「あのときは住人の皆さんを疑ってたんです」

「二階に住んでる女性って、あの具合が悪そうな人ですか」

「はい」梨沙子は声を潜めた。「佐川茜さんです」

「たまに見かけますけど、話したことはありませんね」

「この二週間ほどで、何か様子が変わったところはありませんでしたか」

「変わったところ？」ふいに髪を弄っていた手を止めた。「そういえば、二、三日前に階段を下りたところで鉢合わせしたんですけど。色の濃いサングラスと大きなマスクを着けてましたね。言われてみると、まるで顔を隠してるみたいでした」

思わず息を呑んだ。梨沙子が２０１号室を訪ねたときも、彼女はドアのチェーンを外さず、顔をよく見せないようにしていた。自分のような目撃者が現れた場合に備え、顔を隠していたのだろう。

「でも、やくざや金貸しから逃げ回ってる人なんてたくさんいますよ。　顔を隠しただけで犯罪者と決め付けるのはどうかと思いますけど」

「他に気づいたことはありませんか。　どんな些細なことでもかまいません」

「そう言われてもなあ」困惑したように前髪を掻き上げる。「失踪したのはどんな人なんですか？」

「二十代半ばの女性。　身長はあたしと同じくらいで、髪はピンクベージュのセミロング」

「え、女性？」前髪が引っこ抜けた。「犯人が女だから被害者は男かと思ってました。それなら犯人は佐川さんで間違いないですね」

「なんで？」

思わず大きな声が出た。　角本の言葉に頭が付いていかない。

「二週間くらい前だったかな。　橋を渡っているとき、２０１号室の窓に知らない女の人が見えたんです。　若くてきれいな人で、髪が赤みがかってました。　川でも見てるのかと思ったら、その人、ぼくの方を見て慌ててカーテンを閉めたんです」

全身に鳥肌が立った。

見間違いでも早とちりでもなかった。　やはり東条はこのアパートにいたのだ。

「どうしてそれを早く言わないの」

「ただの友だちだと思ったんです。　よく考えると、あの人が友だちと一緒にいるのなんて

見たことないですけど」

角本は洗い場の布巾を取り、顔をゴシゴシ擦った。

梨沙子は天井の斜め上――201号室の辺りを見つめた。東条は今もそこにいるのだろうか。

「これからどうするんですか？」

「通報します。目撃者がいれば警察も動くはずですから」

梨沙子は深呼吸して、ポケットから携帯電話を取り出した。

　　　　　　　　　＊

殺害から十九日後、冷凍庫がようやく空になった。

腹や尻の肉はすぐに食べ終えてしまい、その後は手足の硬い肉や内臓ばかり食べ続けることになった。頭蓋骨を割って脳味噌を掻き出したり、くさみの強い直腸や膀胱を煮込んだりするのは苦行に近かった。

日曜日の夜。人間ずくめの食生活が終わり、鯖の塩焼きと味噌汁に舌鼓を打っていると、インターホンが鳴った。

NHKの集金だろうか。

チェーンを掛けてドアを開けると、制服姿の男が二人立ってい

た。

「夜分に畏れ入ります。警察ですが」

若い男が言った。

「突然すみません。年配の男は何も言わずに部屋を覗いている。嫌な予感がした。東条桃香さんという女性をご存じですか」

「東条……知りませんけど」

とっさに嘘を吐いた。

「実は近隣住民の方から通報がありまして。こちらの部屋にその女性がいるはずだというんです」

「何のことか分かりません」

「その方は、この部屋で監禁事件が起きているとおっしゃっています」

「監禁?」

予想外の言葉だった。

「我々も通報を鵜呑みにしてるわけじゃないんだけど、万が一ということもあるからね。少し部屋を見せてもらえませんか」

年配の男が口を開く。有無を言わさぬ口調だった。

二日前に突然、部屋を訪ねてきた女のことを思い出す。グリーンテラス園畑の住人で、明らかにわたしを疑っている様子だった。十中八九、通報したのはあの女だろう。

「強制なんですか？」

「令状はありませんから、お断りいただいてもかまいません。我々としてはご協力いただ
けると嬉しいのですが」

さりげなく背後を振り返り、部屋の隅々に視線を這わせた。骨は山に捨てたし、風呂場
の血も洗い流した。死体があったことは分からないはずだ。

「……分かりました。どうぞ」

チェーンを外してドアを開けた。男二人が会釈して部屋に入り、居間、便所、風呂場を
順に覗いていく。鼓動が速まり、掌が汗でびしょびしょになった。

「特に問題ありませんね」

三十秒もせずに、若い警察官が表情を緩めた。年配の警察官はキッチンの刃物が気にな
っているようだったが、手帳にメモを取るだけで何も言わなかった。

「ご協力ありがとうございました」

二人は丁寧に頭を下げ、201号室を後にした。

ドアが閉まるのと同時に、わたしは床にくずおれた。もし骨を捨てに行くのがあと一日
遅かったら――そう考えると腹の底が冷たくなった。

翌日からは代わり映えのしない日常が再開した。

警察のことを思い出すと落ち着かなくなるが、できることは何もない。　拾った鍵で空き巣に入ろうなどと考えず、品行方正にアルバイトに励むのが一番だ。

昼休憩でコンビニ弁当を食べていると、五十代の上司が新聞を持って近づいてきた。

「これ、きみんちの近くじゃない？」

地方面の隅を指して言う。　何気なく目を落として、心臓が止まりそうになった。

見出しには「山中で遺体見つかる」とあった。　大葉山で犬の散歩をしていた男性が、犬が掘り返した土の中から骨のようなものを見つけ通報。　鑑定の結果、人間の遺体であることが分かった。　骨の主は二十代半ばの女性とみられ、警察は身元の特定を急いでいるという。

「――ちょっと近いですね」

舌がうまく回らず、声を出すだけで精一杯だった。　遺体の身元が特定されたら、警察はわたしを疑う。　山に埋めれば大丈夫と高を括っていた自分を呪いたくなった。

骨を捨てたのはわたしだ。

家に帰るなり缶ビールを開けたが、半分も飲まないうちに便所で吐いてしまった。　無意識のうちに古傷を押さえていたようだ。　ゾンビの鏡を見ると右の瞼が腫れていた。　ひどい出来損ないみたいな酷い顔だった。

吐物を流し、タオルで顔を拭く。口をゆすごうとしたところで、インターホンが鳴った。

警察だ。あいつらが自分を捕まえにきたのだ。

息を整える間もなく二度目のチャイムが鳴る。もう好きにしてくれ。やけくそな気分で

錠を外した。

グリーンテラス園畑に住む、あの女だった。

「―――」

ドアを開けると、見覚えのある女が立っていた。重く膨れた腹。三日前よりもさらにや

つれた頰。

8

「こんにちは、田代梨沙子さんですね」

ドアを開けると制服姿の男が並んでいた。一人は四十代、もう一人はまだ二十代だろう

か。紺色の厚いチョッキを着て、制帽には旭日章を光らせていた。

「昨日の十八時四十分、スピカ園畑２０１号室で女性が監禁されている疑いがあると１１

０番通報されましたね?」

若い方の男が、ちらりと梨沙子の腹を見て言う。

「はい。東条さん、無事でしたか」

緊張で声が硬くなる。

「201号室で任意の捜索を行いましたが、部屋にいたのは住居人の女性のみでした」

男は口調を変えずに言った。失望が胸に広がる。

「きっと別の場所へ連れて行ったんだと思います」

「事件性を疑わせる物証や痕跡もありませんでした」

「疑われてるのに気づいて隠したんでしょう」

「あなた、二カ月前にも通報してるね」

ふいに年上の男が口を挟んだ。

「だから何ですか?」

「緊急性のない事案での110番通報は控えるように。あと、嘘の通報をすると偽計業務妨害や軽犯罪法違反になることもあるから」

数秒の間、目の前の男が何を言っているのか分からなかった。この男は梨沙子が嘘の通報をしたと決め付けているのだ。

「おい、どうした?」

エレベーターのドアが開き、秀樹が駆け出してくる。

「ご主人ですか。実は奥様がですね――」

男は頬を緩め、肩の荷が下りたような顔をした。

テーブルの下に安産祈願のお守りが落ちている。

フローリングが涙で濡れていた。二カ月前は新築のようにピカピカだった床が、埃や食べ滓や毛髪ですっかり汚くなっている。

梨沙子は涙を堪えて顔を上げた。呼吸が苦しい。息を吸うたびに鼻汁が喉へ流れ込む。

「お前は赤ん坊が大事じゃないのか?」

なんて卑怯な言い草だ。

梨沙子は右の頬を押さえ、秀樹を睨み付けた。

「よその家のことに首を突っ込むなと言っただろ」

違う。梨沙子が東条を助けようとしたのは、彼女のためだけではない。

「初めての出産が心配なのは分かる。でもこんなことをしていったい何になるんだ?」

やめてくれ。勝手な想像を押し付けないでくれ。

「もう二度とこんなことしないと誓ってくれ。それができないなら――」

秀樹は正面から梨沙子の頭を摑んだ。瞼が赤く腫れている。この男が何を考えているのか分からなくなった。

「分かりました」梨沙子は老人みたいに嗄れた声で言った。「ごめんなさい」

いつまでもこんなことを続けるわけにはいかない。東条を追うのは今日で最後と決めて
いた。

スタンガンだけでは心もとない。先の尖った裁ち鋏をバッグに忍ばせ、グリーンテラ
ス園畑を出た。

橋の上は十月とは思えないほど肌寒かった。厚い雲が垂れ込め、川上から冷たい風が吹
いてくる。足元ではごうごうと水が唸っている。

顔を上げると製油所が見えた。太い煙突を守るように、金属の腕が縦横無尽に延びてい
る。ふいに子どもの命が搦め捕られるような恐怖を感じ、目を落としたまま足早に橋を渡
った。

スピカ園畑の階段を上ると、通路でゼラニウムの鉢植えが横倒ししになっていた。フェ
ンスごしに辺りを見渡したが、人の姿はない。

咳を一つして、201号室のインターホンを鳴らした。

例によって床板の軋む音が聞こえたが、ドアは開かなかった。もう一度ボタンを押す。

十月六日。

「──────」

ガチャンと音がして、ドアが薄く開いた。

女がドアノブを引く前に、スニーカーを挟んだ。チェーンが揺れ、爪先に痛みが走る。

「お願いです、話をさせてください。東条桃香さんはどこですか」

「知りません」

芯の通った声だった。顔色は相変わらず良くないが、腫れは少し引いている。

「これを着けていた女性です。本当に知りませんか?」

パールのピアスを突き付ける。女はまばたきを止めてピアスを見つめた。梨沙子は畳み

かけるように、雷雨の中で東条を見かけてからスピカ園畑へやってくるまでの経緯を説明

した。

「なぜわたしなんですか。住人は他にもいますよね」

「犯人はあなたです。間違いありません」梨沙子は声を低くした。「証拠は傘と猫です」

「……傘と猫?」

「東条さんが攫われた九月十六日の夜、彼女の住んでいた701号室の前に蝙蝠傘が立て

かけてありました。でも十七日の昼前にはその傘がなくなっていたんです。当然、誰かが

傘を持って行ったことになります。

グリーンテラス園畑の一階にはオートロックのドアがあります。鍵を持っていないよそ

の人間が中へ入ることはできません。では鍵を持っている人間──つまりグリーンテラス

園畑の住人が東条さんの傘を拝借したのでしょうか。でも蝙蝠傘の持ち手には目印のビニ

ールテープが巻いてありました。何より一階の郵便受けの裏には住人用の傘立てがありま
す。住人が傘を盗るならこちらのものを選ぶでしょう。

では傘を持って行ったのは誰なのか。その人物は住人ではないにもかかわらず、マンシ
ョンの中へ入ることができました。なぜか？　東条さんの部屋の鍵を持っていたからです。

傘を持って行ったのは、東条さんを拉致した犯人だったんです」

女は肯定も否定もせず、ドアの隙間から梨沙子を見つめている。

「犯人が傘を取りに戻ったのは、その傘が自分のものだったからです。犯人は十六日に7
01号室を訪れた際、傘を置いたままにしていたんです。

事件の経緯を整理しましょう。何らかの理由で鍵を手に入れた犯人は、十六日の夜、空
き巣を働くため701号室へ侵入しました。ところがそこで東条さんと鉢合わせし、重傷
を負わせてしまいます。慌てた犯人は、東条さんをおぶってマンションを抜け出し、雨の
中を自宅へ運びました。

とはいえよほど屈強な人間でない限り、人を担ぎながら傘を差すことはできません。犯
人がいったん東条さんを運び出した後、傘を取りにマンションへ戻ることになったのはそ
のためです」

女が俯いて下唇を舐めた。焦りを隠しているのだろう。

「ここで不思議なのは、なぜ犯人が701号室の前に蝙蝠傘を置いたのか、ということで

す。一階の傘立てに差しておけば誰も気づかずに済んだはずなのに、なぜ七階まで傘を持って行ったのか。傘立ては玄関ロビーから見える位置にあるので、犯人が気づかなかったとは思えません」

梨沙子は女の足元に目を落とした。大量にペットボトルの詰まったゴミ袋が置かれている。

「答えは簡単です。十六日の夜、傘立てには野良猫が座っていました。犯人は猫が苦手で、傘立てに近寄ることができなかったんです。

水を入れたペットボトルを並べておくと猫除けにいいと言いますが、あれはガセです。効果があるのは、食用酢や米のとぎ汁、柑橘類の皮、重曹、ルーやタンジーといったハーブ、そしてゼラニウムです。あなたは猫を寄せ付けないために随分と試行錯誤していたようですね」

ドアに挟んだ足を抜いて、爪先で通路に倒れた鉢植えを指した。ゼラニウムの赤い花が咲いている。女はドアを閉めず、黙って鉢植えに目を落とした。

「もう一度聞きます。東条桃香さんはどこですか？」

梨沙子は噛んで含めるように言った。

部屋の中で、カタ、と何かが倒れる音がした。女が振り返る。ビニールテープを巻いた蝙蝠傘が転がっていた。

時間が停まったような沈黙。

「ちょっと待って」

女はドアを閉めると、チェーンを外してドアを開けた。梨沙子はバッグに手を入れ、裁ち鋏を摑んだ。梨沙子を玄関に引き入れ、すぐに閉める。

「取って食いやしないから大丈夫。東条ならここにいるよ」

女は子どもみたいに笑った。脂汗が背筋を流れる。

四畳半の部屋を見回す。炬燵机と座布団があるだけで、人の気配はない。

「どういうこと――」

「分かんないの？　東条桃香はわたしだよ」

9

「どこから話したもんかな」

梨沙子を座布団に座らせると、東条桃香は缶ビールを飲み干し、ゴミ箱に放り込んだ。

短い黒髪。眠そうな目。丸く潰れた鼻。座布団にあぐらをかいたその女は、梨沙子の知っている東条とは何もかも違っていた。

「傘と猫の推理はなかなか面白かったけど、さすがに詰めが甘いよ。わたしを拉致した不

審者はわたしの部屋の鍵を持ってたんだよね。なんでそいつは、自分の目印の付いた蝙蝠傘を隣人の目に付く部屋の前に置いていったの？　鍵を持ってるんなら部屋の中に入れておけばいいと思うんだけど」

東条は呆れたような笑みを浮かべた。

「興奮して頭が回らなかったんだと思います」

「わたしが不審者に運ばれるところを見たとも言ってたね。でも不審者は肩にラインの入ったシャツを着てたんでしょ。そいつがわたしをおんぶしてたんなら、わたしの腕が肩にかかって、ラインは見えなかったはずじゃない？」

彼女の言う通りだった。何度も思い返したはずの光景が、急にぼやけて像を結ばなくなる。

「それじゃ、あたしが見たのは――」

「わたしが佐川さんの脇に手を入れて、彼女を後ろから抱き起こしてるところだね。だから肩が見えたんだよ」

「どうしてそんなことを？」

「話すと長くなるよ。わたし、中三で両親が死んで、児童養護施設に入ったの。その施設に、すごく料理の上手い女の子がいてね。心臓に持病があるらしくて、口数の少ない静かな子だったけど、彼女が当番の日のご飯はいつも絶品だった。施設を出てからも二人とも

園畑に住んでたから、たまに街中ですれ違って、たわいもない思い出話をした。一度だけ家にも連れてってってもらったかな。仕事はしてなくて、外出するのは病院に行くときくらいだって言ってた。それがこの部屋の本当の住人――」

「佐川茜さんですね」

「そう。一方のわたしはというと、親の遺産でグリーンテラス園畑７０１号室に住み始めたんだけど、当時の彼氏が線路に落ちて死にやがってさ。おまけにそいつ、わたしを連帯保証人にして闇で金を借りまくってたんだよ。その金を返すためにお水の仕事を始めたものの、いくら働いても残高が減らなくてね。すっかりノイローゼになって、街のちんぴらがみんな借金取りに見えてくるほどだった」

梨沙子はポケットの中で、東条にもらったリップスティック型のスタンガンを転がした。

「そんなある日、寝酒しながら窓の外を眺めてたら、河川敷で人がうつ伏せに倒れてるのが見えた。慌てて駆け付けると佐川さんだった。雨のせいで分かりづらかったけど、心臓は止まってたと思う」

そのときの感触を思い出すように両手を見つめた。

「救急車を呼ぼうとして、ふと魔が差したの。この死体を隠して佐川さんに成りすませば、生き地獄から抜け出せるんじゃないかって。佐川さんには家族も友だちもいない。近所付き合いもない。わたしと入れ替わっても、気づく人はいない。そうなれば借金取りに怒鳴

られることもなく、穏やかに暮らせる。あの子には申し訳ないけど、わたしは誘惑に勝て
なかった。

わたしはまず佐川さんの死体を彼女のアパートに運ぶことにした。脇に手を入れて死体
を抱き起こし、橋の柵にもたれさせて仰向けに引っくり返してから、背中に乗せておんぶ
した。あんたが見たのは死体を抱き起こしたところだろうね」

雷が光った瞬間、東条が人の背中にかぶさっているのを見て、梨沙子は彼女の方が運ば
れていると勘違いしてしまったのだ。

「わたしは佐川さんの持ってた鍵でドアを開け、死体をこの部屋に運んだ。それから夜が
更けるのを待ってグリーンテラス園畑に戻り、自分の部屋から金目のものを持ち出した。
蝙蝠傘を持って帰ったのはこのとき。行きは佐川さんの傘を使ったんだけど、あんまりボ
ロボロだったから、帰りは自分の傘を使ったの。佐川さんの死体は一週間

翌日、不動産会社に電話して、家財を処分するように伝えた。佐川さんの死体は一週間
かけてばらばらにして、肉は川に、骨は山に捨てた」

「……その顔は?」

「借金取りにばれないように病院で弄ってもらったの。鼻に入れてたプロテーゼと瞼の糸を
抜いただけだけどね」

東条は腫れた瞼をそっと撫でた。102号室の角本が橋の上から見たのは、やはり彼女

だったのだろう。外出時にサングラスとマスクをしていたのは、手術後の腫れを隠すためだったのだ。

「ごめんなさい。あたし、迷惑でしたよね」

梨沙子は頭を下げた。東条が潰れた鼻を膨らませる。

「そりゃそうだ。三日前、家に来たときは殺してやろうかと思ったよ」

「すみません――」

「でも、心配されるってのも悪い気分じゃないね」

東条は腕を広げて布団に倒れた。

四畳半の部屋は黴と埃にまみれていたが、舞い上がった埃は眩しく光っていた。

「わたしのことはもう忘れていい。腹の子を大事にしてやれよ」

天井を見上げたまま、東条は言った。

＊

ドアを開けると、生ぬるい風が顔面に吹き付けた。女は怪物のような風体をしていた。眼窩が窪み、頬も不健康にやつれているのに、乳と腹は重く垂れ下がっている。妊娠七カ月くらいだろうか。髪を昔のわたしと同じピンクベ

ージュに染めているのも不愉快だった。

「東条さん、本当に知りませんか?」女の声は震えていた。「娘がどこにもいないんです」

胸がざわついた。本名で呼ばれるのは一年半ぶりだ。この女——田代梨沙子は、わたし

が佐川茜に成りすましていることを知っていた。

「わたしのことは忘れてって言ったでしょ。それに——」

お前の娘が死んだのは、お前のせいだ。

喉元へ出かけた言葉を、ぎりぎりで呑み込んだ。

一年半前の記憶がよみがえる。スピカ園畑で暮らし始めて二週間ほどが過ぎた頃、彼女

が突然、この部屋を訪ねてきたのだ。彼女はもっともらしい理屈をこね、わたしが監禁犯

だと言い募った。

梨沙子の言い分は的外れだったが、わたしには彼女が訪ねてきた理由が想像できた。理

想に現実が追い付かないと、人は焦りや不安に呑まれ、ときに見当違いな行動を取ってし

まう。当時の彼女は、一人前の母親にならなければという強迫観念に駆られ、ひどく空回

りしていた。向き合うべき問題に気づいているのに、それを認めるのが怖くて、監禁犯を

追うことで気を紛らわせていたのだ。

そんな梨沙子の姿が、両親の教育に囚われて二進も三進も行かなくなった、かつての自

分に重なって見えた。だからわたしは、危険を承知で、自分の過去を打ち明けたのだ。覚

悟さえあれば、人はどんな呪縛からも逃げられる。そんな想いが伝わってほしいと願っていた。

結果、どうなったか。一年半が過ぎても、梨沙子は見栄に執着し、夫のもとを離れられずにいる。あるときは人前で暴言を浴びせられ、あるときは痣だらけで部屋の外に閉め出され、それでもディナーには赤ん坊を置いて出かけていく。懲りずに二人目までつくっているのだから手の施しようがない。

彼女は結局、変わらなかったのだ。

「何ですか。何か知ってるんですか?」

梨沙子はわたしの肩を摑んで、ぼろぼろと涙をこぼした。傷んだ髪が顔にかかる。取り乱し方が一年前の比ではなかった。

わたしはとっくに梨沙子に愛想を尽かしていたが、まさか彼女の娘を殺すことになるとは思っていなかった。702号室に忍び込んだのは、あくまで今月の家賃を払うためだ。だがダイニングの奥の部屋を覗き、赤ん坊の顔を見た瞬間、はっきりと殺意が芽生えた。

赤ん坊の額に、青黒い痣があったのだ。

あの痣が虐待によるものかは分からない。だがあんな親のもとに生まれた子どもに、まともな人生が歩めるはずがないのだ。

わたしは彼女が不憫でならなかった。だから殺したのだ。

「ぜんぶ、お前のせいだよ」

気が付くと言葉がこぼれていた。

梨沙子が狐につままれたような顔をする。返事を待たずにドアを閉めた。

膝を折って蹲ると、右の瞼から目に血が流れ込んだ。瞼の傷は、軟骨を固定していた糸を抜いたときにできたものだった。

ドアを叩く音。梨沙子が娘を呼ぶ声が聞こえる。這うように便所へ駆け込み、腹の中のものをすべて吐いた。胃液の苦みに混じってわずかに肉の味がした。

赤ん坊を食べたのは、罪悪感から自由になるためだ。彼女を殺した記憶を、些末で、取るに足らない過去の一つにしてしまうためだ。それなのに今も、喉の奥に、赤ん坊の記憶がべったりとこびり付いている。

トイレットペーパーで唇を拭い、顔を上げて小窓を見た。

製油所は何もなかったように煙を吐き続けている。

ちびまんとジャンボ

0

「——最悪」

　乾いた唇を舐め、深呼吸した。地下倉庫は暗闇に覆われている。右手のペンライトで壁を照らすと、戸棚にバケツや機材が無造作に並んでいた。四階で行われているイベントの様子が脳裏に浮かぶ。

　時刻は午前六時過ぎ。もうすぐ人通りが増え出す時間だ。躊躇（ちゅうちょ）している暇はない。ライトを床に置き、ポケットから携帯用の灰皿を二つ取り出した。小銭入れほどの大きさで、どちらにもトリカブトの茎を乾燥させて磨り潰（す）した粉末が入っていた。

　息を止めながらバケツのフタを開け、フナムシに粉末を振りかける。一カ所にかたまらないように灰皿を動かしながら、まんべんなく粉末をまぶしていく。

　これで自分も人殺しだ。

　明日の夜、あいつはアコニチン中毒で死ぬ。

　本当は人を殺したくはなかった。やつのことは憎んでいるが、自分の手で殺したいと思

灰皿を指で弾くと、底に残っていた粉末がひらりとバケツに落ちた。

「最悪だよ」

脳裏に浮かんでくるのは、一緒に泥沼から抜け出そうと誓った友人の笑顔だった。

ったことはない。それでも自分は、やつに毒を盛らなければならないのだ。

1

『――こちらが十四日の夜、ちびまんさんの参加していたイベントが行われていたテナントビルです。一階には八百屋が入っています。四階で開催された早食い大会で、ちびまんさんがフナムシを喉に詰まらせ、意識を失ったまま舞台裏へ運ばれた――イベントを観覧していた男性からそんな証言が寄せられました』

トレンディ俳優みたいな風采のリポーターが熱弁を振るっている。カメラがゆっくりとズームアウトし、スキャキビルがてっぺんまでテレビに映った。

『ちびまんさんは現在、家族や友人とも連絡が途絶えており、安否の分からない状態が続いています。番組では早食い大会を主催していたもぐもぐ興行へ取材を試みましたが、チラシに記載された電話番号は解約済みのものでした』

テレビの明かりがちびまんの死体を照らしている。

ちびまんは風俗情報誌の表紙モデル

みたいな、美人だが個性のない顔をしていた。ワンピースには小便を引っかけたみたいな
シミができている。

事務所には団子三兄弟が顔を揃えていた。レザーチェアで脚を組んでいる態度のデカい
デブが長男のもぐら、ソファで白湯を飲んでいる陰気な次男のもぐり、部屋の真ん
中でおれの両腕を締め上げている力士みたいなデブが三男のもぐるだ。見ているだけで胃
もたれしそうなこの三人組が、おれのばあちゃんを騙してケツの白髪まで毟り取った挙句、
借用書と引き換えにおれの人生を奪ったもぐもぐ興行の役員たちだった。

「困ったな」

もぐらはテレビを消すと、億劫そうにちびまんの死体を見下ろした。役員名簿には三人
仲良く名を連ねているが、実際は長男のもぐらが事業を一手に取り仕切っている。もぐ
ともぐるがまともな仕事をしているところは見たことがなかった。

「困ってんのはおれだよ。このデブをなんとかしてくれ」

もぐるは一時間近く、ドラム缶みたいな図体でおれを床に押さえ付けている。うなじに
鼻息が当たって気持ちが悪い。もぐるは三兄弟の中でも特盛りのデブで、不審者に腹を刺
されても顔色を変えず、自分の脂肪を千切って投げ返したという武勇伝を持っていた。
もぐらは気だるそうに息を吐いて、床に押し付けられたおれの顔を見下ろした。

「自分がなぜ捕えられたか分からないのか？」

「それが分からねえんだ。まさかちびまんが死んだからとは思えねえしな」

おれは唇にくっついた埃を鼻息で吹き飛ばした。先週の大食いヘルス嬢バトルロイヤル

でも、素人がパエリアに入ったカタツムリを喉に詰まらせて死んだばかりだ。参加者が死

んだくらいで騒いでいたらもぐもぐランドではやっていけない。

「それはそうだ。大食いの他に取り柄のないバカが長生きしても意味がない」

「若い女は美味いしね」

もぐるが口を挟む。もぐるはXLサイズの胃袋を活かし、二人の兄が殺した人間を処分

する役目を担っていた。

「でもな、バレたらダメなんだよ」もぐらが子どもを躾けるみたいに言う。「さっきのニ

ュースは何だ？　こいつが死んだことが世間にダダ洩れじゃねえか。おれは口の軽いやつ

がこの世で一番嫌いなんだ」

「よく聞いてくれ。おれは悪くないんだ」

おれは首を起こして言った。もぐらが苛立たしげに舌打ちする。

「お前はもぐもぐ興行のイベント運営責任者だ。どう考えてもお前が悪い」

「違うんだよ。ちびまんが死んだのを知ってるのは、あの日もぐもぐランドにいた百三十

五人のオタクだけだ。おれは全員に『何があっても自己責任、何を見ても口外しない』っ

て誓約書を書かせてる。誰かが誓約を破って、マスコミに情報をリークしたんだ」

「分かってるよ。どうせちびまんのファンだろ」

「そうだ。だから悪いのはおれじゃない。その裏切者だ」

「誰が情報をリークしたか分かるのか?」

「観客のリストがある。端から順に締め上げれば誰か吐くだろ」

おれがオットセイみたいに上半身を持ち上げると、すかさずもぐるがおれの右腕を捻った。身体の中から杖を折ったような音が鳴る。おれは悲鳴を上げて冷たい床に倒れた。

「すすむ、お前はことの深刻さが分かってない。テレビも新聞もちびまん死亡疑惑を報じてる。この事務所にも今朝、週刊誌の記者が来たらしい。なあもぐる」

「うん。センズリこいて一本吸おうとしたら、ウツボみたいな女が玄関にいてびっくりした」

もぐるが気の抜けた声で答える。

「おれたちが今ここにいるのも危ないってことだ。百三十五人を締め上げる? そんな能天気なことを言ってる場合じゃない」

「お前は警察を買いかぶりすぎだ。連中は令状がなけりゃ事務所にも入れやしない。あと一週間は大丈夫さ」

「バカはそうやってヘマをやらかすんだ。一週間でできそうなことは大抵一日でできる」

もぐらが急に経営者らしいことを言う。

「ごちゃごちゃ言ったところで、裏切者を見つけるにはオタクを締め上げるしかねえだろ。こんなときのためにあのネクラを飼ってるんじゃねえのか？」

おれは顎でもぐりを指した。次男のもぐりは人間を解剖するために医大へ入った筋金入りの人体破壊マニアだ。チンピラを腰まで土に埋めて稲刈り機で轢き殺したり、老人の胃に手術で穴を開けて餓死させたりと、誰もやったことのない方法で人を殺すのが楽しくてたまらないのだという。

「もぐりに手伝わせるのか。悪くない。おいもぐり、じょうろだ」

もぐりが命じると、もぐりは無言のまま立ち上がり、ロッカーからブリキのじょうろを取り出した。側面にモグラの絵のシールが貼られている。注ぎ口の先っぽが注射針みたいに尖っていた。最悪な予感がする。

「待て。おれを嬲（なぶ）っても何も解決しねえぞ」

「そうでもない。もぐる、すすむの頭（あたま）を押さえろ」

できものだらけの腕がおれの首を絞める。息を吸おうと口を開けた瞬間、もぐらがじょうろの注ぎ口を突っ込んだ。喉仏の辺りに激痛が走る。腹の底から嘔吐きが込み上げた。

「ぴったりだな。こいつでお前の胃袋へちびまんの煮込みを突っ込んでやる。それからお前を川へ投げ込むんだ。死体が見つかるまでにトンズラを決めれば、事件は変態カニバリズム野郎の起こした猟奇殺人（りょうきさつじん）として片が付く」

「なるほど。やっぱり兄ちゃんは天才だなあ」

もぐるが笑い、腹の肉をぶるぶる震わせた。ジョークでないことは分かっている。こんな八つ当たりみたいな計画のために殺されたらとても成仏できない。

「はへ、はへふへ」

おれは腕を伸ばし、もぐらのズボンの裾を引っぱった。

「どうした、早くエサが欲しいのか?」

もぐらがじょうろを掻き回す。身体が震え、唇からぬるぬるした液体が溢れる。おれはうつ伏せに倒れると、マジシャンになった気分で口からじょうろを引っ張り出した。

「往生際が悪いな」

「話を聞いてくれ」咳き込みながら言った。「おれが悪かった。それは認める。でもおれは死にたくない」

「おれたちだってそうだよ」

「お前は勘違いしてるんだ。おれを川へ流しても問題は解決しない」

「なぜだ?」

「ちびまんはフナムシを喉に詰まらせて死んだんじゃない。あいつは殺されたんだ」

「二時間ドラマの終盤の刑事みたいに啖呵を切った。もぐらが胡散臭そうに目を細める。

「殺された? 大日本フナムシ食い王決定戦の最中にか?」

おれは頷いた。

「ちびまんはBAKAGUIでも活躍した歴戦のフードファイターだ。喉にメシを詰まらせるようなヘマはしない」

「根拠はそれだけか」

「あの日のちびまんは様子がおかしかった。試合の途中から身体がびくびく痙攣してたし、手も痺れてフナムシを摑めなくなっていた。喉にメシを詰まらせた連中とは明らかに違う。あいつは毒を盛られたんだよ」

「もぐる、こいつの言ったことは本当か?」

もぐらが尋ね、

「さあ。食うのに夢中だったから分かんねえ」

もぐらが澄まし顔で応える。おれを締め上げているこの男も、大日本フナムシ食い王決定戦の決勝に参加していた。

「メシを食ってるとき、お前は何も考えてないのか」

「兄ちゃんは何か考えてるの?」

「当たり前だ。臭い、苦い、硬い、苦しい。いろいろある」

「そうか。おいらはモンスターだからみんなと違う。虫けらから人間まで、食えるものは何でも食う。大食い糖尿モンスター、その名もジャンボSPだ」

もぐるは誇らしげに自身のファイトネームを唱えた。

「もぐり、お前はどう思う。ちびまんは毒を盛られたのか?」

もぐらが医大卒の秀才に水を向ける。もぐりは腰を曲げると、ちびまんの死体を眺め、小さく頷いた。

「質量分析計がないと断言できないけど、アコニチン中毒じゃないかな」

「アコニチン?」

「トリカブトに含まれる猛毒だよ」

「ほら、言った通りだろ」おれは叫んだ。「カニバリストが人を殺すとき、毒を使うと思うか?」

もぐらはふんと鼻を鳴らした。

「使わないだろうな。うっかり胃袋の中身を食っちまったらシャレにならない」

「その通り。つまりじょうろでおれの腹にちびまんの煮込みを突っ込んでも、おれに濡れ衣を着せることはできない」

「警察はそんな細かいこと気にしないさ」

「百歩譲ってそうだとしても、ちびまんに毒を盛った真犯人は別にいる。お前らは一生そいつに怯えて暮らすことになる」

「大袈裟だな。殺せばいいだろ」

「観衆の面前でちびまんを仕留めた切れ者だぞ。簡単に尻尾を掴ませるようなタマじゃねえよ。ましてや貴重な目撃者でもあるおれを殺したら、犯人を突き止めるのはますます難しくなる」

おれは必死にヨダレを飛ばした。命がかかっている以上、足掻けるだけ足掻くしかない。

もぐらはレザーチェアに腰掛けると、もぐりの水筒を開け、白湯を喉へ流し込んだ。水筒の縁からこぼれた水滴が掌から肘へ伝い落ちる。おれを殺すか悩んでいるのだろう。

もう一押しだ。

「おれに一週間くれ。ちびまんを殺した犯人を連れてきてやる」

「甘えるな」もぐらの声は乾いていた。「一日だ。明日の朝までに犯人を見つけろ。それができなきゃお前を殺す」

「バカ言うな。警察だって一週間はかかるぜ」

「一週間でできることは大抵一日でできる。できないなら今すぐ死ね」

おれは深呼吸して思考を落ち着かせた。犯人は大日本フナムシ食い王決定戦の観客の中にいる。炙り出す方法がきっとあるはずだ。

「分かった。なんとかしてやる」そこで愛想笑いを浮かべた。「ちなみに失敗したら?」

「その場でお前を殺す」

じょうろの先っぽから血と痰の混じったどろどろが垂れていた。

二日前の夜。

もぐもぐランドは空前絶後の熱気に包まれていた。

「決勝戦の司会はわたくし、肉汁すすむが務めさせていただきます」

クイズ番組の司会者を真似たダミ声で叫ぶと、フロアから早くも歓声が上がった。ピンクのTシャツを着た男たちが狂ったようにちびまんの名前を叫んでいる。もぐもぐランドでは連日のように大食い、早食い、ゲテモノ食いのイベントが開催されていたが、フロアが満員になったのは初めてだった。

「一人目の出場者の登場です。虫けらから人間まで、食えるものは何でも食う。大食い糖尿モンスター、ジャンボSP！」

おれの紹介に続いて、もぐるがステージへ歩み出た。上唇がぐいと持ち上がり、胃酸でガタガタの前歯が剥き出しになる。ジャンボSPという大仰なファイトネームは、彼の愛用している巨大なスプーンから付けられたものだった。

もぐるはもぐもぐ興行の役員でありながら、自分たちが主催するイベントに出場し、数々のタイトルを獲得していた。もぐるが優勝した分だけ、もぐもぐ興行は賞金の支出を

抑えることができる。もぐるはもぐもぐ興行の金庫番であり、大食いファンにとっては憎らしい悪玉でもあるというわけだ。

「対する出場者の登場です。揚げまんじゅう屋が生んだ食いしん坊ムスメ、ちびまん！」

ちびまんがステージの袖から飛び出て会釈すると、フロアから割れんばかりの歓声が轟いた。ピンクの応援団は「まん！」「まん！」と奇妙な雄叫（おたけ）びを上げている。

もぐもぐランドが異様な興奮に包まれているのにはわけがあった。ジャンボSPとちびまんの対決はこれが初めてではなかったのだ。

五年前、地方テレビ局が制作したBAKAGUIという深夜番組がきっかけとなり、第二次大食いブームが起きた。大食い競技を勝ち抜いたファイターが初代チャンピオンとなり、予選を制したチャレンジャーとの一騎打ちに臨むというのがBAKAGUIの基本ルールだ。大食い番組としては破格の三千万円の賞金や、試合中のトラブルをそのまま放送するドキュメンタリータッチの番組作りも話題となった。そこで無敗のチャンピオンとして君臨したのがジャンボSPであり、チャレンジャーとして数々の名勝負を繰り広げたのがちびまんだった。

BAKAGUIが三年目に突入した矢先、ブームはあっけなく幕を下ろすことになる。小学生がBAKAGUIの真似をしてこんにゃくを喉に詰まらせ、病院へ搬送される事故が起きたのだ。小学生は一命を取り留めたが、意識を取り戻したときには自分の名前も分

からなくなっていた。BAKAGUIは放送中止に追い込まれ、第二次大食いブームは終焉を迎えた。

そこで頭を抱えたのが三流以下のフードファイターたちだった。ある者は体重が増えすぎて骨格が歪み、ある者は胃腸がボロボロになって食事と嘔吐を繰り返すだけの肉の塊になっていた。そこまで人生を捧げていたにもかかわらず、肝心の番組が突然なくなってしまったのだ。まともな仕事にはとても復帰できない、大食いでしか生計を立てられないデブが大量に生み出されてしまったのである。

そんな状況に目を付けたのがもぐらだった。当時のもぐもぐ興行は、ローカルタレントを脅し、ノーギャラで仕事をさせて銭を荒稼ぎする悪名高いイベント会社だった。BAKAGUIの放送終了を知ったもぐらは、全国から三流フードファイターを掻き集め、独自の大食いイベントを開き始めた。そしてBAKAGUIの終了を惜しんでいた大食いファンを一手に呼び込もうと考えたのである。

もぐらの目論見は成功し、イベントは大きく賑わった。BAKAGUIチャレンジャーにはアイドル的な人気を持つ女性ファイターも多く、熱狂的なオタクがこぞってイベントに押し寄せた。もぐもぐ興行はスキャビルに専用のイベントスペース「もぐもぐランド」を開設し、連日のようにイベントを開いて大食いファンを囲い込んだ。

雲行きが変わったきっかけは、もぐもぐ興行が新人ファイターの発掘を始めたことだつ

た。BAKAGUIチャレンジャーを呼ぶだけでは集客に限りがあると考えたもぐらが、素人ファイターの参戦を解禁したのだ。

もぐもぐランドは地獄絵図と化した。予算をケチって事前審査を行わなかったため、ずぶの素人が賞金目当てにイベントへ押し寄せた。素人ファイターはステージですぐにゲロを吐いた。観客ももらいゲロを吐いた。フロアに悪臭が充満し、意識を失って運ばれる観客が続出した。そんなイベントが続いた結果、アイドルファイター目当てのオタクはたちまち会場から姿を消した。

だがタデ食う虫も好き好きというやつで、もぐもぐランドにはゲロまみれの試合を求めるカルトなファンが集まるようになった。もぐらも客層の変化に合わせて次々と過激なイベントを開催したため、もぐもぐランドは異様に生ゲロ臭い熱気を帯びるようになっていった。

そんな中で発表されたのが、アイドル系ファイターのカリスマとして抜群の人気を誇るたちびまんのもぐもぐランド参戦だった。種目はフナムシの早食い。BAKAGUI時代には考えられないマッチメイクだ。ちびまんの参戦はさまざまな憶測(おくそく)を呼んだが、大食いファンの下馬評を裏切って予選を勝ち進み、ついに宿敵、ジャンボSPとの決勝に駒を進めたのだった。

　「二人にはバケツに入った二十キロのフナムシを食べてもらいます。先に食べ終えた方が大日本フナムシ食い王となり、賞金三十万円を獲得します」

　台本から顔を上げ、フロアを見回す。低い天井の下に百三十五人の観客が鮨詰めになっていた。

　もぐらが考案したさまざまな競技の中で、おれが一番嫌いなのがフナムシの早食いだった。十四歳の夏に押入れでばあちゃんが腐っているのを見つけて以来、触角の生えたすばしっこい生物を見ると胃酸が込み上げてくるのだ。フナムシはゴキブリを平べったくしたような見た目をしていて、頭からは長い触角が、ケツからは枝分かれした尾が生えていた。エビと同じ甲殻類のくせに泳ぐのが下手で、海に落ちて死ぬこともあるらしい。

　「なおこの試合はGルールで行います」

　おれがそう付け足すと、ピンクTシャツの男たちが揃って顔をしかめた。アイドル系ファイターのちびまんにGルールは不利と悟ったのだろう。

　ステージでは観客の右手にちびまん、左手にもぐるが座っていた。二人の距離は一・五メートルほど。ちびまんが真剣な顔でフロアを見つめているのに対し、もぐるは退屈そうに天井の配管を眺めていた。

　「Gルールでは試合開始から五分ごとに、照明を一分間落とすGタイムが設けられます。この一分間、ファイターは足元のエチケットバケツにゲロを吐くことができます」

おれはステージの中央へ進み、長机にかかったテーブルクロスを捲った。二人の足元に
はアルミ製の特大バケツが一つずつ置かれていた。

「ただしGタイム終了後、生きたフナムシがバケツに入っていた場合は、その時点で失格
となります。きちんと咀嚼してから飲み込むように気を付けてください。またGタイム
以外にゲロを吐いた場合も失格です。二人ともよろしいですね?」

もぐるとちびまんがばらばらに頷く。Gルールは本来の胃腸の容量を超えた大食いが可
能になるため、一部の好事家から熱烈に支持されていた。

「それでは今日の勝負を決める、二十キロのフナムシをお持ちしましょう」

おれは舞台袖に引っ込むと、台車を押してステージに戻った。荷台には生臭いバケツが
二つ並んでいる。バケツの腹にはモグラの絵のシールが貼られていた。もぐらが考案した
もぐもぐ興行のロゴマークだ。

台車を止めると、バケツを持ち上げて机に載せた。二つ目のバケツを持ち上げたところ
で姿勢を崩し、危うく中身をぶちまけそうになる。見ればバケツの把手が外れかけていた。
フナムシの大群に襲われたら泡を吹いて失神しかねない。おれは冷や汗を拭って、二人の
正面にバケツを並べた。

「それでは合図とともに試合を始めます。ジャンボSPとちびまん、大日本フナムシ食い
王となり賞金三十万円を獲得するのはどちらか。皆さん、準備はいいですか?」

おれの裏返った声を、観客の歓声が掻き消した。

「よーい、もぐもぐ！」

左右同時にバケツのフタを開けた。もぐるのバケツを水滴が流れ落ちる。

二人はほぼ同時にフナムシにかぶりついた。バケツの中からカサカサと不気味な音が聞こえる。大量の触角が縦横無尽に揺らめいているのを想像して、二日酔いの朝みたいな気分になった。

腕時計を確認しながら上手へ移動する。ここまでイベントは順調に進んでいた。もぐるは身勝手なデブで、試合開始直後に騒ぎを起こすことが多い。二日前のなめくじ早食いトーナメントでも、自分だけこの量が多いと駄々をこね、となりの出場者とバケツを取り替えさせていた。おれがきちんとバケツを計量していることを知っているくせにケチをつけるのだから質が悪い。

柱に寄りかかり、フロアを見下ろした。応援だかヤジだか分からない雄叫びが鼓膜に突き刺さる。「食え！」「飲み込め！」「吐け！」「殺せ！」「死ね！」「まん！」「まん！」

スタートダッシュはちびまんがやや優勢のようだった。ちびまんは一匹ずつ齧り付くわんこそば方式で、フナムシを着実に胃へ流し込んでいる。一方のもぐるは五匹くらいずつまとめて口へ押し込んでいた。殻の硬い巨大スプーンでフナムシをすくい、五匹くらいずつまとめて口へ押し込んでいた。殻の硬い巨大フナムシにまとめ食いは向いていないようで、咀嚼から嚥下まで

にかなり時間がかかっている。

「まもなく一回目のGタイムに入ります。」

叫びながら柱の裏のスイッチを下ろした。天井のライトが消え、視界が闇に包まれる。

ちびまんの嘔吐き声と、ゲロがバケツへ落ちる音が響いた。フロアからは観客の息を呑む音が聞こえる。おれは柱の裏で蛍光腕時計を見つめた。

「あと五秒でGタイム終了です。三、二、一、試合再開！」

ライトを灯すと、二人はすでにフナムシを食べ始めていた。もぐるが豪快なゲップをかます。

おれはテーブルクロスを捲り、腰を屈めてエチケットバケツを確認した。ちびまんのバケツにはフナムシの残骸や生臭い体液が散らばっているが、もぐるのバケツは空のまま。Gタイムを無視してメシを食い続け、相手と差を付けるのがもぐるの得意戦術だった。

「不正なし！　続行！」

上手へ移動し、ふたたびフロアを見渡した。ちびまん応援団の顔から血の気が引いている。ステージのちびまんを見ると、目が赤く腫れ、居酒屋を蹴り出された酔っ払いみたいな顔になっていた。ワンピースにもシミができている。好きだったアイドルの嘔吐直後の顔を見たら、ファンの具合が悪くなるのも無理はない。

「おい司会者！　便所はどこだ！」

フロアの真ん中あたりから罵声が飛んだ。五十過ぎの男が手を振っている。となりでピンクのだるまみたいな男がうずくまっていた。もらいゲロをもよおしたらしい。

「この階にトイレはありません。一階の共用トイレを使ってください」

おれはぶっきら棒に答えた。本当はフロアのすぐ後ろにトイレがあるのだが、先週から故障したままになっている。大食いヘルス嬢バトルロイヤルで死んだエクレアという女が大量のゲロを吐いたため、便器が詰まってしまったのだ。うっかり観客がクソをしないように、トイレのドアはジャンボSPの等身大ポスターで隠してあった。

だるま男が口を押さえ、ふらふらとフロアを出て行く。

それからもGタイムを重ねるたび、ちびまんは苦しげな仕草が増えていった。顔が土気色（いろ）になり、頬や唇がぴくぴく痙攣する。手から落ちたフナムシが逃げ出しそうになる一幕もあった。

一方のもぐるはというと、ぐぼう、げぶぇ、んぐぅ、と牛みたいなゲップを連発しながらも、ペースを落とさずにスプーンを口へ運び続けていた。カレーでも食べるような顔で平然とフナムシを頬張っている。BAKAGUI初代チャンピオンの実力は伊達ではない。

異変が起きたのは五回目のGタイムだった。おれがライトを消すのとほぼ同時に、

「おえぇぇぇぇぇぇぇっ！」

もぐるが凄（すさ）まじい嘔吐（おうと）き声を上げたのだ。気の早いファンが口笛を吹く。もぐるが勝ち

試合で見せる、定番のまとめゲロだった。

Gタイムが終わると、すぐにエチケットバケツをチェックした。もぐるのバケツになみなみとゲロが入っている。咀嚼は荒いが、生きたフナムシは見当たらなかった。

「不正なし！　続行！」

バケツから顔を上げると、もぐるが残りわずかのフナムシをスプーンですくいとるところだった。これは勝負ありだ。やはり初参戦のちびまんにGルールは過酷だったのだろう。

「……なんで？」

擦れ声が響く。

ちびまんを見てぎょっとした。全身がバイブみたいに震え、今にも椅子から転げ落ちそうになっている。ケツからぶりゅりゅりゅと下品な音が聞こえた。明らかに様子がおかしい。

「だ、大丈夫か？」

ちびまんはもぐるを一瞥すると、両手で掴んだフナムシを無理やり口へ押し込んだ。ぐっ、と喉が上下し、上半身がつんのめる。鼻と口から勢いよくゲロが噴き出し、おれの顔を直撃した。

「うおぇ！」

おれはゲロに足を滑らせ、ステージから落ちた。フロアから悲鳴が上がる。首を起こして周りを見ると、おれを避けようとした観客が将棋倒しになっていた。

「ちびまん選手、嘔吐のため失格! 勝者、ジャンボSP!」

ゲロねずみのままステージに這い上がり、もぐるの手を掴んだ。 顔がゲロで温かい。ち

びまんは椅子に座ったまま頭をバケツに突っ込んでいた。

「何やってんだ! 死んじまうぞ!」

観客の下敷きになったピンクTシャツの男が叫んだ。

「うるせえな」

おれはちびまんを荷台に載せ、舞台袖へ運んだ。 出場者が倒れたくらいで騒いでいたら、

もぐもぐランドの司会は務まらない。

「えー、ちびまん選手は手当てを受けていますのでおかまいなく。 大日本フナムシ食い王

のタイトルを獲得したジャンボSP選手に大きな拍手を!」

ステージに戻り、司会を続けた。 もぐるが嬉しそうに笑いながら、特大のゲップを決め

る。 ピンクの集団はパニックを起こしかけていた。

「ジャンボSP選手の獲得タイトルは十七となりました。 恐るべし、糖尿デブの怪物!

名勝負を繰り広げたちびまん選手にも大きな拍手を!」

台本をしまいながら舞台袖に目をやると、ゲロにまみれたちびまんが動かなくなってい

た。

2

一日で犯人を捕まえるなんて真似は頭のいいやつにしかできない。

もぐもぐ興行の事務所を蹴り出されたおれは、中学校の同級生で成績が一番良かった馬喰山を訪ねた。

「キミ、腕折れてるでしょ」

馬喰山は話題を逸らしながら壁に目を向けた。つられて時計を見ると、すでに午後四時を過ぎている。のんきにおしゃべりしている暇はない。

「話聞いてたか？　明日までに犯人を見つけねえと殺されちまうんだ。ぶよぶよになって海に浮かぶのに比べりゃこんなの擦り傷だろ。頼む。知恵を貸してくれ」

「どうしてぼくなのさ」

馬喰山は心底迷惑そうな顔をした。

「お前が天才だからだ。耳かき水没事件を覚えてるか？　おれはあれ以来、お前の才能を疑ったことはない」

中学一年のとき、授業参観に来たばあちゃんが大切な耳かきを校庭の池に落とした。池をさらってほしいと頼み込んでも、教師どもは適当にあしらうばかり。落ち込んでいたお

れに、救いの手を差し伸べたのが馬喰山だった。この小賢しいクラスメイトは校長のハンコを盗んで池に投げ込んだのだ。校長の一声によって、教員たちは総出で池の水を抜く羽目になった。馬喰山は一滴も汗を流さず、そうして耳かきを見つけてみせたのである。

「お前、便利屋になったんだろ。さすがだ。天職だと思うぜ」

「弁理士だよ」

「似たようなもんだろ。とにかく助けてくれ」

「勘弁してくれよ。ぼくはキミらみたいな地元のろくでもない連中とは縁を切ったんだ」

馬喰山は怒りと悲しみの交じった複雑な顔をした。何やら事情がありそうだが、こちらも引き下がるわけにはいかない。

「頼む。おれの知り合いで大学を出てんのはお前だけなんだ」

「だから何なんだよ」

「頭のいいやつにしか難しいことはできない、頭のいいやつはだいたい大学を出てる」

「キミだって中学の成績は悪くなかったでしょ」

「数学と理科だけな。ばあちゃんに計算ができると金持ちになれるって聞いてがんばったんだ。あとは全部ダメ」

「知らないよ」馬喰山は頭を抱えた。「いいか。ぼくはもう子どもじゃない。押しかけられても迷惑だよ」

ドアをノックする音がして、秘書らしい三十女が煎茶を運んできた。タヌキみたいなふくれっ面だが、なかなかの美人だ。おれが鼻息を荒らげると、女は逃げるように応接室を出て行った。どうやらおれのシャツのシミが気に入らなかったらしい。

「お前の愛人か?」

「そんなわけないでしょ」

馬喰山の目が泳ぐ。分かりやすいやつだ。掻き上げた前髪からポマードの臭いがした。

「お前の嫁、水死体みたいな顔してたよな。やっぱり屍姦だけじゃ物足りねえのか」

「次のアポまで一時間だけ話を聞いてやる」

「だと思った」

おれは一昨日の大日本フナムシ食い王決定戦で目にしたものを細大洩らさず説明した。馬喰山は二度トイレに行ってゲロを吐いた。

「ぼくはテレビは見ないけど、ジャンボSPって名前は聞いたことがある」

おれの分まで煎茶を飲み干して、馬喰山は言った。

「あぐりマンに刺された事件が話題になったからな」

「あぐりマン?」

「素人ファイターだ。元引きこもりで、試合に負けた腹いせにジャンボの脇腹をぶっ刺したんだ。贅肉クッションのおかげでジャンボはびくともしなかったって噂だけどな」

「きなくさい業界だね」馬喰山が眉をひそめる。「とりあえず、一昨日の事件で使われた毒の名前を教えて」

「あほちんこ」

「アコニチンか」

馬喰山はノートパソコンのキーボードを叩いた。

「致死量は二から六ミリグラム。症状は口唇や舌の痺れに始まり、手足の痺れ、腹痛、嘔吐、下痢、不整脈、血圧低下、痙攣、呼吸不全など。加熱するとアコニンに変化して毒性が二百分の一になる、か。トリカブトならうちの実家にも生えてたし、入手経路から犯人を絞り込むのは難しそうだね」

「待ってくれ。加熱すると毒がなくなるのか?」

おれは背中ごしにノートパソコンを覗き込んだ。

「それがどうした」

「ちびまんの死体も煮込めば食えるってことだろ。嫌な予感がする」

「煮込む? 死体を?」

馬喰山は豚のクソを舐めたみたいに怪訝な顔をした。

「とにかく犯人捜しだ。おれはジャンボの古参オタクが怪しいと思う。ちびまんみたいなアイドル系ファイターを毛嫌いしてるやつも多いからな」

「どうだろう。その場合、犯人はちびまんだけを確実に仕留める必要があったことになる。キミは二つのバケツのうち、どっちをちびまんの前に置くか決めてたわけじゃないんでしょ。ちびまんを狙い撃ちにするのは難しいよ」

馬喰山はこともなげにおれの推理を打ち砕いた。

「お前、やっぱり賢いな」

「何にせよ、犯人にはバケツに毒を入れる機会があったことになる。　混入経路を考えてみよう。フナムシの入ったバケツは本番までどこにあったの?」

「控室だ。　舞台袖から廊下を十メートルくらい進んだところにある。　試合開始の十分くらい前に、おれが台車で舞台袖まで運んだ」

「控室はちゃんと施錠してたのか?」

おれは一昨日の控室の光景を思い浮かべた。　もぐるの陽気な鼻歌と、ちびまんの険しい表情がよみがえる。

「錠はかけてねえけど、ジャンボとちびまんがずっといたし、おれも頻繁に出入りしてた。あそこで毒を入れんのは難しいと思うぜ」

「バケツを舞台袖に運んでから本番までの十分間は?」

「それも無理だ。　おれは照明や音響の調整でずっと舞台袖にいた」

「なら考えられるのは試合中だね」

「試合中?」　思わず苦笑した。「何だそりゃ。　観客がステージに毒団子を放り込んだって

ことか?」

「違う。ステージにいたキミ、ちびまん、ジャンボの中の誰かが、観客の目を盗んでバケ

ツに毒を入れたんだ」

「おれは犯人じゃねえぞ」

「ならジャンボだね。ジャンボが宿敵を殺すため、Gタイムにとなりのバケツに毒を入れ

たんだ」

「ねえよ。二人の椅子は一・五メートルくらい離れてる。立ち上がって毒を振りかけたら

音や気配でバレるだろ」

「じゃあちびまんだ。彼女は自分で毒を飲んだ。自殺だったんだ」

「ますますねえよ。あいつはブルブル震えながら、『なんで?』ってつぶやいてた。自分

で毒を食らったんならあんなこと言わねえだろ」

「ちびまんは騙されてたのかもしれない。フナムシって生臭いんでしょ?　犯人は臭みを

消す薬味とでも言って、ちびまんにアコニチンをかけさせたんだ」

「死んだあとで服をさらってみたが、毒を入れるような容器はなかったぞ」

「じゃあダメだね」　馬喰山はあっけなく矛を収めた。「本番前も本番中もバケツに毒を入

れるチャンスはなかった。となると毒はもっと前から入ってたことになる。フナムシの入

手経路が知りたいな。キミが一匹ずつ捕まえたの？」

「まさか。もぐらが金を貸してるウニカメ水産って会社の従業員に浜辺で集めさせたんだ。あいつらがもぐもぐ興行を嵌めるために毒をぶっかけたのか？」

「違う」馬喰山は首を振る。「それならジャンボも死ぬはずだからね。毒が混入したのは、キミがフナムシを二つのバケツに分けたあとだ」

「そうだな」

「だいぶ絞られてきたよ。フナムシはいつ会場へ届いたの？」

「前日の昼過ぎだ。ウニカメの社長が魚籠に入れて持ってきたのを、おれが地下倉庫に運んだ。二十キロずつ量って二つのバケツに分けたのもそのときだ」

思い出すだけで虫唾が走る。

「地下倉庫はどこにあるの。会場と同じ建物？」

「ああ。四階へ運んだのはイベント当日の午後だ」

「つまりバケツは地下倉庫に一晩置きっ放しだったんだね。倉庫の戸締りはどうなってるの」

「何もしてねえよ。盗むようなもんもねえし」

「それだ。犯人は倉庫へ忍び込んで、フナムシにアコニチンをまぶしたんだよ」

「なるほど。ありえるな」おれは頷いた。「となると、犯人は？」

「キミがイベント用の食材を地下に保管してることを知ってたやつだ。思い当たる人はいない?」

「隠れて運んでたわけでもねえからな。あの辺りは人通りも多いし、おれを見張るのは簡単だ。その気になれば誰でも分かるだろ」

「そうなの?」馬喰山は天井を見上げた。「じゃあ犯人は分からないや。もぐもぐ興行のことが嫌いなどっかの誰かだろうね」

「は?」思わず胸ぐらを掴みそうになった。「分からねえの?」

「しかたないでしょ。錠の掛かってない地下倉庫にバケツを放置したキミが悪いよ」

「それがお前の結論か。ふざけんなよ」

「犯人が百三十五人の観客の中にいる可能性は高いだろうね。犯人が現場に戻ってくるってのは本当みたいだし。でも断言はできない」

「待て。今のは何のための演説だったんだ。お前の舌はクソの役にも立たねえな」

デスクの電話が鳴った。馬喰山が受話器を取り、相槌を打ってこちらを振り返る。

「愛人か?」

「来客だよ。帰ってくれるかな」

「おれを見殺しにすんのか。同級生が水死体になってもいいのか?」

「あと十秒で部屋を出ないと、業務妨害で警察を呼ぶ」

受話器を握ったまま言った。目ん玉に気迫がこもっている。

「クソ野郎。生き延びてお前の愛人の尻にフナムシを突っ込んでやるから覚えとけよ」

おれは捨て台詞を吐いて、馬喰山の事務所をあとにした。

　　3

見覚えのない男と女が、スキヤキビルの入り口を見張っていた。どちらも肩からデカいバッグを提げている。警察官にしては女の化粧が濃い。新聞か週刊誌の記者だろう。

「こちらのビルの方ですね?」

「もぐもぐランドで行われているイベントについてはご存じでしたか?」

エントランスに入ると、案の定、二人がばらばらに声をかけてくる。腕をへし折ってやりたいところだが、騒ぎを起こしても自分の首が絞まるだけだ。おれは黙ってエレベーターに乗り込んだ。

四階で降りると、スタッフ用の通路からもぐもぐランドの控室へ入った。金庫のダイヤルを回し、誓約書の束を取り出す。観客の名前をインターネットで検索し、怪しいやつを見つける作戦だった。こんなイベントを見にくるような連中だから、中には脛にキズのあ

るやつもいるだろう。そいつがクロなら大当たりだし、シロでも犯人に仕立て上げるしかない。賢い作戦とは言えないが、他に手は思い付かなかった。

丸椅子に腰を下ろし、パソコンの電源を入れる。煙草に火を点けたところで、背後のドアが開いた。

「こんにちは」

振り返るのと同時にシャッター音が響いた。厚化粧の女がレンズを覗いている。「エントランスで声をかけてきた、あいつだ。

「週刊ゴアの真野マリナです」

カメラを構えたまま言った。息をするたび、薄い唇がぱくぱく開く。もぐもぐ興行の事務所に現れたというウツボ女は十中八九、こいつだろう。

「誰だてめえは」

「今すぐ出て行け。警察を呼ぶぞ」

「お好きにどうぞ。でも捕まるのは肉汁すすむさん——あなたですよ」

女は気の強そうな眉を吊り上げて笑った。ふと既視感を覚える。数日前にも同じ顔を見た記憶があった。

「お前、大日本フナムシ食い王決定戦を見に来てただろ」

「よく覚えてますね」女はくるりと目を回した。「地下フードファイトの記事を書こうと

思って、たまたま試合を見に行ったんです。ジャンボSPとちびまんさんのカードは話題でしたからね。もぐもぐランドに来たのは初めてだったので、Gルールの説明を聞いたときは度肝を抜かれました」

「そしたらちびまんがゲロを噴いてぶっ倒れたわけか。引きが強いな」

「こうして司会者さんとも再会できましたしね。これも縁だと思って、ちょっとだけ時間をもらえませんか?」

おれは女の腹を蹴った。口からゲロが飛び散る。後頭部がドアに激突し、そのまま腰を折ってうずくまった。携帯用のナイフとスタンガンが足元に落ちる。

「何だこりゃ。やる気マンマンだな」

「ご、護身用です」

女が咳き込む。

「お前と遊んでる暇はない。二度と来るな」

おれはナイフとスタンガンをポケットにしまった。

「話を聞いてください。あなたは嵌められてます」

女は声を絞り出した。おれが嵌められてる? こいつは何を言っているのか。

「あたしはちびまんさんに毒を盛った犯人を知ってます。でも記事にするには証拠が足りません。あなたの力が必要なんです」

女の声は真剣だった。

「本当に犯人を知ってるのか?」

「はい」ゆっくりと頷く。「ちびまんさんを殺したのはジャンボSPです」

おれはその女——真野マリナをイベントフロアへ連れて行くと、そこで待とう言って、控室に戻った。

もぐらが犯人だ。

バカの三男に知恵はない。そんなことがありえるのだろうか。

犯で、計画を立てたのはもぐらだろう。真野の言ったことが本当だったとしても、やつは単なる実行だったことになる。するとおれに命じられた犯人捜しも、端から茶番だったことになる。

だが本当にもぐらが犯人なのか。馬喰山との話し合いの結論は、犯人が地下倉庫に忍び込んでバケツに毒をまぶした、というものだった。もぐらがそれをやったとすれば、二分の一の確率で自分が毒を食う危険を冒したことになる。もぐらの立てた計画にしては、あまりに杜撰だ。

「————」

ふと、新たな考えが浮かんだ。

いつも怠けてばかりの脳細胞が猛烈に動き始める。この推理が正しければ、もぐらの態

度にも、ステージで起きたことにも説明がつく。

ジャケットから携帯電話を取り出し、もぐもぐ興行の事務所の番号を鳴らした。十秒ほど発信音が続いたあと、受話器を取る音が聞こえた。

「もう降参か？」

もぐらの得意そうな顔が浮かぶ。

「違えよ」携帯電話を握る手に力を込めた。「話したいことがあるんだ」

廊下を抜けてイベントフロアへ戻ると、真野がステージの縁に腰掛けていた。ジャンボSPの等身大ポスターが斜めに傾いていた。

見慣れたフロアに違和感を覚える。ジャンボSPの等身大ポスターが斜めに傾いていた。もぐらたちに見張られているようでうんざりした気分になる。

「すいません」

真野がしおらしく肩をすぼめ、ポスターの前の床を指した。茶碗一杯ほどのゲロが飛沫を散らしている。おれに腹を蹴られたのがよほど応えたらしい。

「気にすんな。ここじゃゲロは挨拶みたいなもんだ」

おれはステージからフロアへ下りると、壁に寄りかかって煙草を咥えた。

「あたしに協力してくれるんですか？」

「話を聞かなきゃ決められねえよ。なんでジャンボが犯人だと思ったんだ？」

真野は不安そうに声を詰まらせたが、すぐに覚悟を決めたらしく、咳払いして口を開いた。

「あの男にしか、一昨日の大日本フナムシ食い王決定戦でちびまんさんを殺す理由がないからです。他の誰かが犯人なら、わざわざイベント中に彼女を殺す必要はありません。帰り道で頭でもぶん殴る方が簡単ですからね」

「ジャンボだって同じじゃねえのか」

「違います」真野が首を振る。「ジャンボはフナムシ早食いの対戦相手ですから、自分のところに毒の入ったバケツが置かれ、それを食うことになってもおかしくない状況でした。二分の一の確率で命を落とす危険を冒してまで、ちびまんさんに毒を盛ることはありえない——誰もがそう考えるはずです。ジャンボはイベント中にちびまんを殺すことで、心理的なアリバイを得ることができたんです」

「なるほど。つまりあの男は、何らかの方法で、両方のバケツに毒を入れられるよう仕向けたんだな」

「違います。ジャンボは片方のバケツではなく、ちびまんの前に必ず毒入りのバケツが置かれていたんです」

「何?」

「それじゃジャンボも死んじまうぞ。あのデブは毒に強い特殊体質だったのか?」

「そんな人間はいません。あたしは大日本フナムシ食い王決定戦を観戦する前から、ジャ

ンボSPの周辺取材を進めていました。

大食い競技で異様な強さを誇っています。特にもぐもぐランドで行われるフナムシ早食い

競技の戦績は驚異的で、ほとんど無敗と言える状態です。彼に敗れたファイターから話を

聞くうち、あたしは彼の強さに疑いを持つようになりました。あの人間離れした食いっぷ

りには何かカラクリがあるんじゃないか？　あたしは引退したファイターたちへの取材を

重ねました。その中で出会ったのが、あぐりマンという男でした」

あぐりマン。　聞き覚えのある名前だった。

「ジャンボをぶっ刺したオタク野郎だな」

「ええ。彼は十年以上、実家に引きこもった挙句、高級ヘルスに嵌まって実家のうどん屋

を潰し、一攫千金(いっかくせんきん)を夢見てもぐもぐランドの熱湯がぶ飲みバトルロイヤルに出場しました。

持ち前の根気強さで予選を勝ち進みましたが、決勝でジャンボSPにボロ負け。路上でヤ

ケ酒を呷(あお)っていたところでジャンボに遭遇し、彼の腹を刺したんです」

「ジャンボは脂肪を千切って投げ返したんだろ？」

「それは知りませんが、涼しい顔をしていたのは本当みたいです。あぐりマンからこの話

を聞いて、あたしはようやくジャンボの大食いのカラクリに気づきました」

「どういうことだ」

身を乗りだして尋ねる。

「ジャンボは胃袋にチューブを挿して、食べたものを体外へ排出していたんです。彼の腹に垂れ下がっていたのは贅肉ではなく、ゲロを溜めておくタンクでした。腹を刺されてもびくともしなかったのはそのためです。もぐもぐ興行の役員には医大卒の男がいますね。もともとはBAKAGUIの賞金三千万円を手に入れるために、その男がジャンボの胃にチューブを挿す手術を行ったんだと思います」

「なるほど。あいつらならやりそうだな」

おれは真野の推理に感心していた。もぐりは半年ほど前、老人の胃に穴を開けて餓死させている。やつなら弟の胃にチューブを突っ込むくらい朝飯前だろう。

「証拠はもう一つあります。一昨日のジャンボには妙なところがありました」

「いつも通りのクソデブ野郎だったぞ」

「普段の試合よりも、ゲップの数が多かったんじゃありませんか?」

真野は自分の喉を指して言う。

「確かにうるさかったな」

「ジャンボの体型が試合の前後で変わっていないことから、タンクは伸縮しない固形の素材でつくられていることが分かります。試合前、タンクの中には空気が入っているはずですよね。試合が始まり、タンクにゲロが流れ込むと、中の空気は胃袋へ押し出されます。ジャンボのゲップの正体は、このタンクから溢れた空気だったんです」

　ぐぼう、というゲップの音が鼓膜によみがえった。

「一昨日の試合でもイカサマをしてたってことか」

「はい。ジャンボが中毒を起こさなかったのはこの仕掛けを使っていたからです。ジャンボのバケツにもちびまんのバケツと同じ量の毒が入っていましたが、食道から胃に入ったところで体外へ排出されるため、身体に吸収される量は大幅に少なくなります。とはいえ万が一つにも致死量に達してはいけませんから、バケツに毒を入れる際、医大卒の男が慎重に量を調整したんだと思います」

「五回目のGタイムのあと、おれはあいつのエチケットバケツになみなみとゲロが入ってんのを見たぜ。胃の中身がタンクに洩れてたんなら、あのゲロは何だったんだ？」

「もちろんジャンボの吐いたゲロです。バケツに毒を入れたといっても、実際にそれが付着しているのは上の方のフナムシだけでしょう。タンクのサイズを調整して一定量のゲロだけが排出されるようにしておけば、バケツの下の方のフナムシは咀嚼後、普通に胃袋に溜まります。これならゲロを吐くこともできますから、観客に怪しまれる心配もありません」

「それにしたって随分綱渡りだな。うっかり毒を吸収しちまったらあの世行きなんだぞ」

「だからあなたに司会をやらせたんですよ。いざというとき罪をかぶせるために」

　真野は一瞬、おれを嘲笑うような顔をして、すぐに口元を隠した。

「あなたが生き延びるには、イカサマの証拠を摑んで警察に駆け込むしかありません。ジャンボが昼寝してるところにでも忍び込んで、タンクを撮影するんです。どうですか。あたしと手を組む気になりましたか？」

「大変光栄なお誘いだ」

おれは煙草を床に捨て、スニーカーで火を踏み消した。ステージへ上り、控室へ続くドアに手を掛ける。真野はステージの縁に腰掛けたまま、不思議そうに首を傾げた。

「悪いが、おれにはのんびり証拠を探してる暇がないんだ。さっさと決着を付けよう」

そう言ってドアを開けると、真野は目尻が裂けそうなほど両目を開き、口をぱくつかせながら床へ落ちた。地震みたいにフロアが揺れる。

ドアの向こうには特大の肉がひしめきあっていた。

「押すなよ、兄ちゃん。開いちゃったぞ」

「おれのせいじゃない。勝手にドアが開いたんだ」

「すむのせいだろ。バカ、脅かすな」

「あ、ウツボのお姉さんだ。こんばんは」

野太い声が三つ響き渡る。豚小屋の柵が壊れたみたいに、団子三兄弟がステージへ転がり出た。

「話があるとは言ったが、盗み聞きしろと言った覚えはねえぞ」

おれが文句を言うと、

「おれたちは大人だからな。お前らのアツアツな雰囲気を壊さないでやったんだ」

もぐらが減らず口を並べた。

「それでいったい何の用だ？」

「決まってんだろ。おれはお前との約束を果たした」

仰向けに引っくり返った真野を見下ろし、おれは言った。

「ちびまんを殺したのはこいつだ」

4

「面白そうだな。話を聞いてやろう」

おれと真野の顔を見比べ、もぐらはニヤニヤと品の悪い笑みを浮かべた。

「まずこの女を取り押さえてくれ。おれの命はこいつの首にかかってんだ。逃げられたら

シャレにならねえ」

「そうだな。もぐる、こいつが逃げられないようにしろ」

もぐらは楽しそうにもぐるのケツを叩いた。

「オッケー。おいらに任せろ」

もぐるはステージを飛び降りると、真野の頭を摑み、顔を床に叩きつけた。スイカを落としたみたいに鼻血が飛び散る。

「バカ、何やってんだよ」

もぐるが苦笑しながらもぐるの頭を突く。

「この女、これで逃げられない！」

もぐるは胸を張った。真野は死にかけのセミみたいに小刻みに震えている。

「で、この女が何をしたって？」

もぐるが顔を上げる。おれはごくりと唾を飲んだ。

「こいつのやったことを知るには、まず一昨日の大日本フナムシ食い王決定戦で起きたことを正しく理解しておく必要がある。もちろんお前らが仕込んだトリックについてもだ」

「胃袋にチューブを挿すやつか？」

「それはこの女の妄想だ」

おれは真野の後頭部を指した。

「なんでそう言い切れる？　もぐるの腹には今もタンクがぐるぐる巻きになってるのかもしれないぜ」

「今朝、事務所で子どもをからかうような笑みを浮かべる。こいつの身体はドラム缶みたいに重かった。こ

いつは正真正銘、本物のデブだ」

「タンクに朝飯が溜まってたのかも」

「仮にもぐるの胃にチューブが挿さってたとしても、あほちんこを体外に排出するトリックは成立しない。五回目のGタイムのあと、もぐるの吐いた特盛りのゲロがその証拠だ」

おれはもぐるを睨んで声を張った。

「ゲロ?」

「おればばあちゃんのおかげで理科が得意なんだ。この真野って女の言う通りなら、試合の終盤にはもぐるの胃袋もタンクもゲロでぱんぱんだったことになる。試合開始時にタンクに入っていた空気は、すべてゲップになって外へ出たあとだ。その状態で胃袋のゲロを吐いたら何が起こるか」

「ははん」もぐるが顎を撫でた。「逆流だな」

「そうだ。胃袋とタンクをチューブでつないだ状態で胃袋のゲロが外へ出たら、タンクのゲロは同時に胃袋へ逆流する。ゲロを吐き終わった時点で、それと同じ量のゲロが胃袋に流れ込んでいたはずだ。このゲロにはあほちんこが含まれてるから、胃粘膜から吸収すれば死ぬ。もぐるがぴんぴんしてんのが、この女の推理がデタラメである何よりの証拠だ」

「なるほど。おいもぐる、お前が証拠だぞ」

もぐらがもぐるの腹を突くと、

「おいらが証拠かあ」

　もぐるはまんざらでもなさそうに頭を掻いた。

「これで話が振り出しに戻ったわけだ。おれたちはイカサマをしていなかった。犯人はどうやってちびまんに毒を飲ませたんだ？」

「違う。胃にチューブを挿してなかっただけで、お前らがズルをしていたのは事実だ。お前らはもっと簡単な方法で、試合の勝利を確実にしていた」

「簡単な方法？　何のことだ」

　もぐらがわざとらしく肩を竦める。

「ヒントは水滴だ。試合開始の瞬間、おれがバケツのフタを開けると、もぐるのバケツを水滴が流れ落ちた。　熱々のちゃんこを入れてたわけでもねえのに、なんで水滴が流れたのか？」

「フナムシが湿ってたからだろ」

「あいにくフナムシは泳ぐのが下手で、自分からは海に入らない。雨で濡れていた可能性はあるが、それなら水はバケツの底に溜まったはずだ。バケツの縁から流れ落ちることはない」

「熱々のフナムシラーメンでも入ってたのか？」

「ゲロだよ。バケツの中にほかほかのゲロが入ってたんだ」

口から唾が飛んだのと同時に、真野がカニみたいな泡を噴いた。

「もぐるのバケツには、上半分にフナムシ、下半分にゲロが入っていた。おれが試合前にうっかりバケツをこぼしそうになったのは、把手が外れかけていただけじゃなく、中身の一部が揺れやすい液体だったからだ。前列の観客や対戦相手が臭いで気づきそうなもんだが、そもそもフナムシが生臭かったせいで何とも思わなかったんだろう」

「なんでそんなことしたんだ。おれの弟にはゲロ食い趣味があったんだろう？」

「ちびまんに勝って賞金を守るために決まってんだろ。試合が始まると、もぐるはデカいスプーンで豪快に頬張るふりをして、実際は少しずつフナムシを食い進めた。バケツの上半分のフナムシを食い尽くせば、あとはほとんどゲロになる。そこでGタイムを利用して、机の上のバケツを下のエチケットバケツと入れ替えたんだ」

「愉快なアイディアだ」

「考えたのがお前だからな。バケツにもぐもぐ興行のロゴのシールを貼っておいたのは、Gタイム中にエチケットバケツにシールを貼り換えることで、バケツが入れ替わっていないように見せかけるためだ。あとは豪快な嘔吐き声を上げておけば、観客はもぐるが特盛りのゲロを吐いたと思い込む。最後にちょっとだけ残しておいたフナムシを食って、もぐるがちびまんに競り勝ったと思わせるところまで、全部お前のシナリオだったんだろ」

「想像に任せるよ」もぐらは澄まし顔で言う。「一つ質問がある。お前は試合前、どちら

のバケツをもぐるの前に置くか決めていなかったはずだ。もしもバケツが逆で、ちびまんがゲロを食うことになったら、もぐるはどうするつもりだったんだ？」

「駄々をこねてバケツを入れ替えさせればいいだろ。こいつが食い物の量にケチをつけんのはよくあることだ」

「ゲロ入りバケツも上半分はフナムシなんだろ。半分食うまでアタリかハズレか分からないぞ」

「目印を決めときゃいいじゃねえか。把手がちゃんと付いてる方がゲロなし、外れかける方がゲロありとかな。そろそろ認めろよ。お前らはイカサマをしてたんだろ？」

団子三兄弟は顔を見合わせ、揃ってヘラヘラと品のない笑みを浮かべた。

「ちびまんは人気者だからな。しかも食うのが速い」

「そうだ。あいつうはずるい。ずるいやつには負けられない」

「だからおいらもちょっとずるをしたんだ。こんなふうに」

もぐるは自分のおっぱいを摑み、無理やり左右を入れ替えた。もぐらが「うはは」と笑う。

「随分楽しそうだな」

「間抜けっ面の司会者の頭がここまでキレるとは思わなかったからな」もぐらは息を整え、

「で、肝心の話はいつ始まるんだ？　おれたちはちびまんを殺した犯人が知りたいんだが」

おれも一つ咳払いした。

「初めに言った通り、ちびまんを殺したのはこの女——真野マリナだ。こいつは勝手にもぐもぐランドの控室へ乗り込んできたんだが、おれはそのときからこの女を疑っていた。こいつがなぜか、ちびまんが毒を盛られたことを知ってたからだ」

「テレビで見たんじゃねえのか?」

「ニュースじゃちびまんはフナムシを喉に詰まらせたってことになってる。おれがちびまんが窒息死じゃないと気づいたのは、これまで散々、メシを詰まらせて死んだ連中を見てきたからだ。試合を見てた連中も、あれが毒物の中毒症状だとは気づいてなかった。なのにこの女は、どういうわけかちびまんが毒を盛られたことを知っていたんだ」

「バカな女だな」もぐらが鼻を鳴らす。「勝手に乗り込んできて、自分から正体を明かしちまったのか」

「もっともこの女の推理も途中までは事実に即していた。地下倉庫に保管してあった二つのバケツのうち、ちびまんがどっちを食うことになるかは予測できない。この女が両方のバケツに毒をぶっかけたのは本当だ」

「どうしてもぐるは死ななかったんだ?」

「イカサマの下準備のおかげさ。もぐるは試合の前にフナムシを半分食って、ゲロを吐いておく必要があった。といっても観客が見てるわけじゃねえから、生きたのをそのまま食

う必要はない。もぐるは食いやすいようにフナムシを調理したんだ。あほちんこは加熱に
よって毒性がなくなる。だから中毒を起こさずに済んだんだ」

「そうなのか？」

もぐらが水を向けると、

「おいら、煮た」

もぐらがぺこりと頷いた。

「試合中に生で食ったフナムシは、もともとバケツの底にいたやつらだ。あほちんこも大
してかかってなかったんだろう。それより妙なのは、なんでこの女がわざわざ試合中のフ
アイターを殺そうとしたのかってことだ」

「そりゃちびまんを恨んでたからだろ」

「違うね。大食いの試合なんて何が起きるか分かったもんじゃない。もぐるが序盤でうっ
かりゲロを吐いたら、その時点で試合は終わっちまうんだ。この女が本当にちびまんを恨
んでたんなら、もっと確実に腹にぶち殺す手段を選んだはずだ」

「本当の標的はもぐるだったのか？」

「可能性はある。頭をバットでぶん殴れば死にそうなちびまんと違って、こいつを殺すの
は至難の業だ。なんたってナイフで腹を刺されても顔色一つ変えねえ怪物だからな。いろ
んな方法を検討した結果、毒を盛る以外にないという結論に至ったのかもしれない。だが

この女の腹を蹴ったとき、妙なことがおきた」

「今度は何だよ」

「スタンガンとナイフが落ちたんだ。こいつは今朝、事務所でもぐると顔を合わせてる。いくら贅肉のバケモノでも、電流を食らって、ナイフで急所を刺されたら助からない。標的がもぐるだったのなら、こんな機会を逃す手はなかったはずだ。でもこいつはもぐるを殺さなかった。この女はちびまんにももぐるにも殺意を抱いていなかったんだ」

「じゃあ何のために毒を入れたんだ」

「それが分かったのは、電話でお前を呼んだあと、フロアでこれを見たときだった」

おれはポスターの前のゲロを見下ろした。フードファイターのゲロを見慣れていると、一般人のゲロが随分かわいく見える。

「控室にもゲロがあったが、なんで吐いたんだ？」

「さっきも言った通り、おれがこいつの腹を蹴ったんだ。真野は控室でゲロを吐いたあと、気分を悪くしたままこっちへやってきて、お代わりにもう一発吐いた」

「床にか。　大胆だな」

「だろ？　まともな教育を受けた大人は、吐きたくなったら便所へ行くもんだ。こいつは

そんな余裕もなかったんだろうか」

「いや、ここの便所は使えないはずだろ」

もぐらはジャンボSPの等身大ポスターを振り返って、はっと息を呑んだ。ポスターが傾いていることに気づいたのだろう。

「あんたの言う通り、そこの便所は使えない。一週間前、ヘルス嬢がゲロを詰まらせたからだ。観客が間違ってクソをしないよう、ドアごとポスターで隠してある。でもどういうわけか、そのポスターがズレてたんだ」

「この女がポスターを剥がそうとしたんだな」

「そういうことになる。でも結局、剥がし切る前に吐き気が堪えられなくなって、ポスターの前でゲロを吐いたんだ。その一方でこいつは、もぐもぐランドへ来たのは一昨日のフナムシ食い王決定戦が初めてだと口にしていた。その日はもう、便所のドアはポスターで覆い隠してあったはずだ。なんでこいつは、ポスターの裏に便所があることを知っていたのか?」

「うちのイベントのファンだったのか」

もぐらが皮肉めいた笑みを浮かべる。

「Gルールも知らねえやつがファンだったとは思えねえが、ヘルス嬢バトルロイヤル以前にここへ来てたのは間違いない。週刊誌の記者で、記事を書くためにフナムシ食い王決定戦を見にきたったのも出まかせだろう」

「不思議だね。何しに来たんだろ」

「もう一つ分からねえことがある。この女が今日、おれに会いにきた理由だ。ウソの推理を披露してまで、おれに何をさせようとしていたのか。この女ともぐもぐランドにどんな接点があったのか。謎を解く手掛かりになったのは、あぐりマンだった」

「懐かしい名前だな」

もぐらが遠い目をしてつぶやく。かつての試合を思い出したのか、もぐるは誇らしげに腹の肉を撫でた。

「この女は引退したファイターに取材する中であぐりマンに会ったと言っていた。こいつが記者ってのが出まかせなら、そんな取材もなかったことになる。この女はもともとあぐりマンと知り合いだったんだろう」

「あんなオタクに若い女のダチがいるとは思えないが」

「やつは十年来の引きこもりで、高級ヘルスにどはまりして実家を潰したらしい。この真野って女がヘルス嬢だったとすれば、すべて説明がつく」

おれはスニーカーで真野の股間を突いた。

「この女がもぐもぐランドへやって来たのは、競技に参加する同僚を応援するためだった。こいつが見にきたのは、先週の大食いヘルス嬢バトルロイヤルだったんだ。だがその同僚はパエリアを喉に詰まらせてトイレへ駆け込み、控室に運ばれたきり戻って来なかった」

「エクレアだな」

おれは頷いた。

「待てど暮らせど同僚は帰ってこない。こいつの頭は不安でパンパンになった。エクレアは死んだのか？　それなら死体はどこへ消えたのか？　やがてこいつは悍ましい想像にたどりついた。『虫けらから人間まで、食えるものは何でも食う』という煽り文句の通り、ジャンボSPがエクレアを食ったんじゃねえか、とね」

「大正解だ」

「若い女は美味いからな」

もぐらともぐるが顔を見合わせる。

「交番に駆け込んだところで相手にされるとは思えない。かといってジャンボがエクレアを消化し終えちまったら、真実は永久に藪の中だ。こいつは悩んだ挙句、ジャンボを毒殺することにした」

「なんでだよ」もぐるが眉を寄せる。「もぐるが死んだら事件の解明はますます難しくなるぞ」

「ところがそうでもない。おれの友人に便利屋の男がいるんだが、こいつがガキの頃からの切れ者でね。ばあちゃんが落とした耳かきを見つけるために、校長のハンコを池に投げ込んで、教師どもが池をさらうように仕向けたんだ。この女の動機もよく似てる。こいつははもぐるの胃袋からエクレアの残骸を発見させるために、もぐるに毒を食わせ、警察がも

ぐるを解剖するよう仕向けたんだ」

「お、おいらの解剖？」

もぐるは三歳児みたいな声を上げた。

「たとえわずかな欠片でも、人間の一部が見つかれば警察は動かざるをえない。エクレアの死の真相を知るには、ジャンボに毒を盛り、胃袋を調べさせるしかない――この女はそう考えたんだ」

「計画が杜撰すぎないか？　ステージでもぐるが死んだら、お前は普段通り死体を舞台袖に隠すはずだ。ヘルス嬢バトルロイヤルを見てたならそれくらい予想できるだろ」

「だからオタクが大量に押し寄せる一昨日の試合に狙いを絞ったんだ。もぐもぐランドの試合を見慣れてねえやつが多いほど、事件を隠し通すのも難しくなる。事実、観客の口から情報が洩れて、マスコミに食いつかれちまったわけだしな」

「なるほど」もぐらは憎らしげに真野を見下ろした。「こいつの思惑通りにことが運んだわけか」

「とはいえその先に落とし穴があった。フナムシを煮込んだおかげで、もぐるが中毒を免れちまったんだ。ちびまんだけが死んだせいで、事件の様相は随分と違うものになった。だからこいつは作戦を変えて、ジャンボをちびまん殺しの犯人に仕立て上げることにしたんだ。今ならまだ食いかけのエクレアの死体がどこかにあるはずと踏んだんだろう。記者

のふりをしておれに近づいていたのは見事だったが、こじつけのためにデタラメなトリックを

披露したのは失敗だったな」

おれは真野の頭を蹴り飛ばした。ヒルの死骸みたいな舌が飛び出す。

「おれの弟に毒を盛るとはふざけたやつだ」

「おいらもそう思う。とてもひどい女だ」

もぐるが首を絞めようとするのを、「待て」ともぐらが制した。

「おいもぐり、ようやくお前の出番だ」

もぐりは唇を舐めてニヤリと笑った。

　　　5

インターホンを鳴らしてしばらく待つと、ドアが開き、ふくれっ面の女が顔を出した。

「どうも、宅配便です」

おれの顔を見るなり、女は蜂にケツを刺されたみたいに跳び上がった。

「悪いな」

ドアの隙間に足を押し込み、女の顔めがけて鉄パイプを振り下ろした。ボコッと風呂の

水を抜いたみたいな音が鳴って、女は仰向けに引っくり返った。

おそるおそる部屋を覗き込む。田舎（いなか）のラブホテルみたいなワンルームから安い芳香剤の臭いがした。テレビの中の女子アナがしたり顔で原稿を読んでいる。人の姿はない。

おれは一つ息を吐いて、ジャケットからシガレットケースを取り出した。フタを開け、フナムシの死骸をつまみ出す。テカテカした背中に触れるだけで胃が締まった。

「屁えこくなよ」

女のスカートを捲り、ショーツを引き下ろす。ケツ毛を掻き分け、フナムシの頭を尻に突っ込んだ。肛門からうんこが半分出ているみたいでおかしかった。

「便利屋によろしくな」

ドアノブとインターホンの指紋をハンカチで拭き取って、廊下へ出た。

女子アナの澄まし声が部屋から洩れていた。

『二十五日の深夜に松鳥湾（まつとり）で見つかった遺体は、山台市（やまだい）在住、風俗店勤務の真野マリコさんであることが分かりました。警察は真野さんが何らかのトラブルに巻き込まれたものとみて、引き続き捜査を進めています。マリコさんの胃腸から人間のものとみられる肉片が見つかったとの報道もあり、近隣住民には不安が広がっています。──』

ディティクティブ・オーバードーズ

I　マーダーケース

1

　ごおおっと地鳴りのような音がして、座席が左右に揺れた。枝葉がざわめき、椋鳥がバタバタと飛び立つ。左手の急斜面から石や土塊がごろごろ落ちてくる。

　篤美厚は急ブレーキを踏んで、ハッチバックを山道の右側に寄せた。時刻は午後四時三十分。長く伸びた木々の影が激しく揺れている。

　篤美は驚いていた。突然の地震にではない。揺れに戸惑い、慌ててブレーキを踏んだ自分にだ。地震。危ない。地震。怖い。自分の脳にはこんなにまともな感情が残っていたとは。思い切って遠出して正解だった。

　揺れは三分ほど続いた。カーラジオによると、震源は久山南西部。最大震度は5弱。久山周辺では先月からマグニチュード5・0を超える地震が頻発しており、気象庁は火山活動への警戒を呼びかけているという。

　随分と危険な場所に呼び出されたらしい。篤美のリハビリにはうってつけだが、泉田真

理あたりはぶつくさ文句を言いそうだ。篤美はかつての仲間たちの顔を思い浮かべながら、アクセルを踏み、白龍館への道を急いだ。

篤美厚は死体に飽きていた。

歌舞伎町二丁目のテナントビルに探偵事務所を開いたのが九年前のこと。せいぜい一年も持てば良い方だと気楽に構えていたのだが、あにはからんや。開業三日目にやくざの幹部が轢き殺された事件を解決し、複数の組織を巻き込んだ抗争を防いだのをきっかけに、やくざに風俗店員、ポン引き、薬物の売人、闇金経営者、裏カジノオーナー、家出少女、不法滞在者、ホームレス、その他何だかよく分からない半端者たちから休みなく相談が持ち込まれるようになった。

篤美の仕事は、謎を解くとか犯人を突き止めるとか、そんな高尚なものではない。そもそも裏社会というのは見栄とハッタリの世界である。顔に泥を塗られたまま一度でも芋を引けば、足元を見られ、仕事が回らなくなる。かといって報復に踏み込むと、暴力が暴力を呼び、引き際を見失って大きな損害を被ることになる。やくざに仲裁を頼むのは代償が大きい。そんなとき、篤美が間に入って、互いに顔の立つような妥協点を提案してやるのである。

仕事の大半は死体絡みだった。篤美の肌感覚では、歌舞伎町では毎日、三十人くらい人

が死んでいる。半分は殺しだ。手足を切断されたちんぴらの死体。心臓を取り出された子どもの死体。自慢の顔をめちゃくちゃにされたホストの死体。クスリ漬けにされた女の死体。死体。死体。死体。飯の種とはいえ、そんなものばかり見ていると脳の働きが鈍くなってくる。

生きた人間の喜怒哀楽がどうでもよくなってしまうのだ。

こちらの都合などお構いなしに、相談は毎夜舞い込んでくる。篤美は空元気で仕事を続けたが、今年に入ったあたりから脳がさらなるエラーを起こし始めた。その日に出会った死体が夢で律儀に挨拶しにくるようになったのだ。必然的に、篤美が見る夢はすべて悪夢になった。

このままでは早晩気が変になってしまう。休肝日ではないが、死体と会わずに脳味噌を休ませてやる日が必要だ。

そんなことを考えていたとき、昔の同僚から手紙が届いた。

篤美はかつて、探偵の白川龍馬から技術と心得を学んだ。白川は警察と協力し多くの難事件を解決に導いた、犯罪捜査のプロフェッショナルだ。二十年のキャリアで百十九人の犯罪者を刑務所にぶち込み、二十二件の未解決事件の真相を暴いた。浮気の写真を撮って銭を稼ぐハイエナ稼業、あるいは出世にあぶれた警察官の転職先と思われていた探偵という職業に、一人の天才が革命を起こしたのである。

もっとも白川は清廉潔白な男ではなかった。特に事務所を開いてからの二年間は、脅迫、住居侵入、文書偽造、はては暴行、傷害まで、犯罪まがいの捜査を平然と行っていた。三年目に警察と連携協定を結んでからは幾分大人しくなったが、この二年で買った恨みは白川を脅かし続けた。身を守るためにやくざとも交際を続け、晩年は薬物にも溺れた。脛は傷だらけ、叩けば埃まみれの男だったが、そんなことは些末に思えるほどにずば抜けた才能を持っていた。

「あの世じゃニコチンも吸えない。何でもやれるうちにやっとかないとな」

親指くらいの太さの手巻き煙草をふかしながら、よくそんなことを嘯いていた。

天才の命は短い。十年前の秋、白川は男に顔をメッタ刺しにされ、四十歳でこの世を去った。

天才を殺したのは丸山周という男。動機は逆恨みだった。白川を殺す二年前、丸山は高層ビルの壁をよじ登っていたところを白川に通報され、警察に逮捕された。薬物検査で覚醒剤の使用が発覚し、懲役一年の判決を受ける。丸山は取り調べで「シャバに戻ったら通報した色男の顔をめちゃくちゃにする」と宣言し、釈放から一年後、それを実行に移したのだった。

親分肌の白川には多くの弟子がいた。手紙を寄越した滝野秋央もその一人だ。白川の死から十年になるのを機に、久しぶりに集まってみないか——滝野はそう記していた。

篤美は気乗りしなかった。兄弟弟子はみな独り立ちして、探偵としても名を上げている。かつての仲間には合わせる顔がない。

篤美も事務所は繁盛しているが、実態は喧嘩の仲裁屋だ。まさかそんな場所で人を殺す馬鹿はいないだろうから。

それでも参加を決めたのは、昔の仲間と会えば少しは頭の働きが戻ってくるような気がしたからだった。田舎へ帰るとガキの頃が懐かしくなり、昔の女を見かけるとあれが硬くなるのと同じ理屈である。この街にいる限り死体は湧いてくるし、そうなると悪夢からも逃れられない。その点、探偵ばかりの休暇なら安心だ。

そんなわけで、十月十日の昼過ぎ、篤美は事務所のドアに「臨時休業」と書いた紙を貼り、歌舞伎町を後にしたのだった。

白龍館こと白川龍馬記念館は、久山山中の別荘地、倉戸から南西へ二十キロ進んだところにある。そこで二泊三日、雑事を忘れて過ごそうというのが滝野の誘いだった。

倉戸は久山に点在する別荘地の一つで、夏は起業家やら芸能人やらスポーツ選手やら鼻持ちならない連中で賑わう。豊かな山林に加え、久山の火口や鍾乳洞など観光スポットが多いのも人気の理由だそうだ。

白川の死後、母親の結が息子の別荘を改装し、記念館を開いた。七月から九月の避暑

シーズンに開館し、白川の活動に関する資料を展示している。といっても一階のロビーが展示室になっただけで、大部分は別荘だった頃のまま。今日は十月十日だから、先々週に今年の展示が終わったところだった。

白龍館への道のりは長かった。久山ICで東名高速道路（とうめいこうそくどうろ）を下り、山裾（やますそ）へたどりつくまで一時間半。後は一本道かと思いきやそんなことはなく、そこから迷路のように複雑な山道が待ち受けている。久山には別荘地が点在しているため、道も細かく枝分かれしているのだ。目印の少ない山の中で正しい順路を選び続けるのは至難の業だった。

午後四時五十分。地震の揺れが収まってから二十分ほど山道を進むと、ふいに樹林が開けた。四方を崖に囲まれた窪地に、二階建ての洋館が佇んでいる。「白川龍馬記念館」と彫り込んだ真鍮（しんちゅう）のプレートが門柱に埋め込まれていた。

洋館の右手の空き地には赤のクーペが停まっていた。集合時刻は午後五時三十分。一番乗りかと思いきや先客がいたようだ。篤美もハッチバックを停めると、運転席を降り、館（やかた）の正面へ向かった。

玄関前のポーチをくぐり、門柱の呼び鈴を鳴らす。返事がない。クーペに乗ってきた者がいるはずだが、なぜ出てこないのだろう。

篤美が立ち尽くしていると、山道から黒のセダンが上ってきて、空き地に停まった。運転席のドアが開き、滝野秋央が降りてくる。

「やあ、篤美。久しぶりだな」

滝野は声も図体も態度もでかかっただろう。肩は牛のように広く、首は豚のように太い。口角をぐいっと持ち上げた微笑みはプロテインのチラシみたいだ。つまるところ、この男の風貌は十年前とまるで変わっていなかった。

滝野は自他ともに認める白川の一番弟子だ。徹底的に人を観察し、嘘やごまかしを見逃さない。些末な矛盾に食らい付いて、ときに犯罪まがいの手を使ってでも犯人の尻尾を引き摺り出す。白川の捜査手法を誰よりも忠実に受け継いでいるのがこの男だった。もっとも白川を崇拝するあまり、仕草や習慣まで真似しているのは気味が悪かったが。

篤美が嫌味の一つでも言おうとすると、山道から紺のワゴンが上がってきて、同じ空き地に停まった。

「二人とも早いね」

泉田真理が運転席のドアを開け、挨拶抜きに言う。こちらは年相応に皺が深くなり、髪のツヤが消え、腹と尻がふっくらしていた。といっても老けたというより、迫力が増したという表現がふさわしい。眼光は鋭く、言葉も潑剌としている。

滝野が一番弟子なら、泉田は彼に次ぐ二番弟子だった。東京大学大学院医学系研究科の博士課程を出たインテリで、物理、化学、生物学などの自然科学から、哲学、言語、歴

史、心理、芸術などの人文学、その他何だかよく分からない分野に至るまで多彩な知識を持っている。主に知能指数の高い犯罪者を相手に、思考をトレースし、犯人像を絞り込んでいくのが泉田の捜査手法だ。その活躍は犯罪捜査に留まらず、さまざまな学術分野に及ぶ。最近は国立天文台と協力して、宇宙から届く電波の観測に取り組んでいるという。賢すぎる人間の考えることはよく分からない。

度を越した完璧主義者という印象が強いが、実は意外な弱点もある。血が苦手なのだ。学生時代は病理学の研究者を志していたのに、どうしても血が見られずその道を諦めたという。血に出くわす頻度では探偵も大差ない気がするが、そこは助手と協力してうまくやっているようだ。

「おれたちも来たところだよ」

滝野が短く答え、人差し指に引っかけた自動車の鍵をくるりと回す。

「先客がいると思ったんだが、館内には誰もいないみたいだ」

篤美は顎で赤のクーペを指して、肩を竦めてみせた。

「後は岡下くんか釧さんよね。散歩にでも行ったのかしら」

「中にいるみたいだよ。ラウンジの灯りが点いてる」

フランス窓に額を付けると、カーテンの向こうに橙色の灯りが見えた。

「おかしいな。鍵はおれしか持ってないはずなんだけど」

滝野はポーチをくぐると、結から借りたという鍵をポケットから取り出した。鍵穴に差し、がちゃがちゃとノブを回す。

「開かない」

篤美も鍵を回したりノブを捻ったりしてみたが、結果は同じだった。錠が外れた感触はあるのにドアが動かない。

「蝶番が外にないってことは、このドア、内開きよね。さっきの地震でシューズラックが倒れて、玄関が塞がったんじゃないかしら」

「中に誰かいるなら、なんで直さないんだ」

「怪我して動けないのかも」

最悪の可能性が頭をよぎる。首を振ってそれを打ち消した。ここは歌舞伎町じゃない。そんなことはありえない。

三人で手分けして窓やドアを調べてみたが、すべて錠が掛かっていた。

「仕方ない。窓を破ろう。早とちりだったら弁償すればいい」

滝野はセダンのトランクを開け、工具箱からトルクレンチを取り出した。

玄関の左、カーテンの引かれたフランス窓に向けてレンチを振りかぶる。窓の向こうはラウンジだ。滝野は篤美と泉田の顔を見てから、真っすぐにレンチを振り下ろした。ガツン。砂粒ほどの破片が舞い、ガラスに放射状の鱗が入る。二度、三度とレンチを叩き付け

ると、パリンと気持ちの良い音が鳴ってガラスが砕けた。割れ目に手を入れて掛け金を外す。窓を左右に開け、カーテンを捲る。

ラウンジは十五畳ほどの広さで、中央にローテーブルとそれを挟む二つのソファ、キャスター付きのキャビネットがあった。手前のソファにタブレットが置かれている。部屋の奥にはオーディオスピーカーと、女性の横顔をカラフルに描いた巨大なポスター。右手の壁の前には大型テレビが置かれ、右下にお掃除ロボットのキャンディが佇んでいた。キャビネットが斜めを向いていたり、瓶や小物が床に散らばっていたりするのは地震のせいだろうか。

滝野に続いて、篤美と泉田もラウンジに上がった。お香のような甘い臭いが鼻をつく。

少し前まで人がいたようだ。

「あそこだ」

滝野が叫ぶ。向かって左手、ラウンジとキッチンをつなぐ通路に人が倒れているのが見えた。

「いやっ」

泉田が顔を逸らす。血だ。

「嘘だろ」

滝野がうつ伏せに倒れた男に駆け寄る。篤美も背後からそれを覗く。

男の横顔を見てぎょっとした。白川龍馬とよく似ているが、もちろん本人ではない。白川は十年前に火葬されている。白川の甥、百谷朝人だった。

「こいつも呼んだのか？」

「まさか。呼ぶわけないだろ」

滝野が声を荒らげた。泉田はと見ると、なぜか難しい顔でソファのタブレットを触っている。

百谷の手首に触れ、瞳孔を覗き込み、滝野は小さく首を振った。

「死んでる」

死体。死体。死体。わざわざ東京から三時間も運転してきたのに、今夜も悪夢を見なければならないのか。おまけに――。

「殺されてる」

百谷の背中には洋包丁が突き立っていた。

2

初めて会ったとき、その男は小説家を自称していた。

「空前絶後のトリックを駆使した、ミステリーの歴史に名を刻む傑作です。一冊どうです

か?」

　その日は白川探偵事務所の忘年会だった。酔いを覚まそうと居酒屋の軒先で風に当たっ

ていると、白川とよく似た若僧に馴れ馴れしく声を掛けられた。

　その男——百谷朝人は聞いてもいないのに自作の小説の解説を始めた。タイトルは『デ

ィティクティブ・オーバードリンク』。ペンネームは百谷暗吾というらしい。差し出した

本の背表紙には聞いたことのない出版社の名が書いてあった。最後の数ページがポルノ雑

誌みたいな袋とじになっていて、そこに事件の真相が記されているという。篤美はまるで

興味が湧かなかったが、「袋とじを開けずに犯人を当てられたら百谷が一冊あたり十万円

払う」という口約束で二冊買った。

　数日後、気合いを入れて読んでみると、はたして『ディティクティブ・オーバードリン

ク』は実にくだらない代物だった。

　酒を飲むことで天才的な推理力を発揮する名探偵の新十郎が、ある難事件の解決祝い

に、べろべろに酒を飲んで帰宅する。翌日の昼過ぎ、新十郎が目を覚ますと、ベッドの下

に恋人の梨江の死体が転がっていた。犯人は名探偵の自宅でぬけぬけと殺人をやってのけ

たのだ。いったいどんなトリックを使ったのか——。

　はたして犯人は主人公の新十郎だった。彼は自ら恋人を

殺しておきながら、飲み過ぎて記憶を失くしていたのである。

匙を投げて袋とじを開けると、

「何だこのインチキ本は。地の文に新十郎は犯人じゃないって書いてあるじゃねえかよ」

腹を立てた篤美は、電話で百谷にクレームを入れた。

「こういうのを信頼できない語り手というんです」

百谷が得意げに言う。

「だったら何でもありじゃねえか。オホーツク海に飛び込むラストも夢かもしれねえぞ」

「そこは本当です。作者が言うんだから間違いありません」

そう言われても、読者には何が正しいのか判断できない。篤美は二冊とも燃えるゴミに捨てた。これでは推理など不可能だ。

古書店へ売る気にもなれず、篤美は二冊とも燃えるゴミに捨てた。これでは推理など不可能だ。

次に百谷と会ったのは四年後の夏、白川が殺される一月前のことだった。百谷はアポもなく事務所にやってきて、伯父の白川に金の無心をしたのである。

このとき百谷は二十八歳。顔立ちはますます白川に似ていたが、あいかわらず脳の皺は足りていなかった。百谷はミャンマーの芥子畑の投資詐欺に引っかかって友人や消費者金融から金を借りまくった挙句、懐がすっからかんになり、借金取りから逃げ回っていた。それまでも何度か白川と連絡を取ろうとしたようだが、白川が相手にしなかったため、身一つで事務所に乗り込んできたのである。

にべもなく蹴り返すのかと思いきや、白川は百谷を事務所に匿った。百谷の振る舞いが

過去の自分と重なって、他人事（ひとごと）とは思えなかったのだろう。

二日後、百谷は事務所の口座から金を引き出そうとして、あっけなく事務所を追い出された。百谷は連日のように事務所を訪ね「洗脳されていた」「別の人格がやった」「悪意はなかった」と言い訳を繰り返したが、白川は聞く耳を持たなかった。本当は胸を痛めていたのかもしれないが、少なくとも篤美たちの前では厳しい態度を崩さなかった。

それから一月後、秋の日の夜。百谷が数日ぶりに事務所を訪ねてきた。職員や警備員はすでに退勤していて、残っていたのは白川だけだった。

事務所のセキュリティは堅牢（けんろう）で、内側からロックを解除しないとロビーにも入れない。百谷はインターホン越しに「謝りたい」と訴え、白川は押し切られるようにロックを外した。

百谷がエントランスのドアを開けた直後、不審者が百谷に駆け寄り、彼を突き飛ばした。不審者の正体は、「顔をめちゃくちゃにする」と予告していたちんぴらの丸山周だった。

丸山が釈放されたと知ってから、事務所のセキュリティを強化し、護身用にジャックナイフを持ち歩いていた。もし丸山の侵入に気づいていれば、白川はこのナイフで応戦しただろう。目の前に丸山が現れる瞬間まで、白川は相手を

二時間後、百谷が意識を取り戻したときには、不審者は泥酔して倒れ、白川は顔をメッタ刺しにされて失血死していた。

白川も丸腰だったわけではない。

甥っ子と思い込んでいたのだ。

百谷が篤美たちの前に現れたのは、白川の葬儀以来、十年ぶりだった。

「警察を呼びましょう」

泉田がスマホを取り出し、「げ」と画面を覗き込む。滝野と篤美もスマホを確認したが、三人とも圏外でつながらなかった。

「参ったな。館のすぐ近くまでは電波が届いてたのに」

滝野が親指と中指で顎髭を撫（な）じる。この仕草は白川の猿真似だ。

「固定電話は？」

「ない。電波が届くところまで行くしかないな」

「まず館内を調べましょ。犯人が隠れてるかもしれないし」

泉田の提案に二人が賛同し、館内を一通り見て回ることになった。

館は二階建て。一階は展示室とラウンジの他にキッチン、遊戯室、浴室、倉庫部屋が、階段を上った二階は六つの客室が並んでいる。

地震の揺れのせいか、館内はどこも物が散乱していた。玄関は特にひどい状態で、シューズラックや円柱形の傘立て、消火器などが重なり合っていた。泉田の推測通り、扉を塞いでいたのはシューズラックだった。

「大麻ね」

　黒い筒、それに付箋のような紙束が落ちていた。篤美も甘い臭いに気づいていた。ラウンジを見回すと、ローテーブルの横に茶色の瓶と

「それより、この部屋、臭わないか?」

　滝野が顔を上げ、犬みたいに鼻を動かした。

「それより、この部屋、臭わないか?」

　滝野が冷静に応じる。今日は十月十日。開館期間が終わってもう十日目だ。

「記念館が開く七月から九月の間、百谷はスタッフとして働いていたらしい。なんでまだここにいるのかは分からないけど」

　背中の包丁は、白川が生前に愛用していたブランド品だった。フランスかどこかの舶来品で、柄にシリアルナンバーが刻印されている。犯人はキッチンの包丁で百谷を襲い、逃げようとした彼の背中を刺したのだろう。

「ところで、なんでこいつがいるの?」

　泉田が遠目に死体を見てぼやく。驚きよりも憤りが勝っているようだ。

　百谷はラウンジとキッチンをつなぐ通路に、頭をラウンジに向けて倒れていた。背中には洋包丁が突き立っている。左右のスリッパが脱げ、ズボンのポケットからは長財布が飛び出ていた。

　どこにも人がいないのを確認すると、三人はふたたびラウンジへ戻った。

泉田が瓶を手に取る。　蓋はない。　口から中を覗くと、スポンジを砕いたような緑色の粉末が底に溜まっていた。

隣のキャスター付きキャビネットの天板にも同じ色の粉末が付いている。　ここに大麻の吸引具が揃えてあったのが、地震で床に落ちたのだろう。

「この子に違法薬物を買う度胸があったとは思えない。　白川さんの遺品かしら」

泉田は続けて黒い筒を手に取る。　蓋を開けると、底に棘のような突起が並んでいた。　大麻を砕くグラインダーだ。

「白川さんが愛用してたのはコカインと幻覚剤だ。　付箋のような紙束は大麻の巻き紙だろう。　手巻きの煙草はよく吸ってたけど、大麻を吸ってるのは見たことないぞ」

滝野は釈然としない様子で、死体の腕を持ち上げる。

「隠れて吸ってたんでしょ」

「大麻だけならそうかもしれないけど、ほら」

滝野はシャツの袖を捲る。　肘の内側が不自然に変色していた。　赤い点は注射痕だ。　肌の腫れ具合を見るに、最後に打ったのは一、二日前だろう。

「シャブだ。　百谷が自分で仕入れたのは間違いない」

白川は違法薬物を常用していたが、覚醒剤には絶対に手を出さなかった。　理由は単純で、アレルギーがあったのだ。　百谷が覚醒剤を使っていた以上、白川のお下がりではなく、自

2階
ポスター
オーディオスピーカー
展示室
遊戯室、浴室、倉庫部屋
冷蔵庫
キャビネット
吸引員
テレビ
キャンディ
キッチン
ラウンジ

〈白龍館 1階〉

N

「百谷は記念館の開館期間が終わってからもここに居座っていた。結さんが高齢で様子を見に来られないのをいいことに、吸ったり打ったりしながら悠々自適に過ごしていたんだ。そこへ何者かがやってきて、百谷を刺し殺した」

滝野は死体の手足を曲げたかと思えば、シャツを捲って腹の辺りを眺めた。

「死後硬直は起きていない。死斑もまだ。死後三十分から長くて二時間ってところだ。今は午後五時三十分だから、百谷は三時三十分から五時までの間に殺されたことになる」

「もっと絞り込めそうだよ」

泉田はソファのタブレットを手に取り、画面をタップした。

乳の大きな女子高生の

イラストのシールが裏に貼られている。

「死体を見つけた後、すぐに電源を入れてみたの。ボタンを押したら画面がついて、パスワードは要求されなかった」

泉田が画面を二人に向ける。コントロールパネルが開いていた。

「最後に操作してから十五分後に画面が消え、さらに十分後——つまり二十五分後にスリープ状態になるように設定されてる。画面が消えただけなら電源ボタンを押せば作業を続けられるけど、スリープ状態になるとパスワードを入力しなきゃならない。午後五時に死体を見つけたとき、タブレットはスリープ状態になっていなかった。つまりその二十五分前、四時三十五分までは百谷がタブレットを操作していたことになる」

「百谷が死んだ後、犯人が操作した可能性もあるだろ」

「何のために?」

「データを消したか、百谷に成りすましてメールを打ったとか」

泉田は返事をせず、画面を何度かタップした。ふいに後ろのオーディオスピーカーから女の喘ぎ声が流れる。

「何だ?」

「エロ動画だよ」

泉田が画面を二人に向ける。貧相なおっさんが女の尻の穴を舐めていた。ファイル名は

だ。

kurumi_anal.mp4。Bluetooth 接続でオーディオスピーカーから音声を流していたよう

「ストレージの中身はすべてアダルト動画だった。Wi-Fi もつながってない。このタブレットは百谷が自慰のために持ち込んだもの。犯人が操作する理由があるとは思えない」

人を殺した後にアダルト動画を観る変態も探せば見つかるだろうが、今回の現場にその手の異常性は感じられなかった。泉田の言う通り、最後に操作したのは百谷と見て間違いないだろう。

「それじゃ死亡推定時刻は、午後四時三十五分から五時までの二十五分間に絞られるってことか」

ふと疑問が浮かんだ。

「地震が起きたのは四時三十分だよな。こんときの揺れでシューズラックが倒れて、玄関の扉が塞がっちまったんだろ。百谷が殺されたのが四時三十五分以降なら、白龍館は密室だったことになる。犯人はどうやってこの館から出て行ったんだ?」

正確に言えば、犯人が何らかの狙いで、自らシューズラックを倒した可能性もある。とはいえその場合も、犯人が白龍館から出られないことに変わりはない。篤美たちが中に入れなかったのと同様、扉が開かなければ犯人も外に出られなかったはずだ。

「篤美くんの言う通りね。わたしたちの推理はどこかが間違ってる。犯人はわたしたちを

騙そうとしてるみたい」

泉田が即答する。篤美が思い付くようなことは承知の上らしい。

「犯人はおれたちがここへ来るのを知らなかったはずだろ」

「そうとは限らない」

「なんでだよ。この集まりのことはおれたち五人しか知らないんだから」

そこまで口にして、ようやく泉田の考えが分かった。

「篤美くんは空き巣か何かの犯行だと思ってるみたいだけど、それは違うよ。第一に、百谷は金銭を盗られていない。ポケットには財布が入ったまま。第二に、百谷は館の中で殺された。窓もすべて閉まってたから、犯人は結さんに借りた鍵を持っていたか、百谷が扉の錠を開けて犯人を招き入れたことになる。犯人は結さんと百谷のどちらか、あるいはその両方と知り合いだったってこと。第三に、百谷はキッチンの包丁で刺されていた。犯人は百谷を殺すために白龍館へ来たんじゃない。別の理由でここへやってきて、百谷に殺意を抱き、キッチンにあったナイフで刺し殺したの。勝手に居座ってバカンスを満喫していた百谷を見て、怒りが一気に膨れ上がったんでしょうね。つまり犯人は百谷を憎んでいて、かつ今日、この場所に来る理由のあった人物ってこと」

篤美は唾を呑んだ。

　腕利きの探偵が集まっているところで、人を殺すような馬鹿がいるはずがない。ついさっきまでそう信じていたのに。

「おれたちの中に犯人がいるってことか」

　よりによって、その探偵の一人が人を殺したのだ。

「犯人は一番乗りで白龍館へやってきて、百谷と会い、彼を殺した。それから急いで館を出ると、いったん山道を引き返して、後から来たようなふりをした。容疑者はおれたち三人に、釧ちゃんと岡下を加えた五人だな」

　滝野が説明を継ぐ。白龍館へ至る山道は複雑に枝分かれしているから、順路と違う道に入れば、後から来た車をやり過ごすのも容易だ。

「もう集合時刻を過ぎてる。残りの二人はどこにいるのかしら」

　壁の時計は五時四十分を指している。

「岡下からは連絡があった。ここへ着く少し前、四時四十五分くらいかな。姪（めい）っ子がノロでお腹を下してるらしい。症状が治まったら来るそうだ」

　もっともらしい理由だが、本当かは分からない。百谷を殺してから嘘の電話をかけた可能性もある。

　そのとき、窓の外から自動車のエンジン音が聞こえた。山道らしからぬ猛烈（もうれつ）な速度でニバンが飛び出し、館へ突っ込んでくる。タイヤが唸って、窓から数メートルのところに

車体が停まった。運転席のドアが開いて、釧邦子（くにこ）が転げ落ちる。

「苦しいっ。苦しいっ」

声を出すのと、咳き込むのと、ゲボを吐くのが同時だった。三人で外に飛び出し、釧に駆け寄る。

すぐに異臭に気づいた。卵が腐ったような臭いが窪地に充満している。

「硫化水素だ。みんな、息を止めて」

泉田がシャツの袖で鼻と口を覆って叫ぶ。滝野は釧を抱きかかえてラウンジに駆け込んだ。泉田がカーテンを閉め、壁との隙間ができないようにソファを押し付ける。

釧は激しく咳き込んでいたが、蹲ったまま深呼吸を繰り返し、五分ほどで落ち着きを取り戻した。

「びっくりした。死ぬかと思った」

充血した目を擦り、死体に気づいて「ひゃあ」と悲鳴を上げる。ふたたび呼吸困難になる前に、滝野がことの経緯を説明した。

釧は弟子の中では最年少で、いつもびっくりした子どもみたいな顔をしていた。やんちゃでそそっかしく、人の言葉をすぐ鵜呑みにしてしまうので、どう考えても探偵に向いていない。白川の事務所で働いていた頃から、たびたび陰謀論や都市伝説の類（たぐい）に飛び付いては周囲を呆れさせていた。とはいえ柔らか過ぎる思考が良い方に働くこともあって、ま

れにとんでもない大手柄を上げるから侮れない。

「百谷の死亡推定時刻は午後四時三十五分以降。　根拠はこれだ」

滝野がご丁寧にアダルト動画を再生し、スピーカーから喘ぎ声を流した。　釧は「うげ

え」と小学生みたいに舌を出す。

「そんなの後でいいでしょ。　釧ちゃん、　何があったの?」

泉田が話を戻した。

「でこぼこ道に酔っちゃって、車の窓を開けたんです。　そしたらひどい臭いがして。　あっ

という間に頭が痛くなって、息もできなくなってました」

一同は泉田に顔を向けた。　訳の分からない自然現象は泉田に聞くのが一番だ。

「誰も分かんないの?　さっきの地震で火山ガスが噴き出たんだよ。　腐卵臭の正体は硫化

水素。身体に入るとミトコンドリアの中の酵素に作用して、細胞呼吸を阻害し、呼吸麻痺(ひ)

を引き起こす。　高濃度の場合はノックダウンと言って、一呼吸で即死することもある」

釧が肩を震わせる。「ひえっ」

「やばいな。　早いところ山を下りよう」

「駄目。　硫化水素は空気より重いから、今、外に出るのはまずい」

思わず窓の外を見た。　白龍館は四方を崖に囲まれている。　毒汁の入った碗の底といった

ところか。

「携帯も圏外。外にも出られない。おれたちはこの館に閉じ込められたんだ」

滝野が分かり切ったことを言う。

悪夢から逃れるために山奥へ逃げてきたはずなのに。気づけば現実が悪夢に呑み込まれようとしていた。

3

探偵たちは冷静だった。これが庶民なら「おれは帰る」などと言い張る馬鹿が現れ、身を以て火山ガスの恐ろしさを証明してみせるところだが、さすがは優秀な探偵たちである。

滝野が指揮を執り、四人で分担して、手際よく籠城の手筈を整えた。

まずは火山ガスの侵入を防ぐのが最優先だ。フランス窓の割れ目をローテーブルの天板や戸棚の仕切り板で塞ぎ、館内の換気口もすべてガムテープで覆った。館の体積から空気中の酸素の量を計算したところ、明日いっぱいは酸素が欠乏する恐れはない、というのが泉田の見立てだった。

地震で倒れた家具や散らばった備品もできるだけ片付けた。遊戯室に転がったビリヤードボールを拾い集め、倉庫部屋の棚から落ちた日用品や清掃用具を棚に押し込む。玄関の扉を塞いでいたシューズラックを起こし、傘立てや消火器ももとの位置に戻して、出入り

ができるようにしておいた。

キッチンの収納棚には缶詰やレトルト食品が多く残っていた。電気や水道も問題なし。外に出られないことを除けば不便はなさそうだ。

午後六時十五分。一通り作業が終わると、四人はふたたびラウンジに集まった。

「後は明日中に救助が来るか、火山ガスが引いてくれるのを祈るしかない」

滝野が神妙な顔で窓の外を見て、顎髭をねじねじする。

「岡下が異変に気づいて、救助を呼んでくれたらいいんだけど」

「期待しない方がいいだろうな」

滝野は即座に切って捨てる。

姪っ子が腹を下さなければここにいるはずだったもう一人の探偵は、ひどくしょぼくれた男だった。知恵はある。根性もある。想像力もある。探偵の素質は揃っている。だが貧相なのである。一緒にいるとしみったれた気分になる。だんだん腹が立ってくる。頬を引っ叩いてやりたくなる。他の四人と同様、探偵事務所を開いているはずだが、一度も評判を聞いたことがない。いくら腕があっても貧相では名を上げられないのだ。

「それより考えることがあるでしょ。この中の誰が百谷を殺したのか」

泉田はそう言いながら、通路の血痕をタオルで隠した。死体はスマホのカメラで念入りに撮影した後、二階の客室へ運び、ベッドに寝かせてあった。

傍観者として見れば、この事件にはもっと魅力的な謎がある。犯人はどうやって密室状態の館から出て行ったのか——これだ。とはいえ当事者としては犯人の特定がより重要なのは言うまでもない。

念のため確認しておくと、百谷を殺した犯人は篤美ではない。今日は酒を飲んでいないから、実は記憶を失くしていた、というインチキ小説のようなこともありえない。犯人は残る四人の誰かだ。

「あの。それは本当に、今、考えなきゃいけないことなんでしょうか」

泉田が眉を寄せる。この女二人は昔から反りが合わず、母親と思春期の娘みたいに何かと角突き合わせていた。

「一番大事なのは命を守ることです。わたしたちが恐れなきゃいけないのは、仲間割れを起こしたり、パニックになったりすることだと思います。今は犯人捜しより、四人で協力して、生き延びることを考えるべきじゃないでしょうか」

泉田が言葉を継ぐ。

「もちろん、犯人がさらなる凶行に及ぶ危険があるなら話は別ですよ。でもこれは、そんな事件じゃないですよね」

「よもや異論はあるまいと思いきや、釧が手を挙げて言った。

「そりゃそうでしょ。人が死んでるんだから」

なるほど。およそ探偵らしからぬ訴えだが、釧の言うことも理に適っていた。

今回の事件の場合、犯人の正体はさておき、その動機ははっきりしている。百谷は白川龍馬が死ぬきっかけをつくった張本人でありながら、その動機ははっきりしている。百谷は白川龍馬が死ぬきっかけをつくった張本人でありながら、覚醒剤を打って、アダルト動画を楽しんでいた。それを目の当たりにした犯人は、怒りに我を忘れ、百谷の背中を刺してしまったのだろう。閉ざされた洋館というおあつらえ向きの舞台とはいえ、犯人が次の凶行に及ぶとは考えづらい。少なくとも、探偵たちが犯人を追い詰めない限りは。

「わたしは賛同できない」それでも泉田は頑（かたく）なだった。「探偵っていうのは信頼があって成り立つ商売でしょ。万一、わたしたちがこのまま死んだら、白川龍馬の弟子は四人集まっても犯人を当てられないぼんくら揃いってことになる。それじゃ天国の白川さんに合わせる顔がない」

「ちょっと待て。おれに提案がある」

引き際を見失ったやくざと同じ理屈だ。

この手の揉め事の仲裁は十八番（おはこ）だ。篤美は展示室へ向かうと、受付カウンターの戸棚から雑記ノートを四冊取って、ラウンジへ戻った。

「釧の言う通り、無事にこの館を出るまでの間、犯人を探るのはやめよう。その代わり、真相が分かったら、このノートにそれを書いておくんだ。推理を書き終えたノートは、客

室の金庫に仕舞っておく。これなら万一、ガス中毒で死んでも、おれたちが真相を見抜い

ていたという事実は残る。探偵への信頼は守られる」

　もちろん、白川龍馬の面子（メンツ）もだ。

　三人は腹を探るように顔を見合わせてから、

「なるほどね」

「悪くないな」

「そうしましょう」

　篤美の提案を受け入れた。

　午後六時三十分。探偵たちは二階へ上って部屋割りを決めた。

　二階は廊下の左右に六つの客室が並んでいた。右手前の部屋には死体が寝かせてある。

右の中央と奥の部屋を滝野と釧が、左の手前と中央の部屋を篤美と泉田が使うことになっ

た。

　篤美は部屋に入ると、ベッドに転がり、長いため息を吐いた。

　首をぐるりと回す。ベッドサイドには貴重品を入れる金庫。天井にはガムテープで塞が

れた換気口。壁には薬物中毒者が描いたような趣味の悪いイラストのポスター。窓の外に

は暗闇が広がっている。

ふと古い記憶がよみがえった。

白川に弟子入りしたばかりの頃、一度だけ別荘に招待されたことがある。あの日、泊まったのもこの客室だったはずだ。喉が爛れるほどウォッカを飲んだ篤美は、あの日も部屋に入るなりベッドに倒れ込んだ。

吐き気を堪えながら夢と現実を行ったり来たりしていると、ふいに言いようのない不快感を覚えた。ベッドの右の窓から、じりじりとした視線を感じたのだ。

おそるおそる首を捻り、窓の外を見る。そこには男の死体が浮かんでいた──。

もちろん現実ではありえない。あの頃から、自分には死体の夢を見る素質があったようだ。

篤美は窓を見た。死体こそ浮かんでいないが、ガラスの向こうには硫化水素とやらが充満しているという。椋鳥の一羽でも激突すれば、自分は死ぬ。そう考えると背筋が寒くなった。久しく忘れていた、身の竦むような恐怖が湧き上がってくる。

ベッドから身を起こすと、両目をぐりぐりと押さえ付け、無理やり不安から気を逸らした。

三人の探偵たちは、すでに犯人の目星を付けているだろう。自分のノートだけ真っ白では格好が付かない。現場の光景や探偵たちの言動を思い返し、推理を巡らせた。

午後六時五十分。篤美が頭を抱えていると、部屋の外から床板の軋む音が聞こえた。扉

の下に五センチほどの隙間があって、そこから廊下の音が聞こえてくる。誰かが階段を下りたのだろう。七時の夕食にはまだ時間があるが、便所だろうか。

その後もあれこれと知恵を絞ってみたが、犯人の目星は付かなかった。

午後七時。ラウンジに集まって夕食を摂った。ローテーブルは窓を塞ぐのに使っているので、床にテーブルクロスを広げ、グラスや食器を並べた。気分だけはピクニックだ。

「とんでもないことになったが、十年ぶりの再会を祝して」

滝野が音頭を取り、四人でグラスを合わせる。宴会になると出しゃばりだすのも白川ゆずりだ。

篤美は一息にワインを飲み干した。旨い。喉に一瞬、ざらついた感触を覚えたが、芳醇な香りがすぐにそれを掻き消した。つまみにチーズがないのが残念だ。

男二人はがぶがぶ酒を飲んだ。女二人も初めこそちびりちびりとやっていたが、思い出話が熱を帯び始めると、吹っ切れたようにぐいぐい呷り始めた。

「お前、宇宙電波の観測って何だ。探偵なら宇宙人じゃなくて犯人を追いかけろよ」

昔話が一段落したところで、滝野が泉田に食ってかかった。この男は酒に酔うと人に喧嘩を売らずにいられないのだ。これは天性の性分である。

「地球外文明の発見は人類の悲願よ。あんたみたいにけちな犯罪者を追いかけて死ぬ人間

と一緒にしないで」

　泉田が容赦のない反撃を浴びせる。宇宙電波とやらを観測しているのは本当らしい。

「泉田さんって、本当に大学院を出てるんですよね？」

　釧が尻馬に乗って毒づく。滝野の暴言は挨拶みたいなものだが、釧の悪態にはもっと黒いもの——妬みが宿っていた。

「何それ。学歴詐称って言いたいの？」

「もちろんありえないと思ってますよ。けど泉田さんの名前で検索しても、論文が一つも見つからなかったんですよね」

「そりゃ論文を書くだけが研究じゃないもの」

　泉田は鼻を鳴らし、ワインで紫になった唇の端を持ち上げる。

「その宇宙人の電波が観測されたとして、おれの人生に何かいいことがあんのか？」

　篤美は話題を戻した。皮肉ではなく素朴な質問だった。

「地球外文明の在処を探ることは、人類が地球に生まれた理由を知ることでもある。篤美くんどころか、人類そのものにシンギュラリティを突破するような飛躍をもたらす可能性が高いでしょうね」

　よく分からなかった。

　篤美はふと、十年前、泉田と一家惨殺事件の捜査協力に出かけたときのことを思いだし

た。殺されたのは函館の大地主の家族で、現場の屋敷も馬鹿が付くほどでかかった。

いつも冷静な泉田が、この日は妙に朦朧としていた。二人で分担を決め、警察に交じって証拠品を探していると、泉田が浴室へ向かうのが見えた。篤美が「そっちは血だまりだぞ」と忠告すると、泉田はなぜか仏頂面で「知ってるよ」と頷いて、そのまま浴室へ向かった。

数秒後、浴室から大きな物音が聞こえた。慌てて浴室へ向かうと、泉田が全身血まみれで尻餅をついていた。泉田はそのまま過呼吸を起こし、何の成果も上げられずに自宅へ帰った。

あの日の泉田は明らかに様子がおかしかった。もちろん単に体調が悪かっただけかもしれない。ただあの日、空に浮かんでいた赤い満月が、不思議と篤美の記憶に焼き付いていた。

「宇宙には意思がある」

泉田が唐突に声を張り上げた。釧がぎょっと目を見張る。泉田は天井の照明に両手を翳し、肩をびくびく震わせた。目の焦点が合っていない。十年前、浴室で見た表情とよく似ている。

「泉田さん、大丈夫ですか」

さっきまで妬みを吐き散らしていた釧もさすがに不安そうだ。

「シンギュラリティ？　宇宙の意思？　おい、泉田が釧ちゃんみたいなことを言い出した
ぜ」

滝野はまるで異変に気づかない様子で、楽しそうに釧の太腿を撫でた。

「懐かしいなあ。政治家のおっさんが自殺したとき、釧ちゃんがイルミナティの陰謀だっ
て言い出したのは傑作だった。十年前の釧が陰謀論にかぶれていたのは事実だ。穴が
あれば入りたい気分だろう。

「もう信じてないですよ。子どもじゃないんですから」

釧は迷惑そうに足を引っ込める。三億円事件は捏造で、聖書には暗号が隠されてんだろ？」

「そうか。釧ちゃんも大人になったか。つまんねえな」

滝野が唇に付いた涎を拭う。

「宇宙が……介入する……」

泉田は右手でグラスを傾けながら、左手をデニムパンツに突っ込んで股間をまさぐって
いた。

「泉田さん、飲み過ぎですよ」

「待ってて……宇宙……」

ショーツから出した人差し指に舌を絡ませる。納豆みたいな臭いがした。

「こりゃ駄目だ」滝野はげっぷをしてから篤美を見て、「おい。お前はどうなんだ。ちっ

とも話を聞かねえぞ。事務所は閑古鳥か」盆暮れの親戚みたいなことを言った。

「歌舞伎町は日本一人が死ぬ街だぜ。今日も死体。明日も死体。死体が多すぎて休む暇もねえよ」

「わはははは。釧ちゃん、聞いたか。死体。死体。死体。死体としたいだってよ。わはははは」

滝野が大笑いする。釧まで手を叩いてげらげら笑い始めた。

「何が楽しいんだ。おれはすっかり死体中毒だぜ。死体を拝み過ぎて、その日に見た死体が必ず夢に出てくんだ」

「じゃあ今日は百谷が夢に出てくんのか」

「災難だろ」

「最悪だな」

「そんな言い方はひどいですよ」

声のした方を見て腰を抜かしそうになった。篤美と滝野の間に百谷朝人が割り込んでいる。背中に包丁の柄がおっ立っていたが、意外と血色は悪くない。

「急に出てくんな。びっくりすんだろ」

「びっくりしたのはこっちですよ。いきなり包丁で刺されたんですから」

百谷が唇を尖らせる。滝野は何でもないような顔で腹を掻いている。釧は白い壁を見てげらげら笑っている。泉田は宇宙を感じている。

完全に消え失せていたのだ。

「で、お前。誰に殺されたんだ？」

「本人に聞くのは反則です。探偵なら自分で考えないと」

百谷が粘っこい笑みを浮かべる。憎らしいやつだ。

「ああ！」釧が唐突に叫んだ。頬が火照っている。「犯人、分かっちゃった！」

「何だ。ロスチャイルドか？」滝野がおちょくる。

「いや、レプティリアンですよ」百谷も尻馬に乗る。

「教えませんよ。ノートに書くって決めたでしょ」

釧は階段へ続く引き戸を開け、うきうきと二階へ向かった。

「ちょっと待て。おれだって犯人くらいとっくに分かってるぜ」

負けず嫌いの滝野が立ち上がり、派手に足音を鳴らして後に続く。

「犯人犯人って、そんなの分かり切ってるでしょ」

百谷が大麻を巻きながら言う。

泉田も半分尻を出したまま立ち上がり、ふらふらと後に続いた。

気づいたときには、ラウンジは篤美と百谷だけになっていた。

「篤美さんはどうですか。ぼくを殺した犯人は分かりましたか」

篤美ははっとした。この数年、死体を見るたびに感じてきた身を削（そ）がれるような不安が、

「馬鹿にするな。おれだって分かるよ」

百谷がここにいることを考えれば、真相は明らかだ。

篤美はグラスを置いて立ち上がり、ラウンジを出た。

やけに心が軽い。羽でも生えたような気分だった。

II　ディティクティブ・オーバードーズ

　長年、不思議に思っていたことがある。

　わたしはこれまで多くの殺人犯と対峙してきた。

　事故に見せかけたり、他人に濡れ衣を着せたりする者もいた。中には巧緻（こうち）なトリックを弄して事件を事故に見せかけたり、他人に濡れ衣を着せたりする者もいた。この手の犯人は驚天動地（きょうてんどうち）のトリックを考案するくせに、なぜか信じがたいほど稚拙（ちせつ）な手掛かりを残している。詰めが甘いのだ。わたしはそれが不思議でならなかった。

　今日、初めて犯人の側に立って、ようやくこの疑問が解けた。人殺しはとんだ重労働なのである。自分とほとんど同じサイズの動物の息の根を止めるのだから、想像を絶する大仕事だ。でも本当に大変なのはそこからで、現場からあらゆる痕跡を消し去り、矛盾なく実行することになる。むろん一つのミスも許されない。場合によっては、前例のない斬新なトリックを捻り出し、嘘を吐き通さなければならない。

　とかく殺人は大変なのだ。わたしの場合、それに輪をかけてタイミングが悪かった。今日、十月十日の白龍館には、五人の探偵が集まることになっていたのだ。

　なぜこんなときに百谷を殺したのか。自分でも分からない。強いて言えば、わたしはむなしかったのだ。

独立して十年。それなりの名声を得るにつれ、わたしは恐怖を感じるようになった。探偵には失敗が許されない。一度のミスが積み上げてきた実績を台無しにしてしまう。孤独で気の休まらない日々が何十年と続くのだ。

重圧から逃れようと、薬物にも手を出した。期待した通り、白川のように振る舞えば、この呪いからも自由になれるような気がしたのだ。

れたが、白川の末路を知っているだけに、正気に戻ってからはいっそう気分が重くなった。トリップしている間は不安から逃れそんな八方塞がりの状態だったこともあり、わたしは仲間たちとの再会を心から楽しみにしていた。中には虫の好かない者もいるが、そんなのは些細なことだ。

意気揚々と自宅を出ると、集合時刻より一時間ほど早く白龍館に到着した。そこでわたしを待っていたのは、優雅に大麻をふかす百谷朝人の姿だった。

神はいない。探偵は報われない。どれだけ孤独な戦いを続けても、十年後に残るのはゴミを漁るゴキブリだけ。それはあまりに身も蓋もない真実だった。

わたしはむなしくなった。白川が味わった痛みを、目の前の男にも教えてやりたくなった。こんなときにこんな場所で人を殺したら後悔するのは分かっていたが、だからこそ勢い任せにやるしかないという妙な覚悟が芽生えた。

わたしが小腹が空いたと言うと、百谷は億劫そうにソファから腰を上げ、わたしをキッチンに案内した。わたしは戸棚から洋包丁を取り出し、百谷に向けて振りかぶった。

「わはは、なんで？」

百谷は驚きと戸惑いの入り交じった珍妙な顔をして、キッチンを出ようとした。わたしはその背中に刃を突き立てた。

ゴキブリは死んだ。

感慨に耽っている暇はなかった。探偵たちがやってくる。集合時刻にはまだ時間があるが、わたしのように早く到着する者がいるかもしれない。玄関へ向かい、とある仕掛けを作った。

わたしは洋包丁の柄をハンカチで拭うと、それにお掃除ロボットのキャンディだ。材料は三つ。シューズラック、円柱形の傘立て、底板の前側をキャンディに、まず傘立てを横に倒してから、シューズラックを持ち上げ、後ろ側を傘立てに載せる。キャンディよりも倒した傘立ての方が高さがあるから、シューズラックは前側へ傾くことになる。

この状態で外に出て、ドアを閉める。リモコンでキャンディを起動し、ラウンジのホームベースへ戻るように指示を出す。シューズラックの下からキャンディが抜け出すと、傾きがさらに大きくなり、そのままドアを塞ぐように倒れるというわけだ。

シューズラックを倒したのは、百谷が午後四時三十分の地震よりも前に殺されたように見せかけるためだった。

午後四時三十分——白龍館へ到着する直前、わたしは車を運転しながら、スマホで事務

所のスタッフと通話していた。後から確認を取れば、地震が起きたとき、わたしはまだ白龍館に到着していなかったと証言してくれるだろう。もちろん電話で嘘を吐いていた可能性もあるが、現場を見れば計画的な犯行でないのは明らかだから、その手のアリバイ工作が行われたとは考えづらいはずだ。

わたしは山道を引き返すと、枝道で時間を潰してから白龍館へ戻り、初めてそこへやってきたふりをした。死体に目を見張り、いつもの自分が取るであろう行動を取ってみせる。隙をついてキャンディのリモコンを戸棚に入れておくのも忘れなかった。火山ガスで館に閉じ込められたのは想定外だったが、すぐに警察を呼ばれずに済んだのは幸運だった。

午後六時三十分。　四人で事件の対応を決めると、二階の客室を選び、各々で休息を取った。

わたしはドアを閉めるなり床に倒れ込んだ。犯人であることを気取られず、普段通りの振る舞いを続ける。たったそれだけのことにこれほど神経が磨り減るとは思っていなかった。

このまま探偵たちを騙し通せるとは思えない。彼らは遠からず真相を見抜き、わたしを犯人と指摘するはずだ。あんなつまらない男を殺しただけで、十年分の名声を失うなんて耐えられない。何としてもこの窮地を抜け出してやる。

それでも自白する気にはなれなかった。

ではどうすべきか。初めから答えは分かっていた。

探偵たちを皆殺しにする。

そして、事件そのものをなかったことにするのだ。

仮に白龍館から無事に逃げられたとしても、探偵たちが生きている限り、わたしの人生に安寧はない。ならばいっそのこと、三人の口を塞いでしまえばいい。毒を食らわば皿までだ。

もちろん自分一人だけ生き残っているのが警察にばれたら意味がない。わたしを含め、四人の探偵を失踪させてしまうのだ。ここは山の中だから、死体を埋める場所には困らない。そして姓名を変え、まったく新しい人生をやり直すのだ。これなら仲間たちの名誉は守られるし、わたしも仕事の重圧から解放される。

問題はどうやって三人を殺すかだ。

客室の扉には錠がない。寝静まった深夜に部屋を回り、刃物で刺し殺すか？　深夜といえど探偵たちは警戒を怠らないだろう。探偵を殺すには、彼らの想像を超える手を考えなければならない。

ふと顔を上げる。窓の外が夜闇に沈んでいた。一見ただの窪地だが、この場所には致死性のガスが溜まっているという。これを利用しない手はない。

計画はすぐに練り上がった。決行は明朝。日が上るまでに倉庫部屋と竹箒とビニール紐、遊戯室からビリヤードボールを調達しておく。竹箒から穂を外して、竹の柄を取り出す。ビニール紐でビリヤードボールを十字に縛り、そこから三メートルほど紐を伸ばしておく。

三人が起床し、ラウンジに集まったタイミングで、階段を下り、ラウンジと階段の間の引き戸を閉める。階段側の溝に竹を挟み、ラウンジ側から開けられないようにする。階段を上って客室に戻ると、息を止め、窓を細く開く。左手で紐の端を摑んだまま、右手でバルコニーの向こうにビリヤードボールを投げる。ボールは宙へ飛び出した後、弧を描いて客室の下、一階のラウンジの窓に激突する。ガラスが割れ、ラウンジにガスが入り込む。探偵たちは中毒症状を起こす。硫化水素は空気より重いから、逃れるには二階へ上がるしかない。だが階段へ続く扉は塞がっている。三人は息絶え、わたしだけが生き残る。

「できるできるできる」

声に出して床から立ち上がった。部屋を見回し、ふと違和感を覚える。息を止め、じっと部屋を観察する。目に留まったのは金庫だった。扉にテンキーが付いている。ものを出し入れするとき、六桁の暗証番号を入力する仕組みだ。

篤美厚の発案により、探偵たちは推理をノートに書いて金庫に仕舞っておくことになっ

ていた。六桁の暗証番号はそう簡単には当てられない。無事に三人を殺しても、金庫を開

けようと手こずっているうちに救助が来てしまったらお終いだ。

たった一晩、探偵たちが推理をせずにいてくれれば、わたしの計画は成功する。だが探

偵に何も考えるなと言うのは、息をするなと言うようなものだ。夕食でワインをがぶ飲み

させてやれば少しは思考力が落ちるかもしれないが、彼らの肝臓に運命を委ねるわけには

いかない。

ベッドに横になり、必死に知恵を絞った。あと一つ名案が浮かべば、この危機を乗り切

れるはずだ。

ふと顔を上げる。壁を覆うように、大きな縦長のポスターが飾ってあった。

カラフルに着色された女性の横顔が、万華鏡のように無数に反復している。ラウンジに

飾ってあったのと同じ、ピーター・マックスの作品だ。幻覚剤のイメージを盛り込んだ、

いわゆるサイケデリックアートである。客室に置くにはなかなか強烈だが、白川らしいよ

うな気もする。

気になったのはポスターの配置だった。下の半分ほどがベッドのヘッドボードに隠れて

いたのだ。

先ほどの違和感の正体はこれだった。自慢のポスターをわざわざ半分見えない位置に飾

るはずがない。別荘が完成し、ポスターを飾ってから、何らかの理由でベッドを動かした

のだ。

白川はこの別荘でコカインや幻覚剤を嗜んでいた。万一の家宅捜索に備え、薬物の隠し場所を用意していたはずだ。この部屋にも秘密の物入れがあり、それが見つかりにくいようにベッドを動かしたのではないか。

わたしはベッドの脚を持ち上げ、床のカーペットを剥がした。

床板が長方形に刳り抜かれ、空洞に木箱が入っていた。

箱を取り出し、蓋を開ける。錠剤を包装したアルミシートが詰め込まれていた。錠剤の表面に ACID と彫ってある。棚から牡丹餅、床下から LSD だ。生まれて初めて神様を信じる気分になった。

時刻は午後六時五十分。夕食まであと十分ある。わたしは部屋を出ると、階段を下り、ラウンジからキッチンへ向かった。人の気配はない。カクテル用のマドラーにラップ、そしてワインボトルを抱え、部屋へ引き返した。

アルミを破って桃色の錠剤を取り出す。デスクにラップを敷き、マドラーの先端で念入りに擂り潰す。ラップを四方から持ち上げ、粉末を中央にまとめて、ワインボトルに粉末を流し込む。マドラーで攪拌して、ボトルの詮を閉める。

この後の夕食で、探偵たちは LSD 入りのワインを飲むことになる。知覚が増幅し、世界が歪み、存在しないものを目にする。LSD は中枢神経系のセロトニン受容体と結合する。

果ては自己と他者の境界が消滅し、宇宙と同一化したような万能感に包まれる。持続時間は六時間から十四時間。探偵たちは推理どころではなくなり、気づけば朝を迎えているというわけだ。

もちろん一人だけワインを飲まないわけにはいかない。幸か不幸か、わたしは過去に何度かLSDを摂取している。それなりに耐性が付いているから、飲み過ぎなければトリップはしない。

わたしはふたたびキッチンへ向かうと、ワインボトルを置き、何食わぬ顔で部屋に戻った。

*

〈篤美厚のノート〉

百谷朝人を殺した犯人は誰か。その人物はどのように白龍館から脱出したのか。ここに記すのは以上の二点への解答である。

まず冒頭の設問は誤りである。百谷朝人は生きている。わたしたちが愉快に酒を飲んでいると百谷朝人もそこに現れ一緒に酒を飲んでいた。思うに宴会が羨ましかったのであろ

う。これを読んだ警察諸君は指紋や歯型や血液型をよく鑑定し死体が百谷朝人でないことを第一に確認されたい。

では殺されたのは誰か。百谷朝人によく似た別人すなわち白川龍馬である。百谷朝人は若き日の白川龍馬と瓜二つであった。百谷朝人はそれを利用したのである。白川龍馬は十年前に暴漢に顔を刺され死んだとされるがこれは半分正しく半分誤りである。

白川龍馬には多くの敵がいた。特に警察と連携するまでの二年間は犯罪まがいの捜査を繰り返し無数の敵対者を生んだ。命の危険を感じた白川龍馬は風体の似た者を用意しこれを殺すことを決意した。赤の他人を身替わりにして死んだふりをしようと企んだのである。

白川龍馬は死体を隠し百谷朝人を事務所に招き入れた。だが丸山周が百谷朝人を昏倒させ事務所に侵入した。丸山周は白川龍馬を刺した。白川龍馬は死んだ。丸山周は泥酔により昏倒した。百谷朝人はやがて目を覚ました。百谷朝人は借金を重ね追われる身である。百谷朝人は白川龍馬の目論見を見抜き自らもそれを真似た。すなわち白川龍馬の死体を自らの身替わりにしようと企んだのである。

百谷朝人は事務所から死体を運び出したがこの計略には問題があった。瓜二つといえど白川龍馬と百谷朝人は十二の年の差がある。髪や肌を比べれば明らかに別人であり身替わ

りとするのは困難である。ゆえに百谷朝人は死体を亜空間に保存した。亜空間には質量も時間もない。ゆえに死体は腐敗を免れる。百谷朝人は白川龍馬の死体を隠し将来の危機に備えたのである。

十年が過ぎた。百谷朝人は三十八になり風貌はますます晩年の白川龍馬に近づいた。借金が膨らみ首の回らなくなった百谷朝人は死体と入れ替わることを決意し亜空間から死体を取り出した。

百谷朝人は死体をキッチンの冷蔵庫に隠し白龍館を離れた。だが本日の地震で冷蔵庫の扉が開き死体が転げ落ちた。扉はその後の揺れで閉まった。やがてわたしたちが現れた。

わたしたちは突然現れた白川龍馬の死体を百谷朝人の死体と勘違いした。この勘違いは探偵には許されぬ過ちであるがやむを得ぬ面もある。わたしは白龍館に入るなり何者かが大麻を吸ったことに気づいた。ゆえに無断で白龍館に居座り大麻を嗜むような愚か者は百谷朝人の他にないと思い込んだのである。

推理は以上である。殺されたのは白川龍馬であり犯人は丸山周である。密室で人が殺されたのではなく密室内に保管されていた死体が転がり出たのである。

余談だがわたしたちの世界と亜空間の接点はこの久山にあると考えている。火山から放出される熱が空間の境界を溶かしているのではないかと推察する。女の服が透けたり背に羽が生えたりキッ

チンの床の砂糖が覚醒剤に変わったり窓の外に死体が浮かんだりといったものである。これらは亜空間の影響によるものと思われる。

わたしはこの筆を置いた後に亜空間へ向かう。かつて宙に浮く死体を目にしたベッドの右の窓こそ亜空間の入り口である。あなたがこれを読んでいるときわたしは生きているだろうか。それは亜空間が決めることである。

〈滝野秋央のノート〉

おれは白川さんを尊敬している。探偵を続けるほどに憧憬は大きくなるばかりだ。最近は白川さんの真似をして馬のあれほど太い煙草をふかしチェーン酒場でしゃぶしゃぶを食いアグネス・ラムを雇っている。白川さんの幽霊に命令されたらホカホカライフのアダルト本コーナーで表紙のAV女優とセックスするのも厭わないが幽霊は女の尻を追うばかりでおれには見向きもしないだろう。白川さんは通信簿にシャブ中と書かれたがこれは二つの意味で間違っている。第一に白川さんが好んだのはコカインとLSDだ。白川さんはアレルギーで覚醒剤を打てなかった。一度打ったときは顔がピンクになって病院に運ばれた。おれは砂糖を覚醒剤に変えられるからいつでも白川さんを殺すにはナイフで首を絞めるか覚醒剤を打つことだ。信じられないならキッチンの床を見

てほしい。本当は白川さんを殺すのではなく生き返らせるようになりたい。第二に白川さんはどんな薬よりも女に溺れていた。それは死の恐怖の裏返しだった。白川さんはやくざにも政治家にも家族にも命を狙われたびたび暴漢に襲われダンプに撥ねられ自宅に火をかけられしゃぶしゃぶにヒ素を入れられた。仕事というのは本来やれればやるほど人生が安定するものだが探偵とチェーン酒場の店長と下請けのSEはなぜかやればやるほど寿命が短くなる。事件を解決すれば犯人に恨まれ失敗すれば警察や遺族に恨まれる。いくら払ってももらえない年金みたいなものである。八方塞がりである。それでも探偵を続けると生きているのか死んでいるのか分からないゾンビになる。晩年の白川さんがそれだった。

白川さんは女に溺れた。白川さんの女漁りは常軌を逸していた。どんな色情魔も手を出す女は似通ってくるものだが白川さんはヒトの雌なら赤ん坊も後期高齢者も選り好みしなかった。白川さんはセックス中毒だったが性倒錯者ではなかった。性倒錯とは露出窃視糞尿嘔吐窒息流血殺人食人埋葬臍などに性的興奮を抱く類のものであるがもとよりこれらの嗜好はカミングアウトされることが少ない。性倒錯者には殺人者が多いと思われがちだが殺人者しか性倒錯をカミングアウトする機会がないのである。五階から落ちるより十階から落ちる方が怪我が少ないと言うヤブ医者のようなものである。よって白川さんが糞尿や吐物を愛好していた可能性もゼロとは言えないがおれの知る限り白川さんのプレイは平均的で退屈でホカホカライフのアダルト本コーナーに置いても差し支えない百谷朝人の小説くらい退屈でホカホカライフのアダルト本コーナーに置いても差だった。

し支えのないものだった。好きなタイプは太陽の恋人アグネス・ラム。十人並みだ。なの
にセックスの相手は一切選り好みせず誰でもベッドに連れ込むのである。おれは白川さん
になぜ年齢容姿問わず穴さえあれば突っ込むのかと尋ねた。お前は時間に縛られている
だと白川さんは答えた。人間のすべては他者と自己により形成される。他者は感覚器から
中枢神経系へ届けられた化学的刺激の集積であり世界とも呼ばれる。自己は刺激に対する
心的現象の総体であり意識とも呼ばれる。見た景色聞いた音嗅いだ匂いは他者だが汚いや
かましい臭いといった感情は自己である。他者はその一端に触れることしかできないが自
己は訓練によりコントロールできる。では時間はそのどちらか。目を閉じ耳を塞ぎ鼻を摘
まんでも人は確かに時間を感じる。時間は外部からの刺激ではなく自己の中に存在してい
るのである。アルツハイマー型認知症の患者は時間を正しく認識できないことがあ
る。おれもLSDやPTAをキメると時間が変速したり拡張したり逆行したり分岐したりす
る。これは意識が時間を生み出している証拠である。つまり時間はコントロールできる。
お前のベッドに二十歳のアグネス・ラムが眠っている。それは本当に二十歳のアグネス・
ラムか。むろんアグネス・チャンではないがお前の意識が二十歳と判断したに過ぎず実際
は過去のアグネス・ラムと未来のアグネス・ラムが重なり合ったいわばシュレディンガー
のアグネス・ラムである。おれは女を抱くとき自己から自由になる。時間にとらわれず存
在そのものを抱くことができる。ゆえに赤ん坊も老婆も変わらない。白川さんはそう答え

た。白川さんがどれだけ真面目に答えたのかは幽霊を見つけて聞いてみないと分からない
しゾンビにまともな回答を求めるのは酷だがおれは正直な答えだったのではないかと思う。
白川さんは時間を手懐けており女の年齢に興味を持たなかったのである。さてセックスの
話ばかりでは目に毛が生えそうなので本題に入る。白龍館の殺人である。白川さんはセッ
クス中毒の天才だが百谷朝人は薬物中毒の殺潰しでどうしようもない人間のくずだった。
あるときは退屈な小説を押し売りしあるときは白川さんに金をせびっていた。投資詐欺に
遭ったと嘯いていたが本当は薬を買う金が欲しかったのである。どうせ年金も住民税も給
食費も払っていない。そんな百谷が死んだ。百谷は今も薬に溺れていた。大麻のやり過ぎ
で大麻になりかけていた。動くと肌から大麻がぽろぽろ落ちた。問題は密室である。犯人
は館に閉じ込められたはずなのに中へ入ると人はいなかった。犯人はどこへ行ったのか年
金のように消えたのか。そこで思考の転換が必要となる。ヤブ医者のように現象に囚われ
ず本質を見なければならない。三次元に犯人の逃げ道はないが四次元にはそれが残されて
いた。時間である。犯人は過去から現在を訪れ百谷を殺し過去へ戻ったのである。犯人は
時間を制御できる白川さんである。十年前の白川さんは悩んでいた。百谷に改心する気が
あるなら手を貸してやりたいがずるずると金をたかられるなら縁を切りたい。そこで十年
後の百谷を見ることにした。意識を操り十年後の世界と対峙した。悪夢だった。白川さん
はとうに死んでいて百谷は大麻や覚醒剤やAVを楽しんでいた。白川さんの血は煮えたぎ

りしゃぶしゃぶができた。もとより白川さんは刺す焼く嬲るを厭わぬ男である。白川さんは百谷を刺した。くずは死んだ。弟子がやってくる音が聞こえた。白川さんは慌てて十年前に戻った。こうして現在の白龍館に百谷の死体が現れたのである。あと少し早く白龍館へ到着していればおれは十年ぶりに白川さんと再会する最後の機会を逃したのだ。おれはホカホカライフのアダルト本コーナーでAV女優とセックスする最後の機会を逃した。それだけが無念で仕方ない。

〈泉田真理のノート〉

地球外文明（ETC）はなぜ地球にやってこないのでしょうか。

アメリカの天文学者フランク・ドレイクは、銀河系における人類と交信可能な文明の数 N を、

$$N = R \times f_p \times n_e \times f_l \times f_i \times f_c \times L$$

という等式に表しました。パラメータは銀河系で一年に星が生まれる確率 R、惑星を持つ恒星の割合 f_p、そのうち生命が維持できる環境を持つ惑星の数 n_e、そこに生命が育つ割合 f_l、その生命が知的能力を発達させる割合 f_i、そこに恒星間通信のできる文化が発達する割合 f_c、その文化が通信を行う期間の長さ L です。

これらのパラメータの "分からなさ" にはばらつきがあります。f_i、f_c、L などは憶測の

域を出ず、したがって N の値を正確に求めることは不可能です。ただし地球や太陽系は特別な存在ではないと考える平凡原理に基づき、楽観的な概数を当てはめると、$R=10$（一年に十個の星ができる）、$f_p=0.5$（半分の恒星に惑星がある）、$n_e=2$（そこに生命が維持できる環境のある惑星が二つある）、$f_l=1$（生命に惑星には生命が育つ）、$f_i=1$（生命が育てば知的生命が生まれる）、$f_c=0.1$（知的生命の十分の一は通信を行う文明を持つ）、$L=10^6$（文明はおよそ百万年にわたり通信を行う）といった値になるでしょう。結果は $N=10^6$、すなわちわたしたちと通信できる ETC が百万あるということになります。

これは極端な例ですが、多くの研究者が算出した解は $N＞1$ となっています。またドレイクの等式は銀河系のみを対象としていますが、宇宙には二兆もの銀河が存在します。ETC が存在する可能性は極めて高いと言えるでしょう。

一九六〇年代から現在に至るまで、さまざまな地球外知的生命体探査（SETI）プロジェクトが行われてきました。しかし人類は未だ ETC との交信に成功していません。人類と交信可能な生命が存在するなら、なぜ人類はそれを発見できないのでしょうか。

この問いはイタリア出身の物理学者、エンリコ・フェルミにちなんでフェルミ・パラドックスと呼ばれ、ドレイクが前述の等式を発案する前から議論されてきました。ETC は人類へメッセージを発信しているが、人類の技術的限界によりそれを受信できていない。

逆にETCが地球と交信する技術を持たないため、人類からのメッセージを受信できていない。あるいはETCの形態が地球上の生命と著しく異なるため、人類がその存在を認識できていない。変わり種では、ETCが高度に発達した結果、仮想現実を好むようになり、他の文明との接触を望まなくなっているという説もあります。他にも多くの仮説が科学者によって議論されています。

これらの説の共通点は、人類とETCが未だ接触していない事実を、生命体が持つ知覚や知性、技術水準などによって説明していることです。しかし生命体には多様性があります。地球と交信する技術を持たないETCが存在するとしても、すべてのETCが地球と交信していないことの説明にはなりません。地球上の生命と形態の異なるETCが存在するとしても、人類が一つのETCも認識できていないことの説明にはなりません。人類やETCの性質に要因を求める仮説は、無数に存在しうるETCが一つも人類と接触していない事実の説明としては不十分です。

ではあらためて、人類がETCと接触できない理由を考えてみましょう。それは生命体よりも高次元の存在が、生命体同士の衝突を避け、生態系を保全しているからです。この存在を宇宙意思と呼びます。宇宙意思は人類とETCの交信を完全に阻むことのできる超科学的な存在です。現在の人類の知的水準ではこの存在を理解することはできません。

これはハーバード大学のジョン・ボールが唱えた仮説――地球の生態系がETCによっ

て保護されているとする動物園シナリオとは異なります。

現在の自然科学では、すべての力の間に観測される関係を説明する理論、すなわち万物理論は発見されていません。しかし万物理論には複数のパラメータが存在することが予測されています。アメリカの理論物理学者リー・スモーリンは、無作為にパラメータを設定した宇宙において、生命が生まれる確率を10^{229}分の一と推定しました。現在の宇宙は、到底起こりえない偶然の産物なのです。

スモーリンはブラックホールから子宇宙が生まれると仮定し、そこにダーウィンの進化論を当てはめることで、想像を絶する偶然が生じた原因を説明しようとしました。しかしこれは証明の不可能な憶測です。ブラックホールから宇宙が生じるという仮定に根拠がない以上、物理法則とは次元の異なる存在、すなわち生命の精神活動に似た意思が、パラメータを調整していると考えるべきです。

宇宙意思の具体的な介入方法は分かっていません。ここでは事実から法則を導く帰納的推論が有効ですが、これまで宇宙意思の介入が観察されたことはありませんでした。

しかし本日、わたしは宇宙意思の介入と思われる事象を観察しました。

観察場所は静岡県久山市倉戸南西部。介入の対象となったのは三十八歳の男性Mです。Mは十月十日午後五時ごろ、滞在先の別荘で死亡しているのが発見されました。死因は背後から刃物で刺されたことによる心肺の損傷と見られます。

わたしはこの別荘を訪ねた際、宇宙意思からメッセージを受け取りました。宇宙意思は
わたしに、Mが大麻を常用していたこと、ポスターのイラストと性行為を行っていたこと
を教えました。イラストの女性は白を切ろうとしましたが、宇宙意思に擬態を解かれ、卑
猥な声を出しました。

宇宙意思の介入理由は、特定個体の排除による生態系の維持です。大麻に含まれるテト
ラヒドロカンナビノールは男性ホルモンのテストステロンを減少させます。イラストと性
行為に及んだことからも、Mが生殖の意思を失っていたことは明らかです。宇宙意思はこ
うした個体を除去することで、人類に生殖活動、ひいては多様性の維持を促したのです。
Mが滞在していたこの別荘は出入りが遮断されていました。宇宙意思は直接的な接触を必要
としない力、すなわち地球の遠心力を用いてMを殺害したものとみられます。

天体の表面重力は質量に比例します。地中物質の密度が下がれば表面重力も低下します。
宇宙意思は倉戸南西部の地下三十五キロ以深のマントルを一時的に拡散させ、表面重力を
減少させました。地表の固定されていない物体は空中に投げ出されます。Mの身体が舞い
上がったところに、マントルの移動に誘発された地震が発生。キッチンから刃物が飛び出
し、Mの背中に突き刺さりました。館内の物が床に落ちたり、位置がずれたりしていたの
はそのためです。館の周辺に硫化水素が発生したのも地殻変動の影響の一つと思われます。

この文書を発見された方は、ぜひ今回の記録を、宇宙意思の解明に役立てていただきた

いと思います。いつか人類が宇宙意思の介入を阻止し、あるいは打ち破って、ETCとの交信を果たす日が来ると信じています。

〈釧邦子のノート〉

ワインを飲み過ぎた。シラカワ探偵事務所の先輩たちと会うのは久しぶりの先輩たちと話したせいで随分とワインを飲んだのは久しぶりの先輩たちだ。

負けず嫌いのタキノさんは相変わらず酒を飲むとセンダさんへ見栄を張ろうとしても教養の差はとても大きな態度でわたしを揶揄していた学歴詐称のセンダさんが宇宙人を見つけるため電波を探索しているコンピュータが苦手なアツミさんも歌舞伎町の真ん中に事務所を開いて水商売の女たちのとぼけた質問に答える探偵の仕事にはうんざりしている。

何だこりゃ？

深呼吸する。鉛筆を置く。両手を開く。腰を伸ばす。手首を捻る。肩を叩く。夜風に当たりたい。でも死にたくない。やめておこう。鉛筆を握る。

モモヤアサトは死んだ。わたしは真相を知っている。それを書き残す義務がある。酔っ

たまま仕事をするのは不本意だがやむをえない。わたしは鉛筆を走らせる。

誰かがドアをノックした。振り返る。ドアは閉まっている。部屋が歪んでいる。壁を見る。ポスターが風船みたいに膨らんでいる。カラフルな女性が喘いでいる。身体が大きくなる。色が薄くなる。臍のあたりに鉛筆を刺す。ぱん、とポスターが萎む。赤、橙、黄の光が溢れる。五角星が舞う。粘弾性の物質が零れ落ちる。そこから湯気が上がる。ふつふつと泡が浮かぶ。目玉焼きの匂いがする。ふうふうと息を吹きかける。ニョキニョキと手足が生える。粘液が垂れる。指が生える。水掻きができる。丸い頭が持ち上がる。目玉がくるりと回る。そしてわたしを見る。生物が生まれる。尻尾が生まれる。

「センダマリの脳を啜った容疑でお前を逮捕する」

刑事はわたしの腰に尻尾を巻き付けた。尻尾は半透明の甲羅に覆われていた。表面には細かな毛が生えていた。

「お前はサンテ刑務所に収監される。判決は死刑」

「わたしはノートに推理を書いている途中です」

「死刑囚がノートに推理を書くことは認められない」

刑事はわたしに毒針を押し付けた。わたしは部屋を出た。

刑事はわたしをサンテ刑務所に運んだ。パトカーの後部座席に乗り込んだ。

サンテ刑務所は四階建てだった。真ん中に大きな時計があった。小学校の校舎に似てい

た。雑居房では五人の囚人が大麻を吸っていた。

「東京から来ました。釦です」

わたしは転校生のような挨拶をした。囚人たちも順番に自己紹介した。

チンパンジーのジャノは「営業成績の下がった者は首を切るように」という社長の命令に従って新入社員の首をスライスして死刑判決を受けた。

ウシのモーガウルは自作の小説を王様のブランチで特集させようとTBSテレビを脅迫して死刑判決を受けた。

スカラべのチャンプは死体のふりをして人体の不思議展に忍び込んで死刑判決を受けた。

バフンウニのオゴポゴは青山一丁目の家賃相場を下げるため飛び降り自殺を繰り返して死刑判決を受けた。

量子人間のイッシーはあらゆる物体を透過するためすべての密室殺人の犯人として死刑判決を受けた。

いずれ劣らぬ悪党たちだった。

「クッシーは何をした」

ジャノがわたしに尋ねた。

「同僚のセンダマリの脳を啜りました」

わたしは答えた。　本当はセンダマリの脳を啜った覚えはなかった。　しかしわたしはセン

ダマリを憎んでいた。わたしはセンダマリの脳を啜った。

「どうして同僚の脳を啜った」

「センダマリが高学歴だからです。でもセンダマリの脳はスカスカで味がしませんでした」

「センダマリは本当に高学歴なのか」

「センダマリの学歴は詐称の疑いがあります」

センダマリは東大の大学院を出たという。わたしは大学院を出たことがない。聞くところでは大学院を出るには論文を書く必要があるという。わたしは論文を調べた。センダマリの論文は見つからなかった。

「お前はセンダマリの脳を啜った。お前は悪党だ。お前は仲間だ」

ジャノはわたしにクシャクシャの大麻を差し出した。

「わたしは脱獄しなければなりません。力を貸してください」

「脱獄を試みた者はみな巨人に踏み潰された」

オゴポゴが答えた。オゴポゴはサンテ刑務所のベテランだった。

イッシーが壁の板を外した。四角い穴があった。

穴からはたくさんの牢が見えた。イエティ、クラーケン、サンダーバード、ジャージー・デビル、フライングホース、オルゴイ・コルコイ、ンデンデキ、ルスカ、チュパカブ

らなどが収監されていた。

真ん中には看守のビッグフットが座っていた。

「ここを出る方法を教えてください」

わたしはビッグフットに尋ねた。ビッグフットは立ち上がった。　身長は二十メートルほ

どだった。　全身が蓑のような毛に覆われていた。

「いけね」

ジャノは大麻を口に隠した。ジャノが息をすると鼻から粉末がこぼれた。　モモヤアサト

の死体から出てきた大麻に似ていた。

ビッグフットは雑居房を覗き込んだ。　皮袋がゆさゆさ揺れた。

「サンテ刑務所を出る方法は一つ。あるべき姿でいることだ。　ビーユアセルフ」

ビッグフットは言った。　そしてまた座った。

「死刑囚は死刑囚らしくしていろってことさ」

イッシーは悲しそうだった。

「どうしたらこれ以上死刑囚らしくできるってんだ」

モーガウルが目に角を立てた。

「もっと暴れたり叫んだりするのはどうだ」

ジャノが提案した。

「もうやったよ」

モーガウルが首を振った。

「瞑想はどうだ」

「毎日やってる」

「フォークで壁を削るのはどうだ」

「疲れるのは嫌だ」

「鼠を飼うのはどうだ」

「汚いのも嫌だ」

「詩を書くのはどうだ」

「詩を書くのはいいな。かなり死刑囚らしい」

モーガウルは鼻をひくひくさせた。

「おいクッシー。ノートと鉛筆を貸してくれ」

「それがないから困ってるんだけど」

わたしは肩を竦めた。

サンテ刑務所を出る方法は一つ。あるべき姿でいることだ。巨人はそう言った。これは怪獣刑務所だ。怪獣刑務所のあるべき姿とは何か。

死刑囚は死刑囚らしくしていろという意味なのか。ここは怪獣刑務所だ。怪獣刑務所のあ

「脱獄の方法が分かった」

わたしは言った。

「おれはノートと鉛筆をよこせと言ったんだ」

「脱獄すればノートと鉛筆は簡単に手に入る」

「それを先に言ってくれ」

モーガウルはにこにこした。

「動物には癌細胞を自死させる機能がある。正常な細胞が癌化するとその細胞は収縮し核が濃縮・断片化しアポトーシス小体を形成してマクロファージに処理される。これをアポトーシスという」

「分かりやすく説明してくれ」

「動物は体内の邪魔者を自殺させることであるべき姿を保っている」

「良かったね」

「ここは怪獣刑務所だ。怪獣刑務所は何でできているか。怪獣だ。つまり怪獣刑務所は怪獣だ。わたしたちはその一部だ。いわば怪獣の体細胞だ」

「かなり分かった」

「この怪獣はアポトーシスを行っていない。そのため邪魔者を排除できずにいる。わたしたちは邪魔者を自殺させることであるべき姿を取り戻すことができる」

「譬え話で説明してくれ」

「白川龍馬記念館という退屈な施設がある。白川龍馬記念館は何でできているか。白川龍馬だ。つまり白川龍馬記念館は白川龍馬だ。そこにセンダ、クシロ、タキノ、アツミ、モモヤがいた。いわば白川龍馬の体細胞だ。そこに癌が交ざっていた。白川龍馬はアポトーシスを行った。癌は排除された。白川龍馬はあるべき姿を取り戻した」

「誰が排除されたんだ」

「モモヤだ。細胞たちはそれぞれ白川龍馬の素質を担っていた。センダは学識。クシロは想像力。タキノは行動力。アツミは暴力。でもモモヤは何もなかった」

「そいつは邪魔者だ」

「名前もそうだ。センダのセンは『白い水』と書く。クシロは『金の川』と書く。タキノのタキは『水の竜』と書く。アツミのアツは『竹の馬、』と書く。それぞれの文字の一部を並べると白川龍馬になる。モモヤだけ違った」

「そいつは癌だ」

「だからモモヤはアポトーシスにより排除された」

「当然だ」

「わたしたちも同じだ。わたしたちは邪魔者を排除しなければならない」

「誰だ」

「モーガウルだ。わたしたちは皆、怪獣だ。クッシー、ジャノ、チャンプ、オゴポゴ、イッシー。これらは湖の怪獣だ。でもモーガウル、あなたは海の怪獣だ。あなたは邪魔者だ。あなたを自殺させることで、わたしたちはあるべき姿を取り戻すことができる。さあモーガウル、自殺するんだ」

モーガウルは目をくるくる回した。

「そうすればノートと鉛筆が手に入るんだな。そうしよう」

モーガウルは壁に頭突きをする。何度も頭突きをする。わたしは振動する。モーガウルの頭が黝くなる。ツノが曲がる。皮が裂ける。血が跳ねる。頭蓋骨が割れる。脳が洩れる。悪臭が漂う。鱗が光る。触手が伸びる。吸盤が吸い付く。光が溢れる。わたしは鉛筆を走らせる。

何だこりゃ？

III　フーダニット・オーバードーズ

1

ついに幻覚が見え始めたようだ。

血まみれの男を目にして、岡下収はそう確信した。

十月十二日、午後三時。予定通りなら二泊三日の日程を終え、白龍館を引き払う準備を

しているはずの時間だが、岡下はようやく白龍館にたどりついたところだった。

昨日までの二日間はろくに寝ていない。そのうえ今日の百五十キロのドライブである。

疲労で目が擦れ、首が凝り、手足の感覚がぼんやりしている。幻覚の一つや二つ見てもお

かしくない。

「あれ、何だろ?」

助手席のいろりが館の前を指して言う。ついさっきまで呑気にヤクルトを飲んでいた中

学生が、自分と同じ幻覚を見ているとは思えない。まさか本物なのか。岡下は目をごしご

し擦った。

「いろり、中で待ってて——」

そう言ったときにはもう軽自動車を降りていた。岡下もエンジンを切り、いろりの後を追った。

玄関ポーチの左手、フランス窓から一メートルほどのところに、男がうつ伏せに倒れていた。白川龍馬の弟子の一人、篤美厚だ。うなじから肩にかけて、太い杭を打ったような穴が空いている。こぼれた肉に蠅がたかっていた。死斑の状態から見て、死後三十時間ほどだろうか。

死体のすぐ近く、槍のように尖った門柱の先端に、べったりと血が付いていた。視線を上げると、二階のバルコニーの窓が開いている。篤美はバルコニーから飛び降りたか、あるいは突き飛ばされて落下し、門柱に首を貫かれたのだ。なんとか首を引き抜き、地面に落ちたところで力尽きたのだろう。

それにしても、なぜ誰もいないのか。探偵ばかり集まっているのだから、事件が起きたら現場を調べるなり警察を呼ぶなりするはずではないか。

「誰かいませんか」

返事はない。ドアノブを捻ってもドアは動かなかった。一歩下がって館を見回す。窓を順に見ていくと、玄関ポーチの左手のフランス窓が割れていた。板をいくつか貼り付けて、内側から割れ目を塞いである。

呼び鈴を鳴らす。

「あの窓、開けて」

いろりが言う。

岡下はガラスの尖った部分に注意して、板を押した。ガムテープが剝がれ、板が内側に倒れる。割れ目に腕を入れ、掛け金を外した。

いろりがフランス窓を開け、ラウンジに飛び込む。岡下もそれに続いた。

ラウンジは雑然としていた。壁には派手なポスター、床のテーブルクロスには食器やワインボトルが並んでいる。酒、スナック菓子、それに腐った卵のような臭い。キッチンへ続く通路にタオルが置かれ、下から血痕が覗いていた。

いろりはラウンジを一通り観察すると、引き戸を開け、階段を上った。

「気を付けて」

背中に声を掛ける。返事はない。

客室のドアを次々と開ける音。

そしていろりが叫んだ。

「みんな死んでる！」

岡下収が二日遅れで白龍館へやってきたのは、ノロウイルスに罹った姪のいろりを昨日まで看病していたからだった。

いろりは妹の稲子の娘である。稲子はコカインを吸い過ぎて鼻の穴が一つになり、昨年から府中刑務所で箪笥を作っている。いろりは父親が分からず、稲子の友人も揃って塀の中に入ってしまったため、やむなく岡下がいろりの面倒を見ることになった。

四十過ぎのおっさんに母親の代わりが務まるのか不安だったが、いろりとは思いのほか、馬が合った。怖いもの知らずなところは母親譲りだが、妙に大人びたところは岡下にも似ている。すぐに知らないおっさんと寝てしまうが、面倒が起きたときの折り合いの付け方を考えておく周到さも持ち合わせている。母親の無鉄砲ぶりには以前から幻滅していたようで、酒もクスリもやらずに毎日職場へ通っている岡下のことはそれなりに尊敬しているようだった。

岡下は北千住に探偵事務所を構えている。といっても依頼は月に数件、その大半は浮気調査だ。白川のもとで働いていた頃の貯金でなんとか食いつないでいるが、事務所は五十二カ月連続で赤字を記録中。複雑怪奇な殺人事件を解決して名を上げる日を夢見て十年が過ぎた。これで白川龍馬の弟子を名乗っているのだから詐欺師みたいなものである。

そんなありさまだったので、滝野秋央からの手紙には驚いた。かつて切磋琢磨した仲間たちは、それぞれの才能を活かして活躍している。浮気したおっさんの尻を追い回しているのは自分くらいだ。そんな自分にも声を掛けてくれるなんて義理堅い。岡下はすぐに承諾の返事を書いた。

だが人生は上手くいかないものである。十月十日の朝、岡下が歯を磨いていると、便所から凄味（すごみ）のある臭いが漂ってきた。おそるおそるドアを開けると、いろりが便器に頭を突っ込んでいる。聞けば一晩中、いろいろなものを吐き続けていたらしい。前日はアプリで知り会ったおっさんと茅ヶ崎（ちがさき）へ出かけていたというが、どんな不衛生なプレイをしたのか聞く勇気はなかった。

ませていても十三歳の少女である。こじらせて合併症でも起こしたら大変だ。慌てて病院に連れて行くと、いろりはノロウイルス感染症と診断された。特効薬はなく、症状が治まるのを待つ他ないということだった。

「申し訳ない。姪っ子の具合が良くなったら行くから。よろしく」

岡下は滝野に電話をかけ、事情を伝えた。滝野は「相変わらずだな」と笑っていた。何が相変わらずなのかはさておき、この電話を居間からかけたのがいけなかった。いろりに話を聞かれてしまったのだ。

いろりは翌日も胃液を吐き続けた。このまま死ぬんじゃないかと不安になったが、そこは若者。翌朝にはすっかり元気を取り戻した。そしてあろうことか、一緒に白龍館へ行くと言い始めたのだ。目当ては言うまでもない。名探偵、滝野秋央だ。この少女はごつごつした筋肉質のおっさんに目がないのである。

「連れてってくれないと、また具合悪くなるかもよ」

とんだ屁理屈だが、ここで一発ゲボを吐かれると、岡下は旧友との再会を果たせなくなってしまう。

岡下は悩んだ末、いろりを助手席に乗せて久山へ出発したのだった。

「予定通りここに来てたら、収さんも殺されてたんじゃない？　あたしのおかげで命拾いしたね」

いろりが得意そうに言う。いろりというよりノロウイルスのおかげだ。

白龍館の二階には六つの客室がある。そのうち四つの部屋に死体が転がっていた。

右の手前の部屋に百谷朝人。中央に滝野秋央。奥に釧邦子。左の中央の部屋に泉田真理の死体があった。左の手前の部屋に死体はなかったが、窓が開いていて、バルコニーの下に篤美厚の死体が落ちていた。

白川の弟子が全員死んでいたことにはもちろん絶句したが、そこに百谷の死体が交ざっていたことも驚きだった。この男は白川の弟子ではない。十年前、白川の事務所に隠れていたこともあるが、それだけで滝野が百谷を誘おうとは思えない。探偵たちが集まるのを聞きつけたか、あるいは白龍館に棲み付いていたのだろうか。

百谷はベッドにうつ伏せに倒れていて、背中に洋包丁が刺さっていた。一見すると寝込みを襲われたようだが、よく見るとシーツには血が付いていない。一階の通路で死んだの

をベッドに運んだようだ。服には血が滲んでいるが、他に汚れはない。手足の関節を曲げると死後硬直が解け始めていた。死後二日といったところか。左腕には死ぬ一、二日前に打ったらしい注射痕があった。

滝野、泉田、釧の死体は状態が似ていた。三人とも床に蹲り、手足を曲げ、歯を嚙みしめている。致命傷になりそうな外傷はないが、喉を搔き毟ったような傷が残っていた。服を脱がせると、背中に緑色の死斑ができている。硫化水素中毒の特徴だ。天井の換気口がガムテープで塞がれているのは、外からの硫化水素の侵入を防ごうとしたからだろう。角膜は混濁し切っているが死後硬直は解けていない。篤美と同じく、死後三十時間ほどだろうか。

滝野のスマホだけロックが掛かっておらず、中身を見ることができた。十日の午後五分に110番通報を試みた履歴が残っている。アルバムには二階へ運ぶ前の百谷の写真があった。

以上を踏まえると、白龍館ではこんなことがあったと推測される。

十日の午後、百谷朝人が背中を刺されて死んだ。同日午後五時ごろ、白龍館を訪れた探偵たちが死体を発見する。前後して硫化水素が発生し、探偵たちは籠城を余儀なくされる。

だが十一日の午前、篤美がバルコニーから飛び降りて死亡。このとき篤美が窓を開けたため、館内に硫化水素が侵入する。客室の扉の下には五センチくらいの隙間があり、扉を閉

めていても硫化水素からは逃れられない。残りの三人も中毒を起こして死んだ。

百谷には殺される理由がある。白川がちんぴらに殺されたとき、事務所のセキュリティを解除させたのが百谷だったのだ。ここに集まった白川の弟子たちなら、誰が百谷を殺してもおかしくない。だが篤美がバルコニーから飛び降りた理由は見当がつかなかった。

「収さん、ちょっと来て」

いろりに呼ばれ、右手中央の客室へ向かう。いろりは滝野の股間を突いていた。

「せっかく逢いにきたのに。つまんないの」

悄然としょうぜんとつぶやく。

「何?」

「これ見て。いっぱい字が書いてある」

いろりがデスクを指す。鉛筆とノートがあった。他の三人の部屋にも同じものがあったのを思い出す。

「遺書?」

それを皮切りに、二人で客室を回りながら、四つのノートに目を通した。どれも奇妙な文章だった。百谷を殺した犯人を考察している点は同じだが、初めから終わりまでその話をしているのは篤美くらいで、残りの三人は寝言じみた与太話よたばなしに大半を費やしている。肝心の推理も真面目に考えたとは思えない代物ばかりだ。

いろりは時折り質問を挟みながらノートを読んでいたが、最後に釧のノートを読み終えると、

「犯人は自分以外の三人を殺すつもりだったんだろうね」

あっけらかんとした顔で言った。

「三人を殺す？」

岡下は鸚鵡並みの返事をする。

「収さん、分かってないの？」

「いや、ええと……、どういうこと？」

いろりは苦笑を嚙み殺して、釧のノートを手に取った。

「四つのノートにはいくつか不思議なところがある。なぜ探偵たちはそれぞれの推理を書いたのか。なぜその推理は普通じゃないのか。なぜノートは部屋に置かれたままだったのか。大きくはこの三つだね。

一つ目、なぜ探偵たちはノートに推理を書いたのか。探偵はお役人じゃないし、ここにいたのはみんな顔見知りなんだから、犯人が分かったら普通は口で説明するよね。わざわざ文章を書いたのは、人にそれを読んでもらいたかったからだ。火山ガスが発生し、探偵たちは館に閉じ込められていた。携帯もつながらない。生きて帰れるか分からない。だから万一の場合に備えて、ノートに推理を残したんだ。

　ただ不思議なことに、探偵たちが書き残した推理はばらばらだった。正誤はさておき、四人で話し合っていれば、推理は一つに絞られたはずだ。

　この状況で犯人を特定するのは危険と判断したんだ。彼らは犯人捜しをしなかった。一たまりもないからね。とはいえ探偵としての意地もある。逆上した犯人が窓を開けたらみんな推理を頭の中に留めておくのは耐えられない。だから四人はそれぞれに推理を書き残したんだ。いつ死ぬか分からないのに、

　でもその推理は、優秀な探偵が綴ったとは思えない代物だった。これが二つ目の疑問だ。

　この文章にどれだけ真実が含まれているかはさておき、まともな人間が書いたものには見えない。これは薬物のしわざだよ。四人の文章の中にも百谷さんが大麻や覚醒剤を使っていたって記述がある。この館には他にも薬物があったんじゃないかな。そこにいない人が見えたり、時間感覚が狂ったり。宇宙の意思を感じたり、自分と他人の境界が曖昧になったり。四人の文章を読む限り、幻覚作用のあるLSDやMDMAを使っていたんじゃないかと思う。

　気になるのは、一人や二人じゃなく、全員の頭が変になっていたように見えることだ。命の危機に瀕して何人かが幻覚剤を使ったのなら分かる。でも四人揃って手を出すとは思えない。この人たちは自分で幻覚剤を使ったんじゃなく、知らぬ間に摂取させられたんだ。探偵に正気でいられると困る人物、つまり百谷を殺した犯人によってね。

四人は犯人捜しをしない代わりに、推理を書き残しておくと決めていた。でも自分が死んだ後、犯人にノートを処分されたら元も子もない。推理を書いたら、警察に自分のやったことがばれてしまう。だから探偵たちがまともな推理を書けないように、食事に幻覚剤を混ぜたんだ。

それに慌てたのが犯人だ。ノートに正しい推理を書かれたら、警察に自分のやったことがばれてしまう。だから探偵たちがまともな推理を書けないように、食事に幻覚剤を混ぜれておく約束だったんじゃないかな。

とはいえ幻覚剤は万能じゃない。いつか必ず切れる。ひとたび正気に戻れば、探偵たちは自分の身に起きた異変に気づくはずだ。奇策は時間稼ぎにしかならない。犯人は探偵たちがラリってる間に、三人を殺すか、その準備を整えるつもりだった。

でも見ての通り、ノートは机に置きっ放しにされていた。推理を書いた探偵が金庫に入れることも、犯人が処分することもなかった。その前に死んでしまったからだ。篤美さんは幻覚を見たまま、窓を開けてバルコニーから飛び降りた。亜空間へ飛び込もうとしたんだ。そして館内に硫化水素が流れ込み、犯人を含む探偵たちは全員死に至った」

「ははあ」

そんな声を出すのが精一杯だった。

なぜ姪っ子が推理を披露して、自分がそれを聞いているのか。これも幻覚だろうか。

階下から物音が聞こえ、岡下は我に返った。モーターが振動するような低い音が鳴って

いる。

「誰かいるのかな」

「いないよ。みんな死んだんだから。話聞いてた？」

いろりは減らず口を叩くと、ドアを開け、階段を下りた。岡下も後に続く。ラウンジではキャンディが右往左往していた。時刻は午後四時。この時間に起動するよう設定されていたのだろう。

「何この玩具（おもちゃ）」

薬物には詳しくてもお掃除ロボットのことは知らないらしい。キャンディはソファやキャビネットを器用に避けながら、部屋の奥へ進んでいく。

「キャンディだよ。床を掃除するロボット」

「飛ぶの？」

噴き出しそうになった。

「飛ばないよ。UFOじゃないんだから」

「ふうん」

いろりは生返事をして、視線を下ろした。床に敷かれたテーブルクロスに食器やワインボトルが並んでいる。この中のどれかに幻覚剤が混ぜられていたのだ。キャスター付きのキャビネットには茶色の瓶や巻き紙が置かれていた。

「白川さんって大麻も好きだったの？」

いろりは瓶を覗き込んで、すぐに岡下に手渡した。

「大麻は吸わなかったと思う。手巻きの煙草ならいつも吸ってたけど」

岡下も中を覗いて、キャビネットに戻す。ふと横を見ると、いろりが白い壁を見つめていた。こっちも幻覚を見ているのだろうか。

「おい、大丈夫か」

「へ？」いろりが振り返る。「大丈夫だよ。あのタブレット、百谷さんのかな」

今度はソファのタブレットを手に取る。胸の大きな女子高生のイラストのシールが裏に貼ってあった。

「パスワードが要るみたい。数字四桁だって。収さん、百谷さんの財布持ってきて」

当然のように命令される。岡下は二階へ上ると、死体のポケットから長財布を抜き、ラウンジへ戻った。

「誕生日は？」

「1115」

岡下が免許証の数字を読み、いろりが画面をタップする。ブブッ。外れだ。

「生まれた年は？」

「1980」

ブブッ。

「うーん。百と谷だから、1008とか？」

ブブッ。

「名前、何だっけ」

「朝の人で朝人。ペンネームは暗い吾で暗吾」

「ははあ。安吾忌かな」

0217と入力すると、ロックが外れた。

「何それ」

「坂口安吾の命日だよ。小説家志望でペンネームがアンゴ、おまけにかっこつけて覚醒剤を打ってたとくれば、坂口安吾に惚れ込んでたとしか思えないでしょ」

随分こまっしゃくれた数字を設定していたらしい。

タブレットのトップには動画ファイルが並んでいた。kurumi_anal.mp4といったタイトルから察するに、どれもアダルト動画のようだ。

いろりはコントロールパネルを確認すると、タブレットをソファに置いて、通路からキッチンへ向かった。

「ちょっと来て」

ふたたび岡下を呼ぶ。

通路からキッチンへ向かう。通路の床には血痕の他に目立った痕跡はない。キッチンに入ると、いろりが冷蔵庫の扉を開けていた。

「いいもの見つけた」

ドアポケットから小さな容器を取り出す。ヤクルトだった。

「それだけ？」

「違うよ。この冷蔵庫、持ち上げてほしいんだけど」

妙なことを言う。理由を聞いても「いいから」と誤魔化される。

冷蔵庫はホテルの客室にあるような小型のもので、壁にぴったりと背を付けて置かれていた。高さは五十センチほど。ドアポケット以外は空っぽだが、死体を入れるにはかなり窮屈そうだ。

岡下は底に指をかけ、抱きかかえるように冷蔵庫を持ち上げた。腰が震えるが、持てない重さではない。十五キロくらいだろう。

「うん、なるほど」

いろりが膝を屈め、冷蔵庫の底を覗き込む。ゴム製の脚が四つ。特に異常はない。

「ありがと。もう大丈夫」

素っ気なく言って、ラウンジへ引き返した。

岡下は冷蔵庫をもとの位置に置いて、キッチンを眺めた。高級そうな食器や調理器具と

は対照的に、収納棚には缶詰やレトルト食品が積まれている。滝野のノートに「キッチンの床を見てほしい」とあったが、怪しい粉末などは見当たらなかった。キャンディは掃除を終えたらしく、ホームベースに引き返している。

「収さん。あたし、分かったよ」

いろりが嬉しそうに言う。

「何が？」

「決まってんじゃん。百谷朝人さんを殺して、探偵たちに幻覚剤を盛った犯人だよ」

やはり幻覚だろうか。岡下はもう一度、目をごしごし擦った。

2

四冊のノートを持ってラウンジへ戻ると、いろりはソファでヤクルトを飲んでいた。

「ありがと」

容器を咥えてノートを受け取る。この少女は暇さえあればヤクルトを飲んでいる。ヤクルト依存中学生、すなわちヤク中である。

「いちおう確認だけど」岡下も向かいのソファに腰を下ろす。「宇宙意思の介入とか、ア

「ポトーシスとか言うんじゃないよね」

「まあ、結論から言うと、違うよ」

妙な言い方をして、空の容器を床に置いた。

「探偵って普通、関係者の話を聞いて犯人を推理するもんでしょ。いろりは誰の話も聞いてない。さすがに手掛かりが足りないんじゃないか」

「あたし探偵じゃないし。手掛かりならあるよ。ほら」

いろりはテーブルクロスに四冊のノートを並べた。

ノートが重要な証拠であることに異論はない。だがこれだけで犯人を特定できるとは思えなかった。推理を書いた四人のうち三人は、幻覚剤で頭がふにゃふにゃになっていた。犯人だけは正気を保っていたかもしれないが、百谷を殺した張本人なのだから本当のことを書くはずがない。

十四年前、百谷は『ディティクティブ・オーバードリンク』なる自作の推理小説を周囲に売り付け、盛大な顰蹙を買った。犯人を当てられたら十万円を払うなどと見得を切ったくせに、真相がまったく腑に落ちない代物だったのだ。作中の描写と真相の矛盾を指摘されると、百谷はいつもこんな言い訳をした。

──これは信頼できない語り手だから。

百谷の言い方に倣えば、四つのノートを書いたのは、すべて信頼できない語り手という

ことになる。百谷の小説はまだ正しい描写の方が多かったが、四人のノートは幻覚だらけだ。こんなものを手掛かりに犯人を当てるのは不可能ではないか。

「まあ聞いてよ。容疑者は篤美さん、滝野さん、泉田さん、釧さんの四人。犯人は誰で、どうやって密室から逃げ出したのか。この二つが問題なわけだけど」

いろりは飄々と語り始める。

「困ったことに、四人の推理は結論が異なっている。いったいどれが真実なのか」

「全部間違ってるよ。どの推理もまともじゃない」

いろりは眉を顰めた。

「幻覚って簡単に言うけどさ、収さんは現実と幻覚が区別できるの？　滝野さんも書いてるけど、今、こうして見てる世界だって、眼球がキャッチした刺激を脳がつなぎ合わせたイメージでしかないわけじゃん。LSDやMDMAで鋭敏になった脳が認識した世界こそが本物なのかもしれないよ」

ませた中学生が言いそうな理屈である。

「そんなこと言い出したら捜査なんてできないよ」

「確かにそう。でも推理が正しいかは検証できる。こうして文章が残ってるからね」

いろりは一つ目のノートを開いた。

「一番まともそうな篤美さんの推理から考えてみよう。一言で言うと亜空間説だ。篤美さ

んには探偵たちに交じって酒を飲む百谷さんが見えていた。これが本物かどうかはさておき、死んだはずの百谷さんがなぜそこにいるのか、彼が生きているなら死体は誰なのか、という二点が篤美さんの推理の出発点になっていた。

死体の正体は百谷さんとよく似た人物、つまり白川龍馬さんだ。十年前、運良く白川さんの死体を手に入れた百谷さんは、いつか訪れる危機に備えて、この死体を保存していた。そして十年後、風貌が瓜二つになったタイミングで、自分の身替わりにしたんだ。

じゃあなぜ密室状態の白龍館に、突然、死体が現れたのか。百谷さんは亜空間から取り出した死体を冷蔵庫に入れていた。でも地震の揺れで冷蔵庫の扉が開いて、死体が飛び出してしまった。さらに続いた揺れで冷蔵庫の扉が閉まった結果、館内に死体が現れたように見えたってわけだ」

いろりは立ち上がってキッチンへ向かった。後に付いてきた岡下を一瞥して、冷蔵庫の天板をぱんと叩く。

「はたして本当にそんなことがありえるかな。この冷蔵庫、床に固定されてるわけじゃないし、あんまり重たくもない。収さんがすぐ持てるくらいだからね。死体の方が冷蔵庫よりずっと重たい。死体が飛び出すほどの揺れがあったのなら、冷蔵庫も位置がずれるはずだ。でもこの通り、冷蔵庫は壁にぴったり背を付けたままだった。

可能性だけを言えば、一度大きく移動した冷蔵庫が、偶然もとの位置へ戻ったってこと

もありえる。でも篤美さんの記述によると、キッチンの床には砂糖だか覚醒剤だかが落ちていたらしい。冷蔵庫が動いたのなら、ゴムの脚にそれが付くはずだよね。さっき確認してみたけど、脚には何も付いていなかった」

思わず床に視線を落とす。砂糖も覚醒剤も見当たらない。

「勘違いしないでね。あたしはキッチンの砂糖が覚醒剤に変わったって記述を鵜呑みにしてるわけじゃない。篤美さんが幻覚を見たのか、何かしらこの記述に似た出来事が実際にあったのか、現時点で判断する材料はない。今は床に何もないけど、この記述に似た出来事が実際にだ後でキャンディが吸い取ったのかもしれないしね。いずれにせよ、今言えるのは篤美さんの推理が成立しないっていうこと」

いろりはラウンジへ引き返すと、二つ目のノートを開いた。

「次は滝野さんの推理。名付けるなら時空殺人説かな。前半のセックス中毒の話はよく分かんないけど、後半の推理はなかなか面白い。この推理では白川さんが時間をコントロールできることが前提になってる。十年前、百谷さんに金をたかられた白川さんは、甥の十年後の様子を見に行くことにした。結果はご存じの通り。百谷さんはこの別荘で淫蕩の限りを尽くしていた。白川さんはかっとなって、百谷さんを刺し殺した。犯人は過去から白龍館に侵入し、ふたたび過去へ帰って行ったんだ。百谷さんもびっくりしただろうね」

いろりはラウンジを横切り、血痕の残る通路を見下ろした。

「この推理で気になるのが、凶器だ。犯人はキッチンの包丁で百谷さんを殺している。篤美さんの推理と同様、滝野さんの推理にもキッチンの砂糖が覚醒剤に変わったって記述がある。これが何を意味するのかはさておき、何らかの白い結晶が床に落ちていたのは確からしい。でも白川さんは覚醒剤アレルギーだった。百谷さんが大麻を吸っていた以上、床の結晶が覚醒剤である可能性は否定できない。白川さんが犯人なら、キッチンには近寄らないんじゃないかな」

「犯人は激高していたんだ。他に凶器がなければ、キッチンに入ってもおかしくないと思うけど」

思わず反論してから、なぜ時空殺人説を擁護しているのか分からなくなる。

「他になければね。白川さんは殺される一年前、丸山周が釈放されたときから、護身用の、ナイフを携帯していた。そのナイフを使えばいいんじゃない？」

「白川さんが現在にやってきたのは、丸山周が釈放される前だったのかも」

「殺される一年以上前ってこと？　白川さんが百谷さんを事務所に匿ったのは、殺される一月前でしょ。未来の百谷さんを殺しておいて、その百谷さんを守るなんておかしいよ」

いろりが間髪容れずに答える。反論は浮かばなかった。

「さて三人目。泉田さんの推理は宇宙意思説ってところかな。宇宙の意思を感じてるのは幻覚剤のせいなのに、それを理屈で説明しようとしてるのが面白いね。地球の生態系を保

全する宇宙意思とやらが、生殖活動、つまり元気なセックスを人類に促すため、百谷さんを殺した。宇宙意思は白龍館の地下のマントルを一時的に移動させ、重力を減らし、百谷さんを宙に舞い上がらせた。そこに地震の揺れでキッチンから飛び出た包丁が突き刺さったってわけだ。宇宙に命を狙われたらどうしようもないよ」

いろりは含み笑いを浮かべ、キャスター付きのキャビネットに歩み寄る。男と寝てばかりいるいろりはさぞかし宇宙意思に愛されることだろう。

「死体が見つかった時点で、白龍館では物が床に落ちたり、位置がずれたりしていたらしい。泉田さんの説によれば、これは地震で床が揺れただけじゃなく、重力が減って物が吹っ飛びやすくなった結果ってことになる。でも見て」

いろりが茶色の瓶を手に取る。スポンジを砕いたような粉末が底に溜まっていた。

「この瓶には粉末状の大麻が入ってる。重力が減少した状態で垂直方向の力が働いたのなら、瓶の中の粉末もラウンジ中に散らばってなきゃおかしい」

乾燥大麻がふわふわ浮かんだ情景が脳裏に浮かぶ。

「重力が戻った後、キャンディが掃除したのかも」

「キャンディは空を飛ばない。掃除できるのは床だけだよ。でも見ての通り、この部屋の壁や天井に大麻はくっ付いていない。よって百谷さんを殺したのは、宇宙意思ではない」

どうりでいろりは壁を凝視していたのか。思わず壁を見たが、もちろん粉末は付いてい

なかった。

「さて、残ったのが釧さんの推理だ。名付けるならアポトーシス説かな。釧さんはへんてこな世界に迷い込んでたみたいだけど、そこで語られる推理もだいぶ現実離れしていた。

白川龍馬記念館は白川龍馬そのものであり、そこへやってきた五人は白川龍馬の体細胞だった。でもその中に一人だけ邪魔者が交ざっていた。白川龍馬は自らをあるべき姿に保つため、邪魔者の百谷さんを自殺させた」

いろりは唇のヤクルトを舐め、通路の血痕を見下ろす。

「でも百谷さんは本当に癌だったんだろうか。他の四人がアポトーシスを免れた理由は二つ挙げられてる。一つは、彼らが白川龍馬さんの素質を一つずつ受け継いでいること。もう一つは、白川龍馬さんの名前を一字ずつ受け継いでいることだ。

一つ目はかなり苦しい。百谷さんと白川さんにも共通点は多いからね。百谷さんに探偵の素質はなかったかもしれないけど、風貌は白川さんと瓜二つだし、薬物に溺れていたところも同じだった。その気になればいくらでも理屈を付けられる。

問題は二つ目の方だ。確かに泉田さん、釧さん、滝野さん、篤美さんの頭文字から一部を集めると、『白川竜馬』になる。でもこの理屈で言えば、百谷さんの『百』だって横棒を取れば『白』になる。泉田さんが生き残って百谷さんが死ぬ理由にはならない」

「たまたま百谷が選ばれただけで、どっちかが死ねば良かったんじゃない?」

「違うよ。　泉田さんは本名じゃないもの。　博士課程を出てるのに論文が見つからないのは、泉田さんが卒業後に今の苗字を使い始めたからだよ」

いろりが当然のように言う。

「根拠はそれだけ？　なんで苗字を変える必要があったの？」

「本名が不吉すぎたんだと思う。　泉田さんの本名は千田だったんじゃないかな。　千田真理、ちだまり、血溜まり」

岡下は以前、篤美に聞いた話を思い出した。

篤美と泉田が一家惨殺事件の現場を訪れたときのこと。　篤美が「そっちは血だまりだぞ」と忠告したのに、血が苦手なはずの泉田が「知ってるよ」と浴室へ向かい、引っくり返って血だるまになってしまったのだ。　篤美は満月で変になったのではないかと心配していたが、単に「ちだまり」という言葉の意味を取り違えていたのだろう。

「といっても泉田さんは苗字を変えたわけじゃない。　やくざが足を洗ったくらいの事情がないと、日本で苗字の変更は認められないからね。　本名は千田のまま、仕事では偽名を使ってたんだと思う」

「随分詳しいな」

「あたしも岡下<ruby>いろり<rt>おかした</rt></ruby>だからね。　苗字か名前を変えたいと思って調べたことがあんの」

いろりが首を竦める。

「千田真理、い頭文字に、『白』はない。本当に白龍館で集団アポトーシスが起きたのなら、百谷さんでなく泉田さんが自殺したはずだ。よって釧さんの推理は成立しない。四人の推理はどれも不正解だ。探偵たちの思考をめちゃくちゃにしてやろうって犯人の企みは、見事に成功したわけだね」

3

　いろりは二本目のヤクルトで一服すると、
「さあ本題だ。誰が百谷さんを殺したのか考えてみよう」
　容器を潰して言った。
「大前提が二つある。その一、収さんがそうだったように、四人の探偵たちは百谷さんが白龍館にいることを知らなかった。犯行は突発的に行われたことになる。共犯者もいない。
　その二、四つのノートに記された推理はすべて間違っている。これは今説明した通り。ただ四つの推理が間違っているからと言って、すべてが幻覚の産物ってわけじゃない。四人の中には犯人がいる。犯人は幻覚剤を摂取していないか、摂取していても最小限に留めていたはずだ。犯人はまともな推理を書くこともできた。でもわざとそうしなかった。全員が奇天烈（きてれつ）な推理を書く中、一人だけまっとうな推理を書いていたら、そいつが幻覚剤を

混ぜた犯人だってばれちゃうからね。犯人は残りの三人のノートを参考にして、幻覚を装った文章を書いたんだ」

最後の部分が引っかかった。確かに幻覚剤を使った探偵がどんな推理をするかは、試してみなければ分からない。犯人が自分の推理を書く前に、他の人のノートを覗いてみたくなるのは理解できる。客室のドアには錠がないし、金庫も実際は使われなかった。三人は正気を失っているから、その気になれば部屋にも忍び込めただろう。だが――。

「ぼくが犯人なら、ノートを覗く前に相手を殺しちゃうけど」

「ラリってるとはいえ相手は大人。それも熟練の探偵たちだ。ノートを盗み見るくらいはできても、息の根を止める自信はなかっただろうね」

「だとしても犯人が他の人のノートを参考にしたって断言はできないんじゃない？」

「いや。このあと説明するけど、四つのノートの中には、犯人が他の人の文章を真似したとしか考えられない部分がある」

いろりは澄まし顔で言う。収は煙に巻かれた気分だった。

「本物の幻覚も偽物の幻覚も、事実じゃないって意味では同じでしょ。本人に確認しないと区別できないよ」

「犯人がまったくミスをしなければ、二つを見分けるのは不可能だったと思う。でも犯人が慌てていたおかげで、しっかり手掛かりを残してくれていた。

ややこしくなるけど、本物の幻覚はさらに二つに分けられる。完全に頭の中だけで生まれた幻覚と、実際の出来事がもとになって生まれた幻覚だ」

「実際の出来事がもとに——どういうこと？」

「正確に言うと、記憶が曖昧になって幻覚と区別できなくなった状態かな。一昨日の朝、収さんは便所であたしが便器であたしが茅ヶ崎で遊んでたって情報や、後で病院に連れて行ったときの記憶が頭の中でセットになっていれば、この記憶が幻覚だと感じることはない。でも収さんがラリった結果、前後の情報が抜け落ちて、あたしが便器に頭を突っ込んでいる情景だけが浮かんだらどうか。姪っ子は便器の水が好きでごくごく飲んでいたと思うかもしれない。こうなったらもう幻覚と同じでしょ」

「ややこし過ぎるな」

「整理しよう。ノートに出てくる幻覚は三つに分けられる」

いろりは左手の指を三つ立てた。

「一つ目は、現実の出来事に影響されず、頭の中だけで生み出された幻覚。二つ目は、現実の何らかの出来事がもとになって生じた幻覚。三つ目は、犯人が幻覚の真似をして書いた偽物の幻覚。分かりやすいように、一つ目を〈完全幻覚〉、二つ目を〈事実幻覚〉、三つ目を〈虚偽幻覚〉と呼ぶことにする」

いろりは右手で薬指をつまんだ。

「大事なのは三つ目の〈虚偽幻覚〉を見つけること。これを書いた人物こそ百谷さんを殺した犯人なわけだからね。じゃあ三つの記述をどう見分ければ良いのか。手掛かりは、その記述を書いた人の数だ。

一人だけが書いた幻覚めいた記述があるとする。これは〈完全幻覚〉、〈事実幻覚〉、〈虚偽幻覚〉、すべての可能性がある。

では二人が書いた記述はどうか。これは一見、現実の出来事がもとになった〈事実幻覚〉のように思える。別の人間が同じ〈完全幻覚〉を見ることはないはずだからね。ただ絶対に事実に基づいているとは言い切れない。一人が〈完全幻覚〉を見て、犯人がそれを真似して〈虚偽幻覚〉を記した可能性もあるからだ。よってこの場合も、〈完全幻覚〉、〈事実幻覚〉、〈虚偽幻覚〉、すべての可能性がある。

じゃあ三人以上が書いた記述はどうか。犯人が誰かの文章を真似したとしても、さらにもう一人が同じことを書かなければ、三人の記述が揃うことはない。よってこれは現実がもとになった〈事実幻覚〉と見て間違いない」

「そうやって四人の記述を全部分析するの？」

「全部は無駄だ。重要なのは二つ目の、二人だけが書いている記述だ。それが現実に基づく〈事実幻覚〉でなければ、一人が書いた記述をもう一人が真似したことになる。それ

を書いた二人のどちらかが犯人ってことだ」

いろりはヤクルトの容器を床に置いて、滝野と釧のノートを開いた。

「具体的に見ていくよ。滝野さんと釧さんの推理には、百谷さんの死体から大麻が出てきたって記述がある。これを記述Aとする。

仮にこれが現実に基づく〈事実幻覚〉だとすると、どんな解釈が成り立つか。優秀な探偵たちがいたずらに死体を弄ることはない。百谷さんの死体は一階の通路から二階の客室へ運ばれていた。死体を動かしたのはこのときだけだろう。周囲には何もなかったのに、死体を持ち上げたら乾燥大麻の粉末が現れた。それで死体から大麻が出てきたように見えたんだ。

あたしたちが白龍館に来た時点では、一階の通路に大麻は見当たらなかった。二階のベッドに寝かされた百谷さんの服にも粉末は付いていなかった。とはいえ、そのことをもってこの描写が〈完全幻覚〉だとは言い切れない。四人が死体を運んだ後、キャンディが床の粉末を吸い取ったのかもしれない。服に付いた粉末は死体を運んだときに床に落ちたのかもしれない。

ただしこの描写が現実に即した〈事実幻覚〉だとすると、一つ疑問が浮かぶ。なぜ死体の下にだけ粉末があったのか。犯行の際に瓶が倒れてこぼれたのなら、そこ以外のところにも粉末が落ちていないとおかしい」

「ははあ、なるほど」岡下は壁際のロボットに目を向けた。「キャンディだね」

「そう。キャンディには物を感知してしまい、そこだけ掃除できなかったからだ。よって十日の午後四時にキャンディが部屋を掃除したとき、百谷さんはすでに殺されていたことになる。記述Aが〈事実幻覚〉なら、犯行は午後四時よりも前に行われていたことになるんだ」

「あくまで仮定の話だよね」

「うん。今のところはね」

いろりは不敵な笑みを浮かべると、滝野のノートを閉じ、泉田のノートを開いた。

「一方、泉田さんと釧さんの推理には、どちらもポスターの中の女が喘ぎ声を上げたって記述がある。これを記述Bとする。

これが現実に基づく〈事実幻覚〉だったとしよう。ポスターは客室とラウンジに飾られている。もし声を聞いたのが客室だとすれば、隣の部屋から女性の喘ぎ声が洩れ、壁のポスターのイラストが喘いだように錯覚したことになる。でもこの日、白龍館にいた女性は泉田さんと釧さんだけ。二人の部屋は廊下を挟んだ反対側だった。どちらかが喘ぎ声を上げたとしても、壁からその声が聞こえることはない。

では二人はラウンジで喘ぎ声を聞いたのか。ラウンジのポスターの隣にはオーディオス

ピーカーがある。ここから突然、喘ぎ声が流れたら、イラストが喘いだように聞こえても

おかしくない。百谷さんのタブレットにはアダルト動画がたくさん保存されていた。誰か

がこの動画を再生し、Bluetoothでつながっていたスピーカーから喘ぎ声が流れたんだ。

ところでこのタブレットは、最後に操作してから二十五分でスリープ状態になるよう設

定されていた。この記述が〈事実幻覚〉だとすると、探偵たちが死体を見つけたとき、タ

ブレットはまだスリープ状態になっていなかったことになる。彼らが110番通報を試み

たのは午後五時五分だ。五分前の五時ちょうどに死体を見つけたとしても、百谷さんは四

時三十五分まで生きていたことになる。

もちろんこの記述が〈完全幻覚〉という可能性もある。ただ、記述Bが〈事実幻覚〉だ

った場合、犯行は午後四時三十五分より後に行われたことになる」

それは何を意味するか。記述Aが〈事実幻覚〉なら、犯行は午後四時三十五分より前に行われ

ていたことになる。記述Bが〈事実幻覚〉なら、犯行は午後四時三十五分より後に行われ

たことになる。どちらも仮定だが、そこから推測できる事実が食い違っているのだ。

「記述AとB。少なくともどちらかは〈事実幻覚〉ではない。その記述は一人が〈完全幻

覚〉を見て、もう一人が〈虚偽幻覚〉を書いた結果ということになる。

記述Aは滝野さんと釧さんの推理に含まれる。記述Bは泉田さんと釧さんの推理に含ま

れる。この滝野さん、釧さん、泉田さんの三人の中に、〈虚偽幻覚〉を書いた人物、すな

わち犯人がいる。裏を返せば、篤美さんは犯人ではない」

思わず唾を呑んだ。何が〈事実幻覚〉かは分からないままなのに、篤美が犯人でないことだけが判明するとは妙な理屈だ。

「ちなみに記述AとBは、どちらか一方が〈事実幻覚〉かもしれないし、どちらも〈事実幻覚〉ではないかもしれない。後者の場合は、AとBの両方の記述をしている釧さんが犯人ってことになる。これが真相かどうかは後で検討する」

いろりは下唇を舐めると、泉田と釧のノートを閉じ、篤美と滝野のノートを開いた。

「さらにノートを見てみよう。篤美さんと滝野さんの推理には、キッチンの床に落ちていた砂糖が覚醒剤に変わったって記述がある。これを記述Cとする。

例によって、これが現実に基づく〈事実幻覚〉だったとする。もちろん砂糖が覚醒剤に変わることはない。探偵たちが白龍館へやってきた時点で、キッチンには覚醒剤が落ちていたんだ。それに気づいたときは一瞬、砂糖のように見える。でも百谷が大麻を吸っていたことを考えれば、すぐに覚醒剤だと察しが付く。それで砂糖が覚醒剤に変わったように感じたんだ。

ではなぜキッチンの床に覚醒剤が落ちていたのか。正気でばら撒く人はいないから、百谷さんが使ったときにこぼしたんだろう。

事実、百谷さんの腕には、亡くなる一、二日前にできたらしい注射痕があった。

すると疑問が浮かぶ。なぜ一、二日前に床に落ちた覚醒剤が、篤美さんたちが死体を見つける十日の午後五時までそのままだったのか。キャンディは午後四時に起動するように設定されてる。覚醒剤を打ったのが九日の四時以降だったとしても、十日の四時にキャンディがそれを吸い取らなかったのはなぜか。何かがキャンディを妨害したんだ。

この何かは、通路に倒れていた百谷さんの死体ではない。滝野さんが撮影した死体の写真を見る限り、キャンディが通るには十分な隙間があった。それは簡単に移動することができ、床に散らばった結晶を覆うだけの大きさのあるものだ。キャンディを妨害したのはこれだと思う」

いろりがキャビネットを叩いた。

四隅にキャスターが付いていて、床から五センチほど浮いている。

「なぜこのキャビネットがキッチンに移動していたのか。ここには大麻の吸引具が一式置いてあった。百谷さんはこれを台車代わりにして、吸引具を運んだんだ。わざわざキッチンへ移動したのは、換気扇の下で吸えば臭いが残らないから。記述Cが〈事実幻覚〉なら、百谷さんはキッチンで大麻を吸っていたことになる。

ところが篤美さんと泉田さんの推理には、白龍館に入ったとき、すぐに誰かが大麻を吸っていたことに気づいたと書いてある。これを記述Dとしよう」

いろりが挑発するように岡下を見る。そこから先は岡下にも想像がついた。

「これが〈事実幻覚〉だったとすると、なぜ二人はそこで大麻が吸われたことに気づいたのか。瓶は茶色く着色されているから、口から覗かないと何が入っているか分からない。白川さんは手巻きの煙草を愛用していたけど、大麻は吸わなかった。巻き紙やグラインダーが目に入ったとしても、まずは煙草を連想するはずだ。

それでも大麻の臭いが充満していたんだ。二人がやってきたとき、ラウンジには大麻の臭いが充満していたとすれば、手掛かりは臭いだ。

よって記述Dが〈事実幻覚〉なら、少なくともどちらかは百谷さんはラウンジで大麻を吸っていたことになる。記述Cと記述Dは両立しない。少なくともどちらかは〈事実幻覚〉ではないってこと。記述Dは篤美さんと泉田さんの推理に含まれる。つまり篤美さん、滝野さん、泉田さんの三人の中に〈虚偽幻覚〉を書いた人物、すなわち犯人がいる。裏を返せば、釧さんは犯人ではない」

述Cは篤美さんと滝野さんの推理に含まれる。つまり篤美さん、滝野さん、泉田さんの中に〈事実幻覚〉ではない

これで容疑者が二人減った。残りは滝野と泉田。どちらかが百谷を殺したのだ。

「ちなみに記述Cと記述Dは、どちらか一方が〈事実幻覚〉かもしれないし、どちらも〈事実幻覚〉ではないかもしれない。後者の場合は、CとDの両方の記述をしている篤美さんが犯人ってことになる」

「この調子であと一人、容疑者を減らすってこと?」

「いや。もう手掛かりは揃ってるよ」

いろりが唇の端を持ち上げる。すっかり名探偵だ。

「あらためて記述A、B、C、Dのパターンを整理してみよう。さっきも言った通り、AとBの両方の記述をしているのは釧さんだけ。釧さんが犯人だった場合、AとBがどちらも現実に基づく〈事実幻覚〉ではない可能性がある。でもたった今、釧さんが犯人じゃないことは証明された。よってこの可能性は消去できる。AとBのうちどちらか一つは〈事実幻覚〉だ。

同じことは記述CとDにも言える。CとDの両方の記述をしているのは篤美さんだけ。篤美さんが犯人だった場合、CとDがどちらも〈事実幻覚〉ではない可能性がある。でも篤美さんが犯人じゃないことは証明済みだから、CとDのうちどちらか一つは〈事実幻覚〉だ。

以上のことを踏まえて、考えられる組み合わせを整理する。〈事実幻覚〉を○、そうじゃないものを×とすると、○と×の組み合わせはこのどれかだ」

いろりは篤美のノートを捲り、空白のページに鉛筆を走らせた。

「四つもあるのか」

「でもよく見ると、ここにはおかしな組み合わせが多い。たとえばパターン1。これは記述AとCが〈事実幻覚〉だった場合の組み合わせだね。Aは百谷さんの死体から乾燥大麻が出てきたって記述。ここからは午後四時より前に百谷さんが殺されたという事実が導か

	A	B	C	D
概要	死体から大麻	ポスターの女が喘ぐ	砂糖が覚醒剤に	大麻に気づく
記述者	滝野、釧	泉田、釧	篤美、滝野	篤美、泉田
パターン1	○	×	○	×
パターン2	○	×	×	○
パターン3	×	○	○	×
パターン4	×	○	×	○

れる。一方、Cはキッチンの砂糖が覚醒剤に変わったって記述。ここから午後四時の時点でキャビネットがキッチンにあったという事実が導かれる。これは明らかに両立しない。午後四時の時点でキッチンにキャビネットが、通路に百谷さんの死体があったとすれば、後にキャビネットがラウンジに戻っていた理由が説明できない。百谷さんがキャビネットを戻せないのはもちろん、午後四時半の地震の揺れでキャビネットが動いたとしても、通路に死体が倒れていたらラウンジには入れないからね」

「死体を二階へ運んだ後、四人の中の誰かがキャビネットを動かしたのかも」

「そしたら血痕に跡が付くはずでしょ。数人がかりで持ち上げれば大丈夫かもしれないけど、そんなことをする理由がない。よってパ

「ターン1は成立しない」

いろりは1の列に、鉛筆で二重線を引いた。

「あと三つか」

「次はもっと簡単だよ。パターン2はAとDが《事実幻覚》、BとCが《事実幻覚》ではなかった場合の組み合わせだ。犯人はBを書いた二人のどちらかでもある。Bを書いたのは泉田さんと釧さん。Cを書いたのは篤美さんと滝野さん。二つの条件に当てはまる人物はいない。つまりパターン2は正解ではない」

いろりは2の列に二重線を加える。

「パターン3も同じ。これはBとCが《事実幻覚》、AとDが《事実幻覚》ではなかった場合の組み合わせだ。犯人はAを書いた二人のどちらかであり、Dを書いた二人のどちらかでもある。Aを書いたのは滝野さんと釧さん。Dを書いたのは篤美さんと泉田さん。やはり二つの条件に当てはまる人物はいない。パターン3も正解ではない」

いろりは3の列に二重線を加える。残ったのは一つだ。

「あとはパターン4だけ。BとDが《事実幻覚》、AとCが《事実幻覚》ではなかった場合の組み合わせだ。犯人はAとC、両方の記述を書いた人物。Aを書いたのは滝野さんと釧さん。Cを書いたのは篤美さんと滝野さん。これなら条件に当てはまる人物がいる」

いろりは得意げに言葉を切る。

「百谷さんを殺した犯人は、滝野さんだよ」

蝶でも摑まえた子どものような顔だった。

車が砂利を撥ねる音が聞こえた。

窓の外を見る。山道から出てきたジープが玄関の前に停まった。警察車両ではない。滝野か泉田あたりの同僚が、連絡が付かないのを不審に思って様子を見にきたのだろう。

「やばい。逃げなきゃ」

いろりが目を白黒させて立ち上がる。

「なんで？」

「あの人たち、警察呼ぶでしょ。あたし、おしっこ採られるとやばいんだよ」

引き戸を開け、階段を駆け上がる。ただのヤクルト依存症ではないようだ。岡下も後を追いかけた。

一階で呼び鈴が鳴る。いろりは左手前の部屋に駆け込むと、バルコニーへ出て、柵に足を載せた。

「こら。危ないぞ」

「ちょっと隠れるだけ」

いろりは柵の上に立った。なびく髪を押さえ、ゆっくりと窪地を見回す。

「篤美の死体を見ただろ。あいつの二の舞になるだけだ」

「大丈夫。あたしは入り口を間違えないから」

こちらを振り向いて、部屋の壁を指した。

「ポスター見て。下半分が隠れてるでしょ。他の客室も同じだった」

「何の話だ」

「白川さんがやましいものを隠すために家具の向きを変えたんだと思う。そのせいで篤美さんは、前に死体が浮かんでるのを見た窓を間違えたんだ」

そこで悪戯っぽい笑みを浮かべ、

「本当の入り口はこっち」

宙へ飛んだ。

バルコニーへ出て、空き地を見下ろす。いろりはいない。ジープから出てきた男が、不審そうに窓を覗いている。

岡下はため息を吐いた。とんだ不良娘だが、姪っ子には違いない。岡下は柵に上り、息を止め、亜空間へ飛び込んだ。

参考文献
『広い宇宙に地球人しか見当たらない75の理由 フェルミのパラドックス』
スティーヴン・ウェッブ著　松浦俊輔訳（青土社）

解説

嵩平 何
（ミステリ研究家）

シライトモユキ・オーバードーズ

思えば、未知の新人である白井智之『人間の顔は食べづらい』を異様な興奮状態で読み終えた時から、論理が支配するそのインモラルな世界に心病み憑かれていたのだろう。『東京結合人間』の動悸が起こる程濃密な暗黒話と後の本格展開に厭悪と高揚に襲われ。『おやすみ人面瘡』ではパズラーの地獄道をゆく多重解決の緊張感で汗が滴り落ち。五編の短篇でそれぞれ中学生の少女が二十人ずつぐらい殺される話だという予備知識を持って『少女を殺す100の方法』を読む。教室で、ミキサーで、ああァ……。これだけ多彩で冷徹でシュールな歪んだ世界であるのに、本格としての技巧と驚きに満ちたヤバさが宿痾のようにズルズルと這いずり出てきて顫えが止まらず。『お前の彼女は二階で茹で死に』なる禍々しい題と装丁に一層異常なナカミ。とち狂った

倫理と描写に焦躁（しょうそう）するも、端正ながらも奇形的な背徳の多重解決に倒錯した悦びに耽（ふけ）り。

『そして誰も死ななかった』も奇天烈（てれつ）さと惨劇（さんげき）の特殊設定推理濃度に多幸感に包まれ。

『名探偵のはらわた』では煽情（せんじょう）的な話題を攪（さら）った犯罪実話という禁断の魔術を解き放つ。

白井の作風と合わないはずがない。ハイな疾走感と本格がマッチして、眠らず貪（むさぼ）り読み。

『ミステリー・オーバードーズ』は食をテーマにした作品集であるという。白井智之が食

を……。厭（いや）な予感に脳が痺（しび）れ。人食（カニバリズム）はきっとあるだろうなとぼんやりと考え。

一話目の「グルメ探偵が消えた」では英国を舞台にした社会派的展開に魅せられる。

ジリジリと背景が浮かんできた後の、悪寒のする結末に厭な予感しかしない。流行りの異世界転生

「げろがげり、げりがげろ」──タイトルから厭な予感しかしない。最悪の設定に心を揺さぶられながら、更に

も、白井が手掛ければ怖気（おぞけ）だつ所業に化ける。最悪の設定に心を揺さぶられながら、更に

その最悪を超える真相をあばく推理に深く酔い痴れ、脳が悦びの声を叫び。

「隣の部屋の女」の内容は人食か、悪行のする結末に魅せられる──と作品を読み進めると、

どうも様子がおかしい。強い不安感に曝（さら）されたままスルスルと脳は欺（あざむ）かれ。

「ちびまんとジャンボ」のフナムシ喰い＆ゲロ三昧ィ──ウウォウップ……。謎解き場面

も……、脳が汚穢（カタルシス）と浄化（カタルシス）の双方に襲われ、バグを起こしたよう。

「ディティクティブ・オーバードーズ」では閉鎖状況下の探偵たちが集った洋館で発生し

た殺人を巡り、推理合戦の様相を呈すも、状況があまりに異常で異常で──。ジクジクと

脳に刺激が加わる容赦なき覚醒が継続し、論理の果てに、放心し、虚脱状態に陥った。

連作『死体の汁を啜れ』には次々と異常な死体が町に現われ、その百倍狂った真相——

人間の妄執が滲み出たホワイダニットが押し寄せ脳が眩眩。

『名探偵のいけにえ』の全なる本格に、奇蹟を見たんだ。あなたにも見えるでしょう？

待望の『エレファントヘッド』は幸せな家族の話かァ。ア!?　エェ？　フヘヘェ……。

アァァ早く新作が読みたいィィィ——。

オーバードーアー・シライトモユキ

とまぁ、これはある中毒患者の告白だが、実際白井智之の作品は、脳に新たな快楽回路を生み出す麻薬のような小説群だと思う。加えて、比較的グロ描写の少ない『名探偵のいけにえ』が本格ミステリ大賞を史上最多得票で受賞し、同時に本格ミステリ・ベスト10の第一位とSRアワードを獲得した事実は、白井の現在の実力を如実に示すものだろう。だがその読者を選びそうな作風から、グロ耐性のある人向け・マニア向けと白井作品を敬遠し、読むのを臆している人もいるかもしれない。だがあえてこう言い切ろう。白井智之こそ本格ミステリというジャンルに深くハマり込むのに最適な作家だと。素人が安易にクスリに手を出した結果、シャブ漬けになって抜けられなくなるように、脳に深く衝撃を刻むそのファーストインパクトに白井智之ほど相応しい作家は他にいない。

それでは白井智之作品の取り憑かれるような魅力——魔力の源泉はどこにあるのか？

ほぼ全作品が本格ミステリとして構築されながらも、疾走感溢れる異世界ノワールをはじめとする様々なエンタメ展開に、非道徳的なグロやエロをふんだんに盛り込んだ内容は、明らかに異端な様々なエンタメ展開に、非道徳的なグロやエロをふんだんに盛り込んだ内容は、明らかに異形にして異端の物語だろう。そのような白井作品では、その目を背けざるを得ない場面の数々に、得てして伏線や布石を存分に混ぜ込んでいる。埋没させつつも、解決篇で次々とフラッシュバックのように襲いかかってくる伏線が読者に与えるショックは激しい。それでいてそのエグい設定は、特殊設定ミステリや本格のプロットとしても見事に機能しているのだ。白井智之の場合はメインアイディアを活かすためのプロットの要請に従って生まれた特殊設定が、結果として多くの読者を惹きつけているという奇妙な側面がある。世界創りが主でなくとも、誰にも真似できない異形の世界が産み落とされてしまうのだから怖ろしい。白井は、特殊設定ミステリのメリットの一つとして斜線堂有紀が唱えた「粗筋のインパクトで読者を惹きつけ」を地でゆく怪人なのだ。

白井作品の多くでは、粗野な態度や精神・立場の貴賤に関係なく、名探偵が代替可能な存在として扱われている。プロットが求める探偵役はあるものの、それは決してキャラや個々の人間に付与された特権性や個性などではない。暴力と悪意に満ちた悪夢のような白井世界においては、誰一人として、暴力や殺人・冤罪の被害者になる危険を避けられない。そしてゆえに論理という誰にでも扱える武器を用いて生き残りを図るよりほかにないのだ。そし

てそのような全員が探偵役の資格を有した状況は、同時に白井最大の武器である変幻自在
な多重解決にも繋がってくる。次々と否定されてゆく推理は世界の混迷を深める上に、それ
ぞれが強度を具えた優れたものであるゆえ、読者は推理の都度脳汁がこぼれそうなほどに
カタルシスの過剰摂取を起こしてしまう。更に『名探偵のいけにえ』の多重解決などのよ
うに、必然性を持たせた最先端の試みまでもたびたび達成しているのだから驚かされる。

常軌を逸した真相も白井作品の代えがたき魅力だ。それが全体の構造であれ物理トリッ
クであれホワイダニットであれ、まともな倫理観や理性に支配された頭では〝その先〟を
想像することに無意識下でブレーキをかけてしまう。道徳という規範のあるヒーローは不
自由だが、その枷から解放された悪はこれ以上なく自由で無限の可能性を秘めているのだ。
忌避される不可触エリアから、とびきりの着想・奇想を掘り起こしてくるため、その真相
に既視感は皆無である。殺人を取り扱うことから、時に非道徳的との烙印を押されるミス
テリという枠、その中でもヒトをモノとして扱うインモラルな定向進化を遂げた土壌で育
まれた鬼畜的発想の末裔として、白井智之という渠魁はここに立っている。ダークな結末
や異常な動機の中にも、生の人間らしさや執着とでも呼べる感情が発露されるのも作品を
一層魅力的に仕上げている。歪んではいても、それは確かに人の意思であり、愛なのだ。

飽食・人糞食・人食・悪食・〇〇食というフルコースを備えた本書でも、これらの特
徴・魅力は遺憾なく発揮されており、一冊でオーバードーズに至る本書は白井智之入門に

最適である。重ねての紹介となるが、再度収録作について個別に触れていこう。

「グルメ探偵が消えた」は翻訳調で豊富な題材を取り込んだ作品だが、その社会派要素も、型に沿った設定も、全ては結末の苦み・エグみを膨脹させるために存在するのが怖ろしい。

「げろがげり、げりがげろ」は典型的な特殊設定ミステリの構成ながら、史上最悪レベルの異世界転生という悪夢のような設定を導入した怪作だ。その異様な世界を遥かに凌駕するイカれた真相が脳に効く。結末の特別な献身に心を持っていかれる読者は多そうだ。

「隣の部屋の女」は白井作品には珍しい心理サスペンス風味の展開ながら、これまたその分野に白井らしいインモラルな要素を持ち込んだことで、読者は著者の狙いから幾重にも逸らされてしまう。

「ちびまんとジャンボ」は本書では最も正統派の本格ものだが、酸味が込み上げてくる生理的な嫌悪感に堪えなくては快楽に満ちた謎解きをトレースできない難儀な代物だ。

本書の掉尾を飾る中篇「ディティクティブ・オーバードーズ」は探偵四人による四様の推理が開示される多重解決ものだが、異常状況における推理の可能性を追究した斬新な試みの作品でもある。多重解決・偽の解決・偽の手がかり、そして何より厄介な信頼できない語り手という障壁に対して、論理の徒である白井は、それらにフェアで厳然たる解答を突きつける。寄る辺なき混沌に対し、論理を駆使して世界を再構築する超絶技巧作品だ。

白井作品は、謎とカオスに包まれた地獄のような世界の中に、いつも極楽へ繋がる細

くも強靱な蜘蛛の糸を垂らしている。その糸が切れるか否かはお釈迦様の胸三寸次第だが。

初出

グルメ探偵が消えた 　　　書下ろし

げろがげり、げりがげろ 　　「小説宝石」二〇二〇年一一月号

隣の部屋の女 　　　　　　「小説宝石」二〇二〇年二月号

ちびまんとジャンボ 　　　「小説宝石」二〇一八年一二月号

ディティクティブ・オーバードーズ 　「ジャーロ」二〇二一年一月号

　　　　　　　　　　　　光文社　二〇二一年五月刊

光文社文庫

ミステリー・オーバードーズ
著者　白井　智之

2023年11月20日　初版1刷発行

発行者　三　宅　貴　久
印　刷　萩　原　印　刷
製　本　ナショナル製本

発行所　株式会社光文社
〒112-8011　東京都文京区音羽1-16-6
電話　(03)5395-8147　編　集　部
　　　　　　8116　書籍販売部
　　　　　　8125　業　務　部

ISBN978-4-334-10118-3　Printed in Japan

組版　萩原印刷